교육과 문예 | 제2호 |

다시 교육과 문학의 안부를 묻다

KB076870

교육과 문예 | 제2호 |

다시 교육과 문학의 안부를 묻다

2015년 7월 27일 제1판 제1쇄 인쇄
2015년 8월 3일 제1판 제1쇄 발행

지은이 교육문예창작회
펴낸이 강봉구

편집위원 박일환(편집장), 임정아, 이시백, 나종입, 김태철
표지화 조영옥
디자인 비단길
인쇄제본 (주)아이엠피

펴낸곳 봉구네책방
등록번호 제406-2013-000081호
주소 413-170 경기도 파주시 신촌로 21-30(신촌동)
서울사무소 100-250 서울시 중구 퇴계로 32길 34
전화 070-4067-8569
팩스 0505-499-5860
홈페이지 http://cafe.daum.net/littlef 2010
페이스북 http://www.facebook.com/littlef 2010
이메일 littlef 2010@daum.net

©교육문예창작회

ISBN 978-89-97581-77-1   03800
값 14,000원

다시 교육과 문학의 안부를 묻다

교육문예창작회 지음

교육과문예 제2호

봉구네책방

차례

가만히 있지 못한 세월

나종입(교육문예창작회 회장)

"세월이 어디로 흘러가는지 모르겠어!"

어느 지인의 말이다. 어디 세월뿐이겠는가? 이 정국은 도무지 안개 속이다. 내가 중국에 근무할 때 대통령 선거가 진행되어 어떤 경위로 대선이 치러졌는지 알 수 없지만 요즘 대통령의 소통방식을 보고 한심스럽다고 느끼는 것이 한두 가지가 아니다. 세월호 참사가 발생했을 때 느닷없이 기자회견을 하여 청와대는 컨트롤 타워가 아니라는 둥 헛발질을 계속해 댔다. 마치 어린아이에게 잘못을 지적하니 두 눈을 치켜뜨고 "제가 안 그랬어요"라고 하는 것과 다를 것이 무엇인가.

『교육과 문예』 1호에 이어 1년 만에 2호를 낸다. 그 동안 세월호가 침몰했고, 요즘은 메르스가 창궐하고 있다. 중동발 호흡기증후군이 그렇게 무서운 전염병인지 선뜻 납득이 가지 않는 면이 있다. 아니 매스컴에서 계속 떠들어대고 있으니 더욱 믿고 싶지 않다. 언론이 양치기 소년이

되어버린 지 오래인 탓인지도 모르겠다. 메르스 가지고 호들갑을 떠는 뉴스도 믿기 어렵지만–덕분에 정치적 사안들이 모두 묻히고 황교안이 무사히 총리가 될 수 있었다–정부의 대처 방안에 대해서는 정말 한심하다는 생각이 든다. 청와대의 나팔수 노릇을 하고 있는 언론들이 앞장서서 대통령이 동대문 쇼핑몰에 간 소식을 전하며 용비어천가를 읊어대고 있으니, 청와대 발표만을 그대로 전하며 국민들을 속이고 있는 게 아니고 무어란 말인가. "그 자리에서 꼼짝 마라!"가 여기에서도 통하고 있는 셈이다. 언제까지 국민에게 꼼짝 말라고 할 셈인가? 이제 우리 국민들이 자존감을 찾아 제대로 된 판단으로 꼼짝을 해야 하는 상황이다. 대통령의 발언을 유체이탈 화법이라 한다. 옛날부터 하늘에서 비가 오지 않는 일조차도 임금이 책임을 지려고 했다. 지금 벌어지고 있는 일들이 책임 떠넘길 일들인가? 대통령이란 자리가 남에게 책임을 떠넘기는 자리인가? 임란 병란 때에 난을 피해 이곳저곳 도망 다니던 조선의 어

떤 왕과 다를 게 무언가?

　　교육현장에서 느끼는 일이지만 요즘 아이들이 기성세대를 바라보는 눈은 놀랍게도 차갑다. 아무래도 언니나 형들을 보며 죽어라 공부해서 대학 가도 진로가 불투명하단 걸 아이들도 눈치 챈 듯하다. 경쟁을 부추겨 곁에 아름다운 세상과 사람이 있음을 망각하게 하여 경쟁의 도구로만 내몰고 있는 교육현장. 언제까지 아이들에게 가만히 있으라고 할 것인가? 이제 새로운 화두를 들고 정진해야 할 때다. 무엇을 가르칠 것인가? 살기 위해, 아니 살아남기 위해 무엇을 해야 할 것인가를 고민해야 한다.

　　『민중교육』지가 전교조를 탄생시켜 교육의 새로운 패러다임이 되었던 것을 우리는 기억하고 있다. 대통령이 바뀌면 우리의 교육과정이 바뀐다. 이제 2015 교육과정이 예고된 상태다. 어떤 괴상망측한 서구 이

론을 우리 토종에 접목시킬지 모르겠으나 이미 우리 토종은 거덜날 대로 거덜나버린 상태이다. 주변에서 자꾸 가만히 있으라고만 하는 현실, 불확실 시대에 살고 있는 우리 학생들. 우리 교육문예창작회의『교육과 문예』가 새로운 교육에 대한 논의의 장으로 자리매김하길 고대해 본다.

—2015년 성하에

대담

■ 지속 가능한 혁신 교육의 방향을 찾아서 / 이중현·임덕연

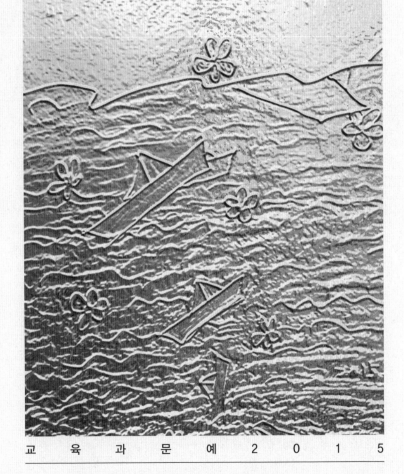

■ 대담

지속 가능한 혁신 교육의 방향을 찾아서

대담 | 이중현 남양주 조안초등학교 교장

임덕연 의왕시 내손초등학교 교사

날짜 | 2015년 5월 18일

장소 | 조안초등학교 교장실

이중현: 경북 의성에서 태어나서 안동교육대학을 졸업했다. 전교조의 초대 경기지부장으로 일했으며 참여정부 시절 교육혁신위원회 전문위원, 상임위원으로 일하기도 했다. 2007년 교장 공모제가 시행될 때 양평 조현초등학교에서 4년간 교장으로 일했으며, 2011년에는 경기도교육청 혁신기획 담당 장학관으로 일한 후 현재는 남양주 조안초에서 교장으로 있다. 동화『여울각시』『파란리본』『삼진아웃』, 시집『사람을 보면 눈물이 난다』『물끄러미 바라 본 세상』, 교육서『유령에게 말 걸기』(공저)『학교가 달라졌다』가 있다.

임덕연: 충북 충주에서 태어나 경기도 안양에서 자랐으며 인천교육대학을 졸업했다. 전교조 초등정책국장, 경기도 수석부지부장을 했다. 〈환경과 생명을 지키는 전국교사모임〉 공동대표, 〈교육공동체 벗〉 이사를 역임했다. 동화『똥 먹은 사과』『우리 집 전기도둑』『보물이 된 쓰레기』『천사가 된 갯벌』, 이야기책『속담 하나 이야기 하나』『믿거나 말거나 속담 이야기』, 시집『산책』『남한강 편지』가 있다.

이중현 교장선생님을 만났다. 광주항쟁의 그날이다. 아직도 이날이 되면 〈님을 위한 행진곡〉을 부르느니 못 부르느니 하고 있는 것이 씁쓸하다. 광주를 방문한 여당 대표가 쫓겨났다는 이야기도 들려온다. 평소에 형이라 부르는데 교장 선생님이라 부르기 좀 쑥스럽지만 일단 공식적인 자리이니 교장선생님이라 부른다. 미리 주제와 질문할 것을 이야기하고 만나는 것이지만 마음이 무겁다. 주제가 너무 무겁기 때문이다. '현 시기 교육운동이 나아갈 길', '진보교육감 시대', '혁신교육' 이런 핵심어에서 어디서부터 한 발 딛고 나아가야 할 것인가. 길을 잘 모르는 사람이 길을 묻듯 이야기하고 싶다.

임: 지금 우리나라의 교육의 문제가 주체적이지 못하고 일본 제국주의 식민 상태에서 근대교육이 시작된 점이 매우 큰 아픔이지만 최근에도 무한 경쟁의 시장자본 속성을 가진 신자유주의 정책이 교육도 예외는 아니어서 그에 따른 입시와 폭력, 자살 등 학교에서도 여러 문제점을 표출하고 있다고 생각해요. 아마 신자유주의 요소가 1995년 소위 5·31 교육개혁 정책의 뿌리가 아닌가 생각되는데 현 시기의 교육 현안점이 생기게 된 원인이 어디서 기인하게 되었을까요? 도대체 무엇 때문에 오늘날 이 지경까지 되었다고 생각하세요?

이: 첫 질문부터 큰 질문이어서 어떻게 풀어야 할지. 우리 교육의 현안과 원인을 큰 틀에서 제 나름의 생각을 말하는 것이 좋을 듯합니다. 이제 2년 정도면 교직생활을 마감하게 되는데, 가끔 40년간 내 삶은 무엇이었나? 무엇이 지금의 내 삶을 만들었을까? 등을 생각할 때가 있습

니다. 대한민국이란 국가사회와 그 속에서 살아가는 개인을 규정지은
건 반공 이데올로기와 성장 이데올로기, 이 두 가지였다고 생각됩니다.
내가 글을 쓰게 된 것도 중학생 때 '때려잡자, 김일성'이란 제목으로 반
공 글짓기에서 장원을 한 것이 계기였고, 교사가 된 것은 특별한 사명
감이 있어서가 아니라 어떻게든 잘 살아 보자는 나와 가족의 선택이었
습니다.

살아가면서 반공 이데올로기는 우리에게 의식의 지체, 왜곡을 가져
왔고, 성장 이데올로기는 삶의 가치를 왜곡시켰다고 생각됩니다. 이렇
게 형성된 나의 자화상을 생각할 때마다 에드바르트 뭉크의 〈절규〉를
떠올리게 됩니다. 반공 이데올로기와 성장 이데올로기가 날과 씨로
엮어지면서 우리의 의식, 우리 사회를 규정해 왔고 이것은 현재진행
형이지요.

우리 교육의 크고 작은 문제 역시 크게 봐서 이 두 가지 이데올로기
에서 비롯되었고 5·31교육개혁은 이 문제를 성찰하지 못하고 신자유
주의 이념을 기반으로 오히려 악화시킨 결과를 낳았다고 봅니다. 5·31
교육개혁의 성격을 단순하게 정리한다면 교육 분야에서 일정하게 절차
적 민주주의를 신장하면서 신자유주의 이념을 기반으로 한 경쟁과 효
율 추구라고 말할 수 있겠지요.

5·31교육개혁은 87년 체제의 교육 부문 산물이지요. 87년 체제는 정
치적인 절차적 민주주의의 신장은 가져왔지만 사회경제적인 내용적 민
주주의를 확보하지 못한 한계처럼 5·31 교육개혁도 그 한계를 안고 있
었다고 봅니다. 그러니까 내용적 민주주의의 진전을 위해 반공 이데올
로기와 성장 이데올로기 성찰이 필요하며, 이것이 없는 한 우리 교육의
본질적인 변화는 어렵다고 생각합니다.

임: 그래요. 그동안 우리 살아 온 세월을 돌아보면 반공과 성장 이데 올로기 속에 자랐어요. 그것이 전부인 줄 알고 그래야 하는 줄 알고 열심히 반공웅변도 하고, 글짓기도 하고, 경쟁도 했지요. 저도 남들보다 앞서 나가기 위해 애쓴 것이 생생해요. 지난 해 6·4 지방선거 때 많은 지역 국민들이 진보교육감을 선택하여 13명의 진보교육감이 탄생했어요. 그전에 6개 진보교육감에 비하면 엄청난 것이었고, 대부분 지역에서 지자체 당선자들이 여당이 된 것에 비교하면 더욱 대단한 일이었지요. 한쪽에서는 교육감 직선제의 문제점을 말하기도 하고, 여당의 분열이라고 했는데, 어떻게 생각하세요? 특히 경기도교육청의 혁신학교 모델이 교육을 바꿀 수 있다는 것에 대한 열망이 작용했을까요?

이: 13명의 진보교육감 탄생을 좀 냉정히 봐야 한다는 생각입니다. 가장 큰 요인은 아무래도 보수의 분열로 봐야 할 것 같습니다. 하지만 득표율에 있어서는 상당한 성과가 있었는데 그 영향은 세월호 정국과 혁신학교에 대한 기대의 중첩에서 온 것이 아닐까 생각됩니다. 그러니까 진보의 자력에 의한 당선은 아니었다고 보기 때문에 혁신교육의 지속을 위해서는 4년간 정말 철저한 노력이 뒤따르지 않으면 자력에 의한 혁신교육의 지속은 힘들지 않을까요? 너무 비관적인가요?

임: 비관적이라뇨? 절대 아닙니다. 좋은 것은 쌓기 힘들어도 잃어버릴 때는 순간에 날아갑니다. 참 세월호가 있었죠. 앵그리맘이란 말도 기억나요. 이상하게 선거 때마다 큰일이 일어나요. KAL기 폭발, 천안함도 그렇고요. 소위 진보교육감이라 불리는데 진보교육감들에게 정말 교육의 진보성이 있는가요? 예를 들어 어느 교육청 어떤 정책이 그래도 진보적이다, 그런 거 있나요? 이런 정책은 좀 눈여겨봐야 한다 그런 거요? 당

선되고 일 년 지난 이 시점에서 진보적 교육정책 방향의 기반, 즉 이 정 도의 기본정책은 기반으로 가져가야 적어도 진보교육, 진보교육감이라 하는 할 수 있다는 점은 무엇일까요?

이: 질문처럼 진보교육, 진보교육감이란 용어를 쓰고 있지만, 정말 진보적인가, 무엇이 진보적인가라는 이야기를 자주 듣는 편입니다. 우 리 교육에서 어떤 정책이 진보성을 갖자면 몇 가지 조건이 있어야 한다 고 봅니다. 예를 들면 공공성을 전제로 해야 한다는 점, 교육 문제를 해 결하기 위한 본질적인 대안이어야 한다는 점, 본질적인 대안이라는 것 은 자율, 복지, 인권, 정의, 상생의 정책인가 하는 점입니다. 또 절차에 있어서 민주성을 확보해야 한다는 점, 마지막으로 운동성을 갖느냐는 정도로 말할 수 있다고 봅니다. 여기서 운동성이란 정책이 행정편의주 의나 관료주의를 벗어나 교원, 학생, 학부모의 변화를 유도하는 실질적 인 활동이라고 할 수 있습니다. 그 대표적인 정책이 김상곤 교육감 시절 무상급식, 학생인권, 혁신학교와 고교평준화, 시민교육 등일 것입니다.

최근 9시 등교가 보다 진보적인 정책인가를 이야기해 본다면 의미는 있되 본질적이진 않다고 볼 수 있습니다. 9시 등교의 본질은 학생들의 과도한 학습노동을 줄이는 데 있다고 보는데 과도한 학습노동은 0교시, 보충수업 폐지가 핵심입니다. 이것을 온존시킨 채 9시 등교는 그 나름 대로 의미는 있지만 본질적인 대안이 아니라는 것입니다. 그리고 절차 의 문제나 운동성의 문제도 제기할 수 있겠지요.

진보적인 교육정책으로 교육감 권한 범위 내에서 추진할 수 있는 기 본 정책들은 몇 가지 있다고 생각되는데, 예를 들면 왜곡된 학력관을 바 로잡고, 사교육 경감을 위한 교육과정 정책, 학교와 교원의 자율성 신장 과 업무 경감을 위한 행정체제 혁신, 실질적인 시민교육과 학교 민주주의 확보, 지속가능한 혁신교육을 위한 인사정책 등이 중요하게 검토되어야 한다고 봅니다.

임: 진보교육을 말하면 보수가 그 기득권 유지를 위해 진보 지평을 여는 힘보다 더 강하게 노력한다는 말이 있는데, 이번 진보교육감 13명이 당선되니까 교육감 직선제 폐지 같은 거 강하게 밀고 나오잖아요. 도교육청에서 일해 보니 어떤가요? 교육 관료의 보수성과 혁신정책 펴는 데 어려웠던 지점은요?

저도 여러 교장선생님과 함께 학교에서 이야기하다 보면 같은 곳에서 참 다른 측면으로 바라보고 있구나! 하는 생각을 많이 했어요. 교사—교장—장학관으로 있으면서 흔히 관리자 시각이란 어떤 측면이 있는지? 또 이런 점은 이해해줘야 하는 것은 무엇이 있는지요?

이: 이 문제는 먼저 사람에 대한 이해가 필요하다고 봅니다. 나 자신도 처음부터 진보적이지 않았고, 일부 분야에서는 진보적이라고 해도 삶 전체가 모두 진보적이진 않다고 봅니다. 또 앞서 이야기했듯이 어느 누구건 반공 이데올로기와 성장 이데올로기의 영향에서 자유롭지 못한 현실을 생각한다면 교육 관료건 아니건 보수성에 대해 어느 정도 이해를 해야 한다고 봅니다.

실제로 정책을 추진하는 과정에서 그 정책의 옳고 그름을 떠나 무조건 반대하는 정치적 입장이 있고, 교육에 대한 관점의 차이에서 오는 저항도 있지만, 대체로 시간이 지나면서 성과를 보면서 동의력이 높아진 것도 사실입니다. 혁신학교를 예로 든다면 초기 혁신학교를 바라보는 시각과 4년이 지난 시점에서 동의력 차이는 무시할 수 없다고 봅니다. 결국 혁신학교가 지향하는 가치에 동의하는 것이고, 이러한 것이 교육을 변화시킬 수 있는 작은 밑거름이 될 수 있다고 봅니다. 그런 점에서 혁신학교운동이란 표현도 쓴 것입니다.

관리자의 시각이란 것은 학교운영에서 방향성, 총체성, 민주성을 확보하기 위한 지원의 시각이라고 봅니다. 관리자의 시각이 왜곡되면 독선적, 비민주적이며 기능적인 학교운영이 되겠지요. 그러나 반공, 성장 이데올로기의 자기장 안에 교육이 놓여 있고, 그 속에서 성장한 관리자의 한계는 분명히 있겠지요. 그 한계를 극복하고 함께 혁신으로 나아가기 위해 운동이 필요한 거라고 봅니다. 그렇다면 교사의 입장이라고 해도 교감, 교장의 상황을 이해하면서 함께 나아갈 길을 모색하는 것이 운동이겠지요. 이런 관점에서 많은 활약을 하는 활동가들을 주변에서 볼 수 있고, 그것이 지금까지 혁신학교를 이끌어 온 힘이라고 생각합니다.

임: 현재 진보교육감들은 연대와 협력 공동추구가 미약한 것 같은데, 이런 점에서 진보교육감들이 좀 더 함께 할 수 있는 일이 있다면 무엇이 있을까요? 저는 아무래도 학교교육 정상화를 말하고 싶은데, 초중등 교육이 대학 입시에서 자유롭지 못하잖아요. 우리들이 잘 가르쳐놓은 아이들을 대학에 잘 보내려고 할 것이 아니라, 대학에서 제발 우리 대학으로 보내주세요, 라고 할 수 있는 풍토를 만들었으면 좋겠어요. 대학 진학을 염두에 두지 않은 교육이 학교교육 정상화라고 봐요. 청소년 시기에 배워야 할 것을 충실하게 배우는 것이 교육 목표이지 대학 가기 위한 입시를 목표로 하는 교육이 말이 되나요? 13개 지역 진보교육감이 진지하게 모여 함께 하면 큰 변화를 가져올 것 같은데, 너무 바람이 큰가요?

이: 진보교육감들의 연대가 미약한 것은 사실입니다. 나름대로 이유가 있습니다. 우선 공동의 정책을 기획할 수 있는 여건이 조성되어 있지

않습니다. 다음으로 각 시도교육청별로 정책 추진이나 현안에 급급하기 때문에 그럴 여력도 부족합니다.

그런 조건 속에도 진보교육감들이 시도교육청 차원을 넘는 우리 교육의 문제에 대한 연대나 공통된 주요 정책의 공동 추진을 위한 협력 같은 것이 필요할 겁니다. 최근 경기도교육청이 제작한 시민교과서의 공동사용이나 놀이헌장 선포 등이 그 일환으로 생각됩니다.

임: 진보교육감 시대에 진보교육감의 활약이 강하면 상대적으로 교사 주도 교육운동은 약화되거나 정책의 대상이 될 수 있을 텐데, 그런 측면에서 경기도 혁신교육에서 전교조 선생님들의 역할이 어느 정도 있었지만 아무래도 관리자의 혁신의지가 필요한 점을 느꼈어요. 일부에서는 관리자와 교사의 갈등도 많이 표출되었고요. 혁신주체로서 교사의 역할에 어떤 점이 요구될까요?

이: 그래요. 경기 혁신교육이 현재 수준에 이른 것은 교육청의 혁신적인 행정과 전교조 교사를 비롯한 열정적인 교사들의 유기적인 결합이었다고 봅니다. 물론 교육청과의 관계에서 불편한 점도 있었고, 학교 안에서도 일정한 갈등도 있었지요.

혁신 주체로서 교사의 역할은 혁신 철학의 전도사가 되어야 하고, 주변 사람들을 설득할 대안 생산 능력과 함께 관점이나 가치가 다른 주변 교원들이 변화를 통해 동참하도록 운동성을 갖추는 것일 겁니다. 이런 분들이 계신 학교는 갈등이 별로 없고, 정착되어 가는 속도도 빠른 것 같습니다.

임: 서울 자사고 문제나 역사교과서 문제나 내부형 공모제 비율과 신

설학교 금지 등 중앙정부가 통제하려고 하고, 지방재정 교부금으로 길들이기 하는 문제를 살펴보면 현재 교육자치의 권한과 한계 속에서 그것에 효과적으로 대응할 수 있는 방안에는 무엇이 있을까요?

이: 지금 실시되고 있는 광역 단위 교육자치는 진정한 교육자치가 아니라고 봅니다. 우선 재정과 인사, 교육과정, 행정적 측면에서 반쪽짜리 교육자치지요. 그리고 시군구 단위나 학교 단위 자치가 이루어지지 않기 때문에 무늬만 교육자치라고 말할 수 있습니다.

특히 재정 문제는 교육부의 입장보다 기획재정부의 교육논리가 아닌 경제논리에 입각한 문제가 더 크기 때문에 상당한 어려움을 겪고 있지요. 재정문제뿐만 아니라 다른 문제 역시 가장 효과적인 대응은 학생, 교원, 교원단체와 학부모, 시민사회단체의 집단적 대응이겠지만, 어떻게 설득하여 대응 동력을 확보할 수 있을까요? 교원의 입장에서는 혁신교육이든 또 다른 무엇이든 대중적 설득력을 확보하는 것이 중요할 텐데 간단한 문제는 아닌 것 같습니다.

임: MB정부 때 747경제성장 내세우면서 4대강이라든지, 자원외교라든지, 종부세 폐지라든지, 부자감세로 국가 예산을 마구 주무르더니 국가부채가 엄청 늘어나고, 이어서 태어난 GH정부는 빈 곳간을 담배 값 인상, 근로소득세로 서민주머니 털어내면서도 갈수록 쥐어짜는 것도 모자라 의무급식 지원 안하겠다, 누리과정 지방채 발행해서 써라 등 하면서 지방재정교부금이 줄면서 여러 측면에서 학교재정이 줄었어요. 다른 교육청도 그렇지만 특히 경기도교육청에서 크게는 학교회계직의 축소, 진로상담교사, 보건교사 특수교사, 수석교사 등 사람 정책에 많은 위축을 가져왔지요. 전 사업보다 인건비를 축소하는 것이 가슴 아

프더라고요.

이: 그렇지요. 게다가 만약 누리과정 예산을 시도교육청에서 전적으로 감당하게 한다는 게 사실이라면 내년에 닥쳐 올 재정 압박은 상당할 것입니다. 사람의 문제만이 아니라 교육활동의 축소, 폐지로 이어져 시도교육청의 자율성이나 학교 단위의 교육활동 축소, 폐지는 위험 수준일 거라는 생각입니다.

임: 이력을 살펴보다 보니 2002년 경기도교육감 후보로 출마한 적이 있으셨어요. 45살 때인데 그때의 상황을 말해주세요.

이: 그 당시 교육감 선거는 학교운영위원에 의한 선출 방식이었지요. 전교조가 합법화된 지 3년차 시기였고요. 지부에서 결정한 교육감 선거 전술이 독자 후보를 낸다는 것이었고, 합법화된 전교조의 정책을 교육감 선거라는 공간을 활용하여 홍보하라는 것이었지요. 그리고 이제 전교조가 학교, 지역사회에 합법화된 조직으로 존재한다는 것을 인식시키는 계기가 되는 것이지요. 합법 초대 지부장이었으니 그 역할을 하라는 것이었고, 조직의 결정을 따른 것이었어요. 지나서 생각하니 참 별거 다 해 봤다는 생각이 들더군요.

임: 예전에 교육인적자원부라는 명칭에서 알 수 있듯이 신자유주의 교육관은 교육에도 시장원리를 적용하는 것인데, 교사에 관한 정책으로 교원능력평가와 성과상여금 지급이 있지요. 또 기간제 교사, 강사가 양산되었고, 학교관리의 아웃소싱 즉 외주가 시작되었지요. 그리하여 교육서비스 상품―공급자―수요자 개념의 등장, 수요자 중심의 교육, 경

쟁과 효율성, 선택권의 강조 등이 나타납니다. 이런 교육정책으로 우리가 간과하거나 놓친 부분이 있다면 무엇일까요?

이: 신자유주의 정책에 대한 대응 부분은 전교조 내부에서 일정한 논쟁도 있었다고 생각됩니다. 5 · 31교육개혁을 바라보는 시각과 대응 방법에 대한 것이기도 합니다만, 교육 부문에서 절차적 민주주주의가 일부 신장된 것은 민주화 투쟁 결과물로서 당연한 것이었고, 긍정적인 평가가 필요하다는 생각입니다. 소위 열려진 공간이 그나마 확보된 것이지요. 그러나 신자유주의 교육정책은 당연히 우리 교육을 질곡으로 몰고 갈 것이고, 이 부분에 대한 대응은 제도적 투쟁과 내용적 투쟁이 동시에 있었어야 한다고 봅니다. 당시 전교조에서 혁신학교와 같은 내용적 투쟁이 기획되었더라면 신자유주의 교육에 대한 대안으로서 어느 정도 설득력을 갖게 되지 않았을까 생각됩니다. 예를 들면 90년대 초기 초등에서 열린교육이 확산될 때 전교조는 비판적이었지요. 그렇다고 대안도 없었고요. 제가 94년도에 초등위원회 일을 하면서 6차 교육과정에 대한 전교조의 대안, 열린교육에 대한 교육과정 차원의 대안으로 새학교 만들기 운동을 시도하다가 정리를 못했던 아쉬움이 지금도 크게 남아 있습니다. 당시 새학교 만들기의 내용은 참교육과정 만들기와 학교 운영의 혁신이 핵심이었습니다.

성과급, 교원평가 등 경쟁 중심의 교육정책은 교육적 발상은 아니라고 봅니다. 외적동기 부여보다는 내적동기 부여가 더 교육적 효과가 좋다는 것은 당연한 일임에도 내적동기 부여로 자발성을 유도할 수 있는 정책은 공문으로 불가능하고 내용과 사람의 관계가 필요한 것이어서 상당히 어려운 정책이지요. 그러나 지향해야 할 정책이고요. 교육부의 관료들은 해당 직위에서 6개월~1년 단위로 바뀌기도 하니까 시간이 필요한 정책보다는 단기간 가시적인 성과가 날 수 있는 정책을 추진하는 과정에서 행정편의주의나 관료주의의 폐해가 커질 수밖에 없다는 생각입니다.

임: 그전에도 전교조를 사회악처럼 여기는 부류가 있었지만, 몇 년 전 교육감 선거를 기점으로 더욱 거세게 전교조를 공격하는 양상이 대두됩니다. 어떤 전 국회의원은 노골적으로 단위학교 전교조 교사 명단을 공개했었고, 전교조 퇴출 현수막을 내걸고 선거에 나오기도 하고요. 전교조 어느 지점이 뉴라이트들을 불편하게 한 것일까요?

이: 앞서도 얘기했듯이 뉴라이트는 전교조가 우리 사회를 규정하는 이념축인 반공 이데올로기와 성장 이데올로기의 정확한 장애물이라고 생각할 겁니다. 더구나 전교조는 학생을 대상으로 하는 조직이기 때문에 사회적 영향이 크다고 보고 있고, 그것이 대중적 불안을 조장하기에 적절하기 때문에 전교조에 대해 공격적이지 않을까요? 또 다른 관점에서 말한다면 전교조가 특정 세력에 의해 공격을 받을 정도로 대중적인 설득력이 약하다는 것도 이유가 될 수 있겠지요. 아무리 주장이 옳다 하더라도 그것을 설득할 수 있는 내용이 없다면 문제가 되겠지요. 짚어 볼 문제라고 생각합니다.

임: 교사, 관리자, 학부모, 학생, 직원이 함께 학교에서 사는 분들인데 참으로 관계가 쉽지 않아요. 존경과 신뢰도 무너지고, 권위와 정체성도 약해지고 있어요, 협력과 동반자적 관계 형성이 필요한데 참으로 쉽지 않아요. 어느 지점에 역점을 두고 소통하나요?

이: 학교 동기생들의 친목회도 회장의 리더십이 필요하지요. 자주 대화하고, 자주 만나고, 애경사 잘 챙기고, 동기생들 요구 잘 들어서 모두가 만족하게 해 주면 훌륭한 친목회장이지요. 학교라는 조직도 교육과 전문성이라는 특성을 빼면 마찬가지 아닐까요? 무엇보다 가치나 비전의 공감을 바탕으로 선생님들의 목소리가 교육활동에 살아 있게 하는 보다 나은 방법이 무엇인가를 생각합니다. 그러나 이런 교장의 역할도 학교 구성원의 상태나 외부의 조건에 따라서 그리 쉬운 일은 아니라고 봅니다. 내 경우 잘 하지는 못하지만 그렇게 하려고 애를 씁니다.

임: 시민교육연구회 회장이시죠? 이건 언제 어떻게 만든 거죠? 시민교육 교재도 도교육청에서 인정도서로 발행하기도 했고요. 현 사회구조와 문화에서 시민교육의 내용으로 강조하는 것은 무엇인가요?

이: 경기도시민교육연구회는 초중등 시민교과서 집필 교사들이 모여 교과서 이후 작업들을 하기 위한 모임인데요. 헌법에 민주공화국으로 되어 있고, 교육기본법에는 민주시민을 기르는 것이 교육 목적이고 국가교육과정에서 기르려는 인간상도 민주시민이지요. 결국 교육은 시민을 기르는 것이 목적인데 그동안 시민교육은 제대로 이루어지지 않았고, 시민을 기르는 게 아닌 우민교육이었다고 해도 과언이 아닐 겁니다. 시민교육의 성격을 일부 갖는 도덕이나 사회 교과서는 체제순응형의 인간을 기르려는 것으로 시민교육에 역행한다는 비판도 있었고요.

제대로 된 시민교육이 없다면 헌법에 활자로만 민주공화국이 존재할 뿐이겠지요. 적어도 진보교육이라면 이 문제에 대해 적극적인 대안이 필요하다고 보고 시민교과서를 개발하게 된 것입니다. 이 시민교과서가 현장에 확산된다면 10년, 20년 뒤 우리 젊은 세대의 이념적 지형이 많이 변할 수 있다는 기대를 갖고요.

교과서의 주요 내용은 인권, 다양성, 연대, 환경, 평화, 민주주의, 노동, 언론 등입니다. 우리 사회의 다양한 문제를 진보적 관점과 보수적 관점을 공정하게 제시하고 토론을 통해 비판적 사고력을 길러 시민으로 성장하게 하는 교육내용입니다. 경기도에서 만든 시민교과서를 6개 시도교육청이 공동으로 사용하게 되어 다행이라고 생각됩니다.

임: 현장에서 느끼는 가장 아쉬운 점은 경기도교육청 NTTP교육은 교사연수 프로그램인데 교사들의 지지를 많이 받았어요. 다른 시도교육청에서도 모두 부러워했고요. 그런데 교육감이 바뀌고 이렇게 좋은 정책이 하루아침에 싹 바뀌니 조금 허탈해요. 좀 더 객관적인 평가를 받고 계속 이어질 것은 이어져야 하는데, 잦은 정책변화로 현장이 혼란스럽고, 업무량은 많아지는 경향을 보여요.

또 다른 측면에서 김상곤, 김승환, 민병희 등 6명의 진보교육감 시대를 혁신학교 1기라고 한다면, 13개 시도 진보교육감 시대는 재선된 지역을 포함하여 1기를 바탕으로 차별성과 전진성이 필요한데, 눈에 띄는 정책 지점이 별로 보이지 않아요. 이재정 교육감의 9시 등교나 교장, 교감 수업은 진보성이 약하다고 생각합니다. 학생들 학습노동시간이 줄어든 건 아니잖아요. 아직도 학교는 할 일이 많아요. 민주적 학교운영과 학교자치, 학생인권과 학생자치, 교원업무 경감, 학교를 업무 조직에서 교육조직으로 재구조화, 전문적 학습공동체, 교육과정과 수업 혁신 등 교육 혁신의 주체가 아무래도 다 함께 협력해야겠지만 학교장보다 교사주도 혁신이 강해져야 한다고 생각해요.

이: 경기교육은 혁신교육에 대한 개념, 정책, 방법에 있어서 이전과

다른 점이 많다는 현장의 지적을 듣고 있습니다. 중요하게 추진되던 정책이 지속되어 정착되어야 할 처지인데 그렇지 못해 아쉽다는 이야기도 많고요. 바로 지적한 그 내용이 아쉬운 대목이기도 합니다.

그동안 추진했던 여러 정책들에 대해 현장의 동의력이나 실천력도 높아지려는 상황에서 정책이 폐기, 전환되니까 혼란을 가져오는 것 같고요. 어떤 분들은 진보도 같은 진보가 아니라고 희화화하는 경향도 있고요. 현장 중심이라면서 학교나 교사 자율성의 강화가 아니라 교육청 주도라는 비판도 듣고 있습니다. 그리고 혁신교육, 혁신학교의 성패는 교사의 자발적 참여 여부에 달려있으니 당연히 교사 주도의 혁신이 강해져야 하겠지요. 그러나 '교사 주도'를 일부에서 오해하는 경우도 있어요. 혁신이 교사주도여야 한다면서 어떤 교사들은 교장, 교감의 배제를 이야기하는 경우가 있습니다. 극히 일부지만 이것은 문제가 있다고 봅니다. 혁신에서 역할의 차이를 통한 협력의 문제를 배제의 논리로 접근하면 지속가능하지 않다고 봅니다. 프랑스의 프레네학교는 교사주도의 혁신운동이었지만, 거기서 교장, 교감의 배제를 말하는 것은 아니지요. 독일의 헬레네랑에 학교는 교장 주도의 혁신이었지요. 그렇다고 거기서 교사가 배제되거나 교장의 독선이 있거나 하지 않지요. 일부에서는 교장, 교사, 학부모 공동의 노력으로 혁신이 추진되는 경우도 있지요. 스웨덴의 푸투룸스쿨(미래학교)이 그런 경우라고 봅니다.

임: 진보교육감들은 저마다 자기 색으로 진보교육의 방향을 잡고 있는지 살펴볼 필요가 있지요. 13개 지역 진보교육감 당선의 팡파르에 비해 눈에 띄는 정책은 별로 안 보이는데, 당선 일 년이 다가오는 시점에서 현재 전국 진보교육감에 대해 아쉬움이 많아요.

이: 13개 시도교육청을 다 파악하고 있는 상황도 아니고, 새로 추진 되는 시도교육청의 경우 일정한 준비도 필요할 것이고 해서 성과와 아 쉬움을 이야기하기에는 무리라는 생각입니다. 다만 첫 단추, 그러니까 인수위 활동과 2015년 계획을 어떻게 꿴 것인지에 대한 성찰이 필요할 것 같습니다. 첫 단추가 초반 2년을 좌우하고 성패를 가늠하게 될 거라 고 봅니다. 그런 점에서 각 시도교육청별로 자체적으로 현재 시점에서 판단이 가능할 것 같습니다.

교육감이 바뀐다고 해서 수십 년이 지속되어 온 관행이 하루아침에 변화를 가져오기에는 무리지요. 이제 시작된 시도교육청은 4년간 변화 의 기반을 만든다는 생각이 현실적이지 않을까 생각됩니다.

임: 혁신학교의 운영 원리랄까, 이런 점이 유지되고 있으면 혁신학교 라 할 수 있다고 말할 수 있는 것이 무엇일까요? 저는 학교를 민주공동 체로 만드는 게 제일 매력이 있던데요.

이: 경기도나 타 시도의 혁신학교는 혁신학교의 추진내용에 유사성 이 있는데 대체로 창의적인 교육과정 운영, 민주적, 자율적 학교운영, 전 문적 학습공동체 등이지요. 이 내용들은 우리나라 학교들이 갖고 있는 핵심적인 과제이기도 하고 공교육 정상화의 내용이기도 하지요. 하지 만 유럽의 여러 나라들에게 이 과제들은 보편적으로 주어진 것이기도 해서 우리의 경우 혁신학교라는 것은 내용적으로 유럽의 보편적인 학 교 모습 정도라고 생각돼요. 하지만 혁신학교가 지속가능한 조건에서 혁신학교 2기의 상이라고 할까요? 그것은 발도로프 학교나 헬레네랑에, 서머힐 등과 같은 학교가 준비되어야겠지요.

혁신학교의 정체성은 혁신학교의 추진 내용의 질적 성취 여부이기도 하고, 그중에서 가장 핵심적인 내용은 창의적인 교육과정 운영일 겁니다. 교육과정은 지식, 기능 과다 섭취의 학생들의 비판적 사고력과 정의적 능력을 높이는 내용이 교육과정의 핵심일 거고요. 민주적, 자율적 학교 운영과 전문적 학습공동체는 교육과정을 잘 운영할 수 있도록 지원하는 학교 시스템이 되겠지요.

그런데 학교마다 혁신학교의 운영에 있어서 강조점의 차이가 있다고 봅니다. 가장 강조되는 것이 지적한 대로 민주적 공동체라고 봅니다. 이 문제가 해결되지 않는 상황에서 자발적 참여를 이끌어내기는 어렵지요. 하지만 이것이 혁신학교의 궁극적인 목적은 아니라고 보는 것이지요. 아이들의 삶을 가꾸는 텃밭인 교육과정을 어떻게 할 것인지를 위해 민주적 공동체가 필요하다는 생각이고 여러 과제들이 유기적인 관계를 가져야 한다고 생각해요.

임: 혁신학교는 자율학교 운영에 관한 법에 의한 또 다른 이름으로 알고 있는데, 다른 지역에서는 행복학교, 무지개학교라고 말하기도 하고요. 자율학교가 나온 배경에는 시대적으로 사회적으로 어떤 점이 크게 작용했나요?

이: 자율학교 도입은 5·31교육개혁에서 제안된 내용입니다. 앞에서 5·31교육개혁의 성격을 간단히 말했는데, 자율학교 도입은 교육에서 절차적 민주주의 신장의 일환이지만 경쟁과 효율을 추구한다는 점에서 문제점을 안고 있지요. 이것은 자율학교 자체의 문제라기보다 운영상의 문제입니다. 시행령에 나와 있는 자율학교 조항은 그 자체로 큰 문제는 없지만, 특목고나 자사고 등을 자율학교로 지정해서 일정한 자율성을 주고, 그 학교들은 경쟁을 통한 선발 과정을 거치게 됨으로써 사교육

과 입시 과열, 인문고 슬럼화를 가져오게 되었지요.

그러니까 혁신학교도 자율학교로 지정하게 되는데 이것은 자율학교 관련 법에 있는 자율 권한을 부여하기 위한 지정입니다. 같은 자율학교의 제도적 틀을 활용하지만 특목고와 혁신학교는 커다란 차이를 갖고 있지요. 결국 운영의 철학과 방향, 내용의 문제입니다.

임: 혁신학교도 결국은 우리나라 입시제도의 큰 틀에서 자유롭지 못한 점이 늘 아킬레스건이었습니다. 그래서 고등학교에서 혁신학교 지정이 어려운 점이 있었고, 일부 언론에서는 혁신학교는 학력이 떨어진다고 말하고, 일부에서는 학력이 결코 떨어지지 않았다, 대학 진학률이 얼마다, 라고 맞대응하는 양상을 보입니다. 교사들은 근본적인 혁신이 또 다른 지점에 있는 것 같은데 그 점을 파악하셨나요? 가령 전교조가 혁신학교에 전폭적으로 합류하는 양상의 기류 같은 것에 대해서요.

이: 혁신학교는 교육의 본질을 추구하는 학교지만 우리와 같은 입시 풍조에서는 고등학교의 성과를 입시 성적과 결부시키기 때문에 어려운 점이 있지요. 따라서 고등학교가 입시 위주의 공부 방식을 택하고 이에 따라 학생의 요구에 맞는 교육과정이나 학교 나름의 창의적인 교육과정 운영, 학생 자치활동, 동아리 활동의 파행을 가져오고 있지요. 이것을 극복하는 것이 혁신학교지만, 그렇게 할 경우 공부를 많이 못하게 되어 성적이 떨어진다는 논리입니다.

그러나 일부 혁신고등학교의 사례처럼 교육 본질에 충실할 경우, 학생 자발적 노력으로 학업성취도가 높아지고, 다양한 교육과정을 통해 입학사정관제에 의한 대학입학에 장점이 있어서 교육 본질 추구가 입시 성적 하락으로 이어지지 않는다는 논리입니다.

고등학교의 입시 위주 획일적 교육과정 운영이나 수업, 평가 방식을 혁신학교에서 극복하자는 것은 중요한 과제입니다. 우리의 입시 풍토에서 어려운 과제임은 사실이지만 근본적인 혁신을 위해 나아가야 할 길이라고 봅니다. 또 이 문제의 해결은 교육 분야만으로는 불가능하지요. 우리 사회의 전반적인 문제와 연계되어 있으니까요.

전교조가 전폭적으로 참여하는가의 문제는 이 문제에 대한 동의 여부와 극복 의지 그리고 대안역량의 문제일 거라는 생각입니다.

임: 지나친 경쟁주의 교육에 대한 반성으로 미래생존과 행복의 암담함이 예견되는 점에서 경쟁보다 협력을 강조하며 더불어 사는 공동체를 지향하지 않으면 안 되는 절대 절명의 시대적 요구와 학생들의 폭력, 자살의 반성적 성찰에서 행복해지는 학교를 위해 조현초등학교 또는 도교육청 장학관 시절 노력한 점이 있다면 무엇일까요?

이: 우리 교육의 문제, 학생들의 삶의 문제에서 학교에서 대응해야할 수단은 무엇보다도 교육과정이라고 봅니다. 따라서 학교교육과정에서 학생들의 비판적 사고력을 제대로 기르고, 학생들의 정의적 능력을 중시하는 체계적인 계획이 중요하다고 봅니다. 그리고 이러한 교육과정 운영이 잘 되도록 교사들의 자율성을 높이고, 민주적 학교 운영을 통해 자발성을 높이고, 교육과정 중심의 학교운영 체제를 만들어가는 것이었습니다.

그러나 우리 교육의 문제를 해결하는 데 한 학교나 일정 기간 교육청에 근무하면서 할 수 있는 한계가 있지요. 그저 작은 징검다리라도 하나 제대로 놓았으면 하는 심정이었지만 그것마저 잘 했다고 보긴 어렵다는 생각입니다.

임: 교장이나 장학관으로 재직할 때 가장 기억에 남는 일이 있다면 어떤 걸까요?

이: 기억에 남는 것이 있지요. 나로서는 무척 소중한 경험이기도 하고요. 조현초에 공모할 당시 전교조 출신이라는 것과 교장자격증이 없다는 이유로 많은 어려움이 있었습니다. 그 당시 총동문회, 지역사회에서 반대가 심했지요. 그러나 4년 뒤 조현초나 지역사회에서는 전교조, 자격증 여부가 아무런 문제가 되지 않았습니다. 그분들이 후임 교장을 전교조 출신, 교사 출신을 뽑았으니까요. 운동은 구체적인 내용을 가지고 신뢰를 준다면 사람까지 변화를 가져오게 됩니다.

그리고 좋은 교육은 아이들의 삶을 바꿀 수 있다는 확신을 가졌습니다. ADHD 아이들이 변하는 과정, 여러 문제아들이 변하는 과정을 보면서 내 교직 생활에서 이런 변화를 목격한 경우는 없었습니다. 교육이 바뀌면 아이들을 살릴 수 있다는 확신을 했습니다.

이 모든 것은 함께한 교사들의 노력이었지요. 교사들이 새로운 교육에 대한 가치, 비전을 함께할 때 그 헌신 정도는 대단했습니다. 그리고 교사의 성장도 이뤄졌고요. 교사의 자발성은 내적동기에 있지 외적동기에 있지 않다는 것을 확인했습니다.

도교육청에서 일하면서 혁신교육에 대해 부정적이던 많은 분들이 차츰 동의를 하는 모습을 보면서 교육이 우리 사회를 바꾸는 데 일정한 역할을 할 수 있다는 생각도 했습니다. 지금은 교직 생활을 마무리할 시점이지만 이 정도의 경험은 나로서는 무척 소중하고, 행복한 경험이었다고 생각합니다. 지금 혁신학교를 통해서 많은 동료, 후배들도 나와 같은 경험을 해 가고 있는 과정이라고 생각합니다.

운동이란 내 주변의 한 사람, 내 학교의 학부모나 지역사회의 사람을 변화시킬 수 있는 구체적인 내용과 활동이 전제되지 않을 때는 구호에 다름없다고 생각합니다. 비록 교육만이 아니라 다른 분야에서도 마찬가지겠지요.

임: 혁신학교는 지속가능한 것인가? 1990년대 열린교육이 그랬듯이 혁신학교도 1기 김상곤 교육감 시기와 이재정교육감 시기 혹은 이중현 장학관 시기와 서길원 장학관 시기가 흐름에서 차이점이 많이 느껴져요.

이: 교육감에 따라 정책의 강조점은 차이가 있을 수 있다고 봅니다. 그러나 혁신학교는 우리 교육의 대안이라는 관점에서 추진되어 왔고, 현장이나 학부모의 많은 동의를 얻고 있는 것도 사실입니다. 자칫 차이가 본질의 차이나 지속가능을 위한 노력의 차이가 있다면 문제가 될 것입니다. 누가 집권하든 혁신학교의 지속가능을 위한 노력은 계속되어야 하겠지요. 그리고 지속가능하게 하는 힘은 당선되는 교육감이 아니라 현장의 혁신 역량이겠지요.

90년대 초등에서 확산된 열린교육과 지금의 혁신학교를 비교할 때 임 선생님의 지적이 중요하다고 봐요. 열린교육은 초등 중심, 수업 방법 중심이었다면 혁신학교에서는 중등까지 확산된 상태에서 수업을 포함한 교육과정과 학교운영의 혁신으로 질적, 양적 발전을 가져왔지요. 그러나 열린교육이 실패한 가장 큰 이유는 초기 교사들의 자발성이 교육부, 교육청에 의한 타율성으로 바뀌면서 문제가 생긴 것이지요. 그래서 경기도에서 혁신학교 정책은 교원 자발성을 존중하면서 행정적 개입을 최소화하는 것이었습니다. 혁신학교 일반화란 용어를 사용한 것도 자발성의 일반화를 위한 행정적 지원이지 혁신학교의 양적 확대를 목적으로 한 것은 아닙니다. 이러한 관점이 지금도 지속되었으면 하는 바람입니다.

임: 저는 유신 때 초등학생이었고, 고2 때 5·18이었습니다. 30 전후의 전교조, 그리고 52살 때 세월호인데, 참으로 세월호는 제 교직 삶을 돌아보며 많이 힘들고, 어찌해야 할지 난감합니다. 일부에서는 '사회적 치유'가 필요하다고 말하지요. 사회적으로 삶의 가치에서 세월호를 제대로 정립을 못하고 있는 일인데, 저도 학교에서 무엇을 가르쳐야 하는지, 왜 가르쳐야 하는지, 이것은 진정 가르칠 내용인지를 다시 한번 고민하게 합니다.

이: 그 고민을 충분히 이해할 것 같습니다. 저나 많은 사람들이 겪는 고민일 겁니다. 세월호 이후의 교육은 총체적인 관점에서 검토해야 할 문제이고, 여러 각도에서 강조점이 달라질 수 있겠지만, 저 나름으로 강조하고 싶은 것은 시민교육의 활성화가 필요하고 학생들의 참된 학력을 위해 교육과정을 교육 본질에 맞게 운영하는 것이라고 봅니다. 그것은 '가만히 있으라'는 교육이 아니라 '행동하라'는 교육으로 전환되는 것을 말하는 것입니다. 프랑스의 대학입학시험인 바깔로레아가 있는데 이 논술을 도입한 이유도 스스로 생각하고 행동하는 시민을 기르는 것입니다. 우리의 선발 기능으로서의 대학입시나 평가 관점을 생각하면 무척 부러운 정책입니다. 프랑스나 독일은 시민교육이 정규 교과로 되어 있는데 지속가능한 민주주의를 위한 것이고, 그것을 위해서는 올바른 시민을 길러야 하기 때문입니다. 교육의 목적이 결국 시민을 기르는 것이니까요.

임: 종교를 갖고 계시던데, 종교는 나의 삶에서 어떤 측면이 있는지요? 저도 교회 집사이지만 교회에 출석하는 일이 바쁜 생활에서 쉽지 않더라고요. 어렸을 때부터 다녀서 그런지 어떤 종교적 세계관이 내재되어 있습니다. 그것이 살면서 힘이 되기도 하고 위안이 되기도 하지만, 어떨 때는 종교가 사회변혁운동을 하는데 힘들게 하지는 않는지요.

이: 저는 지금 교회에 다니지만 초등학교 때는 성당, 중학교 때 교회, 대학 때는 절에 다녔습니다. 그래서 어느 종교건 편견은 없고, 특별히 어느 종교를 믿는다는 생각도 희박합니다. 이렇게 말하면 믿음이 약하다고 할지 모르지만 제가 종교를 대하는 생각 자체가 그렇습니다. 지금 다니고 있는 교회는 전교조 지회가 결성될 때 울타리가 되어 준 교회로 당시 소위 민중교회로 불렸지요. 아내를 따라 교회에 나가게 된 시점은 한참 뒤였지만, 아내와 함께 하는 시간이 좋았고, 우리 교회의 지향이 우리 사회의 모든 영역에서 운동적 관점에서 설교를 듣고, 성경을 해석하고, 활동을 하고 있어서 삶과 운동, 종교 활동이 일치되어 아무런 부담이 없습니다. 좀 과장해서 말하면 주일마다 집회를 엽니다.

임: 예전에 글쓰기운동, 전교조 참교육활동, 시와 동화 등의 출판문예활동, 혁신학교 활동, 혁신정책 활동 다양한 측면으로 살아오셨고, 그 어느 것도 다 살면서 필요한 것이고 기회가 주어지면 해야 할 일이지만, 어느 활동에 아쉽거나 더 노력했어야 했거나 남은 앞으로의 생활에서 이런 점에 더 노력을 해야겠다는 활동은 아무래도 무엇일까요? 작품 활동이 아닐까요?

이: 그렇지요. 작품 활동을 못한 것이 늘 마음에 걸렸습니다. 교장을

하면서부터 작품 활동을 중단했습니다. 그 역할에 집중하기 위한 것이 었는데, 지금은 다시 창작활동을 준비하고 있습니다.

임: 꽃과 식물에 관심이 많으신가 봐요? 목화는 올해도 농사지었나요?

이: 꽃과 식물은 보는 것을 좋아해요. 가꾸는 방법을 잘 모르기 때문이기도 하지요. 하지만 학교의 꽃들과 수목을 관리해야 하니 신경이 많이 쓰입니다. 목화는 친구한테 씨를 얻어 작년에 심어 봤어요. 요즘 아이들이 목화를 보기는 참 힘들지요? 아침이면 흰 목화꽃이 피어서 오후에는 붉게 물들어가는 걸 아이들이 본 적이 없을 거고요. 열심히 물주고 가꾸어 꽃을 피웠는데 정작 아이들은 별 관심을 갖지 않던데요. 목화뿐만 아니라 교정에 피는 어떤 꽃도 아이들이 크게 관심을 갖는 건 아닙니다. 내 초등학교 시절을 생각해 봐도 진달래꽃이나 아카시아 꽃을 아름답다는 생각보다는 먹을거리로 생각해서 좋아했지요. 그 꽃을 아름답다고 생각한 것은 나이가 들어서지요. 하지만 교정에 피는 수많은 꽃 중에 어느 한 꽃을 가슴에 품게 된다면 그 아이에게 특별한 경험이 될 수 있다는 생각입니다. 어릴 적부터 가슴에 사랑 하나를 품고 살 수 있으니까 소중한 것이지요. 그 생각을 하며 학교의 수목을 관리할 수밖에 없습니다.

임: 긴 시간 함께 이야기할 기회를 주셔서 감사합니다. 아직도 아쉬움이 남지만 나중에 또 기회를 함께 갖기로 하거나 더 많은 사람들과 나누어 이야기하면 더 좋을 것 같다는 생각이 듭니다. 건강 조심하시고 얼마 남지 않은 교직생활 멋지게 마무리하시길 기원합니다. 감사합니다.

특별기고

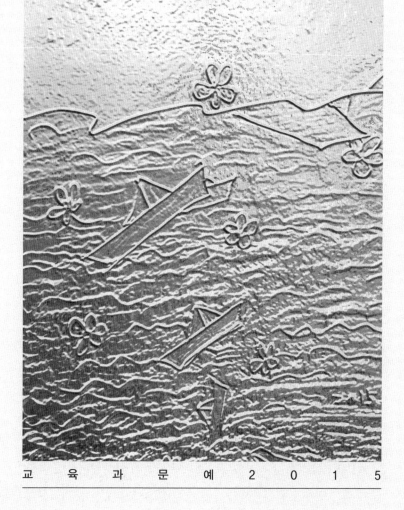

■ 특별기고

세월호와 메르스를 통해 종합 상황 판단 역량을 바라보다

최교진

교사는 아이들의 어디쯤에 서야 할까? 세 번의 해직 중에도 놓지 않고 끊임없이 자문한 문제다. 기본적으론 아이들 편에 서야 한다고 생각했다. 교사가 어디쯤 서야 하는 문제는 교사가 앞에서 아이들을 쭉 이끌고 가야 하는 사람인가, 아님 뒤에서 아이들을 도와주면서 밀어줘야 하는 사람인가, 하는 문제로 연결된다. 내가 내린 답은 교사는 아이들 '가운데' 서 있으면 좋겠다는 것이다. 배움터 안에서 교사가 아이들 가운데 함께 있으면서 같이 울고 같이 기뻐하고 함께 고민하고 같이 나아가 그 가운데에서 배우는 기쁨과 가르치는 보람을 느꼈으면 좋겠다. 덩달아서 학부모도 행복했으면 좋겠다고 생각했다. 이런 교육적 토대를 만들어 보자는 것이 교육감 출마를 결심한 이유이다.

1년 전 전국 교육감 선거를 앞두고 비록 당선이 되지 않더라도 '학생, 교사, 학부모'가 모두 행복한 교육을 만들어보자고 세종시 전 지역을 다니며 세종 교육의 희망을 이야기하고 공약을 설명했다. 만난 분들의 한 결같은 말은 "아이들이 마음 편히 공부하고 뛰놀며 자신의 '꿈과 끼'를 키울 수 있게 해 달라"는 당부였다. 예상과 달리 당선(?)이 되었는데 이건 내가 잘났거나 관운이 있는 사람이어서가 아니다. 제발 아이들이 아무 걱정 없이 무탈하게 맘껏 자신의 꿈을 펼쳐 대한민국의 희망으로 자랄 수 있도록 하라는 당부이자 명령으로 받아들였다. 그래서 세월호의 진상이 밝혀지는 날까지 노란 추모 배지를 달겠노라 스스로 약속했다.

교육청 월례회의 때 학생들 연극을 보고 난 뒤의 느낌을 이야기했다. 교육을 한 편의 연극으로 본다면 무대 위에서 화려한 조명을 받는 '배우'는 아이들과, 함께 있는 교사들이다. 나머지 행정실, 교감, 교장, 교육청은 다 '스태프'이다. 스태프는 주연배우가 최고의 연기를 할 수 있도록 지원하는 자리다. 근데 이 스태프가 자꾸 무대 위에 올라서서 간섭하면 연극은 엉클어진다. 우리 스태프하고 이야기했다. 내 4년 임기 동안 교육감으로서 뭘 한 것을 내세우고 싶지 않다, 다만 분위기가 많이 바뀌었다, 문화가 바뀌었다, 아이들과 가르치고 배우는 일, 소위 교수 학습 활동이 모두 교육에서 중심이라고 생각하게 됐다, 정말 스태프로서 충실했던 사람이다, 빛나지 않아서 참 좋았다, 라는 평가를 받고 싶은 마음이 간절할 뿐이다.

우리 교육의 문제점은 없는지 같은 상황이 일어난다면 어떻게 해야 하는지 고민했다. 청내 직원들은 물론 각 학교의 교장선생님과 담임 교사선생님들과 토론 및 협의회를 가지며 서로 가슴에 담아둔 말을 꺼냈다. 잠정적으로 내린 결론은 '종합 상황 판단 역량의 강화'다. 시험문제를 아무리 잘 풀어도 삶이 준 난제를 해결하지 못한다면, 시험을 잘 푸는 것은 하나의 기술이나 재주에 불과하다. 기술은 우리 인간의 생존과 편한 생활을 위해 있는 것이지 그 자체가 목적은 아니다. '종합 역량'은 앞으로 가야 하는지, 한 발 물러서야 옳은 것인지, 혼자의 힘으로 해결할 수 있는 것인지, 다른 사람의 도움을 요청해야 옳은 것인지, 안에 있어야 하는 것인지, 밖으로 나가야 하는 것인지 여러 가지 상황을 종합적으로 판단할 수 있는 힘이다. 이 역량은 자신만의 영역이기도 하지만 토론과 협의를 통한 공동체의 영역이기도 하다. 새로운 사회가 요구하는 창의성과도 관련 있다. 시험 출제 시 교사들이 작성하는 이원목적분류표에 지식, 이해, 적용, 분석을 모두 아우르는 것이 종합 상황 판단 역량이라고 할 수 있다. 이것은 일방적인 지시나 단순한 암기로 이뤄지지 않는다. 또 단시일에 이뤄지지 않는다. 긴급 재난(화재, 지진) 위기 상황에 대처하는 반복적 학습과 훈련, 안전에 대한 정기적인 점검, 인식의 변환 등이 꾸준히 지속될 때 잠재적인 역량이 되어 위기 상황에서 빛을 발할 수 있으리라 생각한다. 그래서 세종시 교육청에선 초등학교부터 의무적으로 수영 강습과 응급조치(인공호흡술 포함)를 실시하기로 했다.

소년 체전 격려차 제주도에 다녀왔다. 메달을 딴 학생들과 연습한 만큼 결과를 얻지 못한 모든 선수들을 위로했다. 소년 체전이 끝이 아니라 더 큰 대회가 앞으로 계속 있고, 체전 자체가 누가 빨리 달리고 높이 오르나 하는 경쟁터가 아니라 그동안 갈고 닦은 기량을 맘껏 펼치는 잔치라 생각해서였다. 한편으론 작년 이곳으로 수학여행을 오다 비극적인 참사를 맞아 가족의 품으로 돌아오지 못한 안산 단원고 학생들과 인솔교사, 그리고 일반 승선객을 생각했다. 304명의 희생자 중 246명의 아이들이 가족의 품으로 돌아오지 못했고, 인솔 교사 14명 중 12명이 돌아가셨다. 두 명의 생존자 역시 교단을 떠났다. 교사는 재임기간 살아서도 죽어서도 학생들과 운명을 같이 해야 하는 막중한 책임감이 있는 존재이다. 교사들은 '가만히 있으라'는 선내 방송을 듣고 아이들에게 제 자리에서 다음 안내를 듣고 움직이라는 문자를 넣은 다음 아이들 곁으로

가서 가운데 계셨다. 급기야 사태의 심각성을 파악하고 구조 활동을 벌였다. 이 경우 교실과 학교를 떠난 교사의 책임과 지도는 어디까지일까, 하는 숙제가 남는다.

그럼에도 두 분의 선생님(이지혜, 김초원 교사)이 정규직이 아닌 기간제 교사라서 순직은 물론 의사자 지정에서 보류되었다는 이야기는 희생 교사는 물론 유가족과 비정규직으로 살아가는 모든 이들에게 또 다른 '차별'이란 아픔을 더해주고 있다. 또 '생존자 증후군'에 시달린 강민규 교감의 경우도 탈출한 것이 아니라 학생들 구조를 돕다 탈진한 상태에서 구조되었고, 참사의 사태를 뒷수습하다 이를 감당하지 못하였기에 돌아가신 것으로 밝혀졌다. 강교감도 순직 소송에서 패소하였다는 이야기를 들었다. 이런 경우도 우리 법이 '생존자 증후군'에 대하여 심도 있게 분석하여 돌아가신 분의 명예를 살렸으면 좋겠다는 바람이다.

제주도에서 돌아오면서 5월 31일이 휴일이기도 하고, 마침 부여 성왕공원에서 세월호 참사 1주기 부여군민 추모 예술제 '노랗게 피어나라'를 한다는 전언을 듣기도 했고 세 번째 복직한 학교가 부여 세도중학교라서 추모제에 참가했다. 세월호 희생자를 잊지 않고 기억하겠다는 군민들과 예술인들의 추모 행사였지만 수업 시간에 아이들과 함께한 미술 작품을 전시한 함종호 선생, 부여를 떠나서도 잊지 않고 찾아와 신동엽 시인의 '껍데기는 가라'를 열창해준 황금성, 세월호 희생자들의 넋을 춤으로 풀어준 계순옥 선생님을 만나 슬픔을 나눴다. 모두 다 소중한 후배이자 전교조 동지들이었다.

이번 사막병으로 알려진 '메르스' 확산 사태를 보면서 우리 사회가 세월호 참사로부터 교훈을 얻은 것이 있나 하는 회의를 가졌다. 정부 관계자가 언론을 통해서 하는 말이 외출 후 집에 들어와서는 '손을 깨끗이 씻을 것, 가급적 외출을 자제하고, 외출 시 마스크를 쓸 것' 정도의 이야기를 했다. 결국 개인이 개인의 생명을 지켜하는 셈이다. 환자가 있었던 병원에 대해서는 언론 공개를 극히 꺼리다 일부 지자체와 언론에 밀려 뒤늦게 늑장 발표를 하는 것을 보고 피라미드처럼 권력이 집중된 사회에서 정보의 독점과 무사안일주의가 우리 문제를 더욱 조장시키는 것은 아닌지, 우리 사회를 다시 한 번 정밀 진단해야 하는 것이 아닌지 생각했다. 권력이 집중화되어 그 책임을 다하지 못할 경우 그 피해는 고스란히 밑으로 내려온다. 그래서 권력의 분산인 분권과 단위 현장(학교 포함)에 걸맞은 책임을 주면서 지원하는 체제로 우리 사회가 바뀌어야 한다고 본다.

교육감은 단순히 '스태프'에 머물러서는 안 된다는 것을 알고 있다. 때론 무대도 제작해야 하고 '배우'들의 건강 상태를 하나하나 점검해야 하는 책무가 있음을 알고 있다. 또한 필요할 경우 몸과 마음만이 아니라 법으로 지원해야 하는 몫이 있음을 안다. 자랑하지 않고 교만하지 않고 게으르지 않고 그 길의 가운데 있으면서 선생님들과 아이들과 학부모님과 교육청 직원들과 손잡고 가겠다.

시론

■ '부단 운동'에서 배우자 – 현 시기 사회변혁과 관련하여 / 박두규

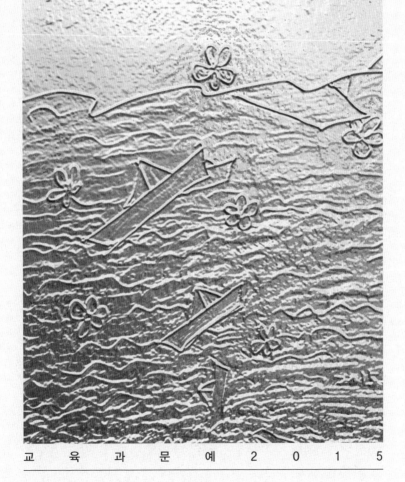

■ 시론

'부단 운동'에서 배우자

— 현 시기 사회변혁과 관련하여

박두규

1. '변혁'에 대하여

인류는 어느 시대를 막론하고 자신의 현재에 대해 변혁을 꿈꾸어 왔다. 하나의 개체적 생명이 주어진 상황과 조건을 극복하며 스스로의 생장을 도모하는 생명운동을 '변혁'이라는 단어로 의미를 변용할 수 있다면 우리의 삶 자체를 변혁운동이라고 말할 수도 있을 것이다. 말하자면 모든 생명은 변화의 흐름 속에 놓여 있으며 그 흐름의 상황과 조건을 잘 소화하고 조화를 이루어 극복해가는 것이 생명운동이며 변혁운동이라는 것이다. 그리고 이것은 하나의 개체 생명만이 아니라 그 집단, 그 사회, 그 국가, 나아가 전 인류를 하나의 생명공동체라고 볼 때도 마찬가지라고 생각한다. 현재 지구 안에 존재하는 것들은 지구를 떠나 존재할 수 없다. 다시 말하면 지구 안에 있는 보수나 진보, 선과 악 등 모든 대립과 갈등을 이루고 있는 것들도 함께 어울려 살아야 하는 지구인 것이다. 그래서 '변혁'은 한 개체로부터 시작하여 지구 안의 전 존재들이 피해갈 수 없는 모두의 '삶' 그 자체인 것이다. 다만 모든 생명은 죽는 순간까지 변화의 흐름을 타고 있으며 그 흐름의 상황과 조건을 끊임없이 극복하고 조화를 이루어야 하는데, 그 흐름을 그 생명체 혹은 생명공동체가 주체적으로 타는 것을 '변혁'이라고 말하고 싶은 것이다. 그리고 '변혁'은 한 시대의 사회적 문제만이 아니라 우주적 시간의 흐름인 '변화'의 흐름 속에 있는 것이며, 유한한 생명 존재들이 현재의 영원성이라는 인식의 토대를 만들어 가는 것이고, 존재가 처한 상황과 조건을 체화하여 가는 삶의 과정이라고 말할 수 있을 것이다.

현 시기의 사회변혁에 대한 모색은 단순히 정권을 바꾸고 제도를 바꾸어 잘 사는 나라, 평등한 세상, 통일된 나라를 이루는 가시적이고 목적의식적인 것만이 아니라 존재의 본질, 삶의 본질과 함께 고민해야 하는 것이어야 한다고 생각한다. 그것은 개인의 삶과 사회가 분리될 수 없는 것이고 나와 우리, 모든 생명들은 궁극으로는 지구라는 별에서 함께 공존해야 하는 한생명이기 때문이다. 그래서 변혁의 기본정서에는 '공존의식'이 있어야 한다고 생각한다. 그리고 그 '공존의식'은 생명체들이 타고 나면서 가지고 있는 '공감능력'의 자기인식으로부터 시작된다고 생각한다. 그것은 종교적으로는 자비나 사랑 등과 관련된 것이며 사회적으로는 타인에 대한 헌신과 희생, 그리고 진정한 봉사와 기부, 나아가 연민의 감정 등 '모심'과 '나눔'의 근본정서와 무관하지 않은 것이다.

그런데 문제는 생명을 가진 것들은 이 '공감본성'을 생래적으로 가지고 태어나지만 정작 스스로는 그것을 모르고 살아가는 경우가 많으며 대부분 죽을 때까지 자신의 그러한 본성, 자성, 신성이라고 할 수 있는 것을 인식하지 못한 채 '나(에고, 아상)'라는 인식공간 속에서 벗어나지 못하고 죽어간다는 것이다.

하지만 이러한 근본문제를 가지고 구체적인 사회변혁운동을 성공적으로 이끌어낸 사례가 있어 지금의 우리로서는 그것을 배우고 우리 사회에서 그 무엇을 변용해낼 수 있다면 좋지 않을까 생각한다.

2. 우리는 어떤 변화의 흐름 속에 있는가

'사회변혁운동'이라는 용어는 80~90년대에 가장 활발하게 쓰였고 그 것은 그 시대의 목적의식적인 화두였다. 그리고 그 동전의 이면에는 '혁명'이라는 단어가 함께 있었다. 나는 개인적으로 혁명이라는 단어보다는 변혁이라는 단어를 더 선호한다. 그것은 혁명이 갈등과 대립을 이루는 악과 불의, 불평등 등을 싹 쓸어 혁명주체가 의도하는 새로운 지형의 세상을 만들자는 '쟁투'의 정서를 담고 있기 때문이다. 하지만 '변혁'은 현재의 상황과 조건이라는 흐름을 창조적으로 극복하려는 의지가 담겨 있는 단어로 온다. 공동체 속의 진정한 창조적 변혁은 화합할 수 없는 너와 나가, 너도 변하고 나도 변하여 서로가 화합 상생할 수 있는 새로운 변화의 국면을 창출하는 것으로부터 온다고 생각하기 때문이다(이 '진정한 창조'의 개념은 붓다의 중도사상과 궤를 같이 한다). 그렇다고 80~90년대가 이런 이상적인 '변혁'의 상황과 조건 속에 있었던 것은 아니다.

그래도 운동의 입장에서 봤을 때 80~90년대가 지금보다 행복했던 점은 당시 대중들의 정서나 목적의식적 지향이 자연스럽게 하나의 지점으로 집중되어 있었다는 것이다. 그것은 오랜 군부독재로 인한 비민주적인 정치현실과 비인간적인 개발독재로 인한 반정부적인 대중정서의 흐름이 대세였고, 또 노동운동도 단순한 노사 간의 갈등이나 계급적 문제의식을 넘어 노동자만의 문제가 아닌 한반도의 통일이라는 국민적 정서를 정확하게 가지고 있었기 때문이다. 이러한 시대적 의식의 흐름은 자연스럽게 '사회변혁'의 물꼬를 트고 큰 흐름을 형성할 수 있었다. 게다가 학생운동이라는 젊은이들의 역동적인 에너지가 그 흐름의 중심에 있었으니 당시 사회변혁운동이 크고 강한 흐름을 탈 수밖에 없었다. 그리고 무엇보다도 가장 좋았던 것은 그 사회의 저변에 있는 대중 정서에는 '공감본성'이 하나의 노출된 사회의식으로 성숙해 있지는 않았지만 물밑 가까이에 분명히 잠재되어 있었다는 점이다. 지금과 비교해보면 확연히 드러나는 점이다. '공감본성'의 핵심을 '나' 아닌 주변의 사람들(모든 생명들)에 대한 연민과 사랑이라고 했을 때 80~90년대 운동적 상황의 대중들에게는 이 공감의식이 매우 확장되어 있었다고 할 수 있고 개인의식의 지향보다는 전체의식의 지향이 크게 작용하고 있었던 때라고 할 수 있다.

하지만 21세기를 맞은 지금은 개인의 의식이나 전체의식이 매우 이기적으로 변하였으며 전체의식도 약해져 개별화의 흐름을 타고 있다. 이러한 현상은 아마도 20세기 말, 구 소련이 붕괴되고 동구권의 사회주의가 몰락하는 상황을 맞이하면서 지구적 전체의식이 '자본화'의 흐름을 타게 되었기 때문이라고 생각한다. 인류사 속에서 사회주의만큼 많은 사람들에게 꿈과 희망을 주었던 이데올로기도 드물다. 작금의 현실 속에서 사회주의 이데올로기는 쇠락하였지만 그 DNA는 다른 형태로 진화하고 있다고 볼 수 있으며 나는 그 DNA도 결국은 '공감본성'의 의식 확장 속에서 진행되는 '공존의식'에 포함된다고 생각한다.

문제는 현재를 사는 사람들의 삶 속에는 공감과 공존이라는 의식보다는 자본주의라는 구체적인 현실 삶 속에서 확장된 경쟁의식(일상적인 쟁투의식)과 그 이기적인 삶이 개인과 집단, 국가에 이르기까지 만연되어 있다는 점이다. 그리고 그런 의식이 먹고 사는 현실적 삶의 문제 속에서 당위적 정당성을 얻게 되면서 그 의식이 계속 확장 진행되고 있다는 점이다.

지금 우리 사회에 만연되어 있는 경쟁주의, 이기주의, 물량주의, 속도주의 같은 자본주의 이데올로기 속에는 본질적으로 더 잘 먹고 더 잘 살겠다는 인간의 경쟁적 욕망과 그로부터 파생되는 이기적 속성이 담겨 있다. 자본주의는 물질의 풍요와 편리를 동반하면서 인간의 탐욕에 가장 충실한 사상이 되었으며 그 탐욕을 정당화하고 있는 사상이라는 점에서 매우 위험하다. 그것은 인간의 '공감본성'을 약화시키는 것이며 '공존의식'을 상실하게 하는 것이기 때문이다.

3. 공존의식을 전체의식으로 확장시킨 인도의 사회변혁운동

20세기 인도의 독립과정에는 식민지로부터 해방되어야 한다는 상황의식과 개인의 공감본성과 사회적 공존의식이 조화를 이루어 전체의식을 점프시킨 행복했던 변혁운동이 있었다. 그 운동을 이끈 중심인물 중에 '샤타그라하 운동'을 이끌었던 마하트마 간디와 '부단운동'을 이끌었던 비노바 바베가 있다. 이들은 인도의 독립을 단순히 영국의 식민지로부터 벗어나는 것이라고 생각하지 않았고 대중들이 공감본성(자성, 신성)을 회복하여 그 삶을 사는 영혼의 해방이야말로 진정한 독립이라고 생각하였다. 그래서 간디의 샤타그라하 운동이나 비노바 바베의 부단운동은 개인의 자기완성과 사회적 실천을 하나로 인식하고 진행시킨 높은 의식의 독립운동이고 변혁운동이었다.

간디의 '샤타그라하'는 흔히 영국의 무장폭력에 맨몸으로 저항한 '비폭력 저항'으로 알려진 그것이다. '샤타그라하'는 '사티아'와 '아그라하'

의 합성어이다. 사티아는 '진리'라는 뜻이며 아그라하는 '굳건하다', '꼭 쥐다' 등의 뜻을 가진 단어로 진리파지(眞理把持)로 번역되어 쓰인다.

샤타그라하 운동은 진리에 대한 불굴의 믿음을 전제로 하며 영혼의 힘, 내적인 힘, 사랑의 힘을 본질로 하는 일종의 종교원리를 바탕에 둔 운동방식이라고 봐야 할 것이다. 말하자면 샤타그라하의 진리는 개개인에 있는 선함, 자비심, 사랑, 신성 등을 포괄하는 공감본성을 깨닫는 것이라고도 할 수 있으며 이것이 사탸그라하의 기초이고, 간디는 반대자로부터도 이것을 이끌어낼 수 있다는 믿음을 가지고 있었다.

간디는 감옥에 갔다 온 후 연설에서 "사티아그라히(사티아그라하를 추구하는 사람)는 두려움에 작별을 고합니다. 따라서 적을 신뢰하는 것을 결코 두려워하지 않습니다. 설사 적이 스무 번 거짓을 말하더라도 사티아그라히는 스물한 번 그를 신뢰할 준비가 되어 있습니다. 인간 본성(공감본성, 사랑)에 대한 암묵적 신뢰가 이 신조의 핵심이기 때문입니다. 어떤 규제에 굴복한다고 하더라도 자발적으로 굴복합니다. 죽음이나 벌이 두려워서가 아니라 그런 굴복이 공동의 복리(공존의식)에 필수적이라고 생각하기 때문입니다."라고 말한다. 그가 저항의 방식으로 선택한 '비폭력'의 핵심 생각이라고 해야 할 것이다.

간디는 진정한 인도의 해방은 영국으로부터 독립을 넘어서 영혼의 해방에 있다고 생각했다. 그래서 식민지라는 사회적 상황을 극복하는 데 물리적인 힘보다는 대중들의 고양된 영성이 필요하다고 생각했으며 그런 진리에 대한 불굴의 믿음을 가진 샤타그라하 대중들을 원했다. 그들이야말로 무장하지 않고 죽음에 대한 두려움 없이 최후까지 저항할 수 있고 진정한 자기 해방을 위한 진리 또한 그렇게 얻게 될 거라고 생각했던 것이다. 그리고 간디는 인도인에게는 그러한 영혼과 오랜 영성적 정서가 있음을 믿었던 것 같다. 그래서 비협조 불복종이라는 비폭력 저항의 방식을 택했고 그것은 인도가 약하기 때문에 선택한 것이 아니라 인도인 스스로 자신의 힘과 권능을 의식할 수 있기를 바랐고 그로 인해 진정한 자유를 얻을 수 있다고 생각했던 것 같다. 비폭력 저항의 선봉에 있던 샤타그라히들은 그런 진리에 대한 신념과 진정한 해방에 대한 의지를 가지고 비무장 상태로 목숨을 걸었던 것이다.

하지만 간디의 샤타그라하 운동은 인도사회의 정신적 저변에 있는 종교적 정서를 바탕에 두고 진행되었기 때문에 비록 운동을 절정까지 이끌어 가고 성과도 가져왔지만 결과적으로는 그것 때문에 현실적 한계를 가질 수밖에 없었다. 간디는 영국으로부터 독립을 얻어내고 온 국민들로부터 존경을 받았으나 결국 힌두스탄(힌두)과 파키스탄(무슬림)의 종교적 갈등 국면 속에서 힌두 근본주의자에게 암살당하고 만다. 샤타그라하 운동을 통해 독립을 이루고 인도사회의 전체의식이 확대되고 사회변혁운동의 이상적 모범을 보여주었음에도 불구하고 간디가 꿈꾸었던 진정한 인도와 인도인의 해방을 이룰 수는 없었던 것이다. 그것이 현실종교의 한계였던 것이다.

그럼에도 불구하고 간디의 샤타그라하 운동은 높은 의식의 감동적인 근본운동이었다. 진정한 사회변혁은 표피적 현실운동만으로는 이루어질 수 없으며 자기완성의 과정 속에서 대중들의 공감본성을 회복하고, 갈등과 대립의 쌍방이 서로 공존의식을 확대해야만 한다는 운동의 본질을 깊게 각인시켜 주었기 때문이다. 그리고 지금처럼 자본의 논리가 극대화되어 있는 시대의 변혁운동은 간디의 샤타그라하 운동에 내재된 의미와 방식들의 차용이 매우 절실하다 하겠다. 지금 이 시기 우리의 사회변혁은 단순히 정권을 바꾸고 제도를 바꾼다고 해결될 수 있는 것은 아니며 존재의 본질, 삶의 본질이라는 인문학적 사고의 회복과 자본주의적 가치관의 극복이 함께 고민되어야 하기 때문이다. 현재 우리 사회의 이런저런 NGO나 노동운동 등 여러 단체들도 크게는 자본의 논리를 극복하지 못하고 있고 또 다른 자기 한계들을 가지고 있다고 생각한다. 그래서 샤타그라하의 근본 운동적 관점이 우리 사회 변혁운동의 한계를 극복하는 데 필요한 무엇이 있지 않을까 하는 생각을 해보는 것이다.

　비노바 바베는 간디가 인도 독립운동의 중심에 있을 때 편지를 통해 같은 아쉬람에서 생활하게 되었으며, 간디와는 동지적 관계에 있는 동료라고 할 수 있으나 스스로는 간디를 스승으로 생각하였다. 비노바는 간디가 자신을 카르마 요가(행위, 행동, 실천 등의 의미로 사용함)로 이끌어낸 사람이며 간디의 말과 실천적 행동은 자신의 사고에 명료함을 주었고 절대적인 도덕적 가치에 대한 깨달음을 주었다고 말한다. 말하자면 비노바는 간디에게서 종교적인 어떤 가르침을 받았다기보다는 당시 식민지 상황과 하리잔(불가촉천민)과 같은 불평등, 비인권적인 계급 차별이라는 인도사회의 현실적 문제에 종교를 연결하여 구체적 현실 삶의 변혁을 실천하는 스승으로서의 면모를 보았던 것이다. 그는 부단운동의 영감을 준 사람도 간디였다고 말한다.
　비노바 바베는 브라만의 신분으로 태어났기 때문에 전통적인 종교국가라고 할 수 있는 인도에서는 최상의 조건을 가지고 있었음에도 불구하고 자발적 가난과 육체노동자로서의 삶을 선택하였다. 그리고 그는 신에 대한 추구가 숲속에서 이루어지는 것보다는 노동현장에서 구체적으로 표현되어야 한다고 생각했으며, 자신의 생애를 사회봉사와 영적 탐구에 바치기로 결심하였다. 그는 진리탐구가 사회의 현실과 동떨어져 있다면 아무런 가치가 없는 것이며 또 사회활동을 아무리 정열적으로 하더라도 진리를 토대로 하지 않으면 역시 결함을 갖게 된다고 생각했다. 또한 비노바는 진리는 수련을 통해 단번에 얻어지는 것이 아니라 실천적 현실 삶 속에서 조금씩 발견되는 것이라고 보았다.

그리고 비노바 바베는 사회변혁을 위한 효과적 수단으로 물리적인 힘이나 권력, 부, 정치력 등이나 법에 의존한다는 것은 환상이며 진정으로 사회의 변화를 원한다면 현실 삶 속에서 사랑과 자비의 힘을 펼쳐야만 한다고 생각했다.

그리고 그는 진정한 사회변혁을 위해서는 먼저 사람들의 마음이 변화되어야 한다고 생각했다. 그 마음은 타 생명에 대한 연민의 정으로부터 시작되는 공감본성을 회복하는 것이며 나아가 사랑과 자비의 마음이며 깨달음이고 진리이며 신의 현존에 이르는 그것이라고 할 수 있을 것이다. 그렇게 사람의 마음이 변하면 사람들의 사상과 삶이 변하게 되고 그 변화된 삶이 사회 구조를 변화시킨다고 생각했다. 사회변혁에는 반드시 개인의 변화가 따르지 않으면 안 된다고 생각한 것이다. 이는 대중의 영적 고양으로 인도의 진정한 해방을 꿈꾸었던 간디와 사회변혁에 대한 인식을 같이하는 것이며, 진정한 사회변혁은 개인의식의 확대를 통한 전체의식의 확장이 있어야만 이루어진다는 것을 의미한다. 그래서 어떤 운동이든 명상이나 기도, 자기성찰을 통해 내면의 의식을 확대하는 영적인 수련이 항상 함께 해야 한다고 본 것이다.

비노바 바베가 펼친 부단운동은 이와 같은 개인의 변화를 추동하면서 절실한 현실 문제를 풀어간 지혜로운 근본운동이었다. 이 운동은 인간의 마음에는 선함이 있다는 믿음, 그리고 그 선함을 이끌어낼 수 있다는 믿음을 현실로 가져온 운동이다. 말하자면 사람들 누구나 가지고 있는 공감능력을 스스로 일깨우게 하고 그것을 통해 공존의식을 확대해서 사회변혁에 기여한 운동이라고 할 수 있다. 이는 자본주의적 이데올로기와 가치관을 통째로 흔들어 놓은 운동으로 작금의 시대를 사는 우리의 현실에 절실한 운동방식이라고 할 수 있을 것이다.

부단운동은 1951년에 시작하여 1963년까지 꼬박 12년 동안 진행된 토지 헌납 운동이었다. 운동의 현실적인 계기는 '하리잔'(불가촉천민)의 토지 문제 때문이었지만 비노바 바베는 공기와 물이 모든 사람의 소유인 것처럼 자연의 하나인 땅 또한 모두가 함께 나누어 사용해야 당연한 것이라는 생각으로부터 출발한다. 그것은 현실의 소유개념에 대한 인식과 가치관을 변화시키기 위한 것이며 무소유라는 종교적 개념이기도 하다. 무소유란 가지고 있는 것을 나누는 데부터 시작한다는 지율스님의 무소유 개념과도 같은 것이다. 비노바 바베는 모든 소유, 단적으로 말하면 돈을 포기하기 위한 공공조직을 만드 는데 스스로를 헌신하고자 했으며 이 일을 해내려면 먼저 사람들의 생활방식을 완전히 바꾸는 것이 필요했고, 이것이야말로 사회변혁을 위해 반드시 해야 하는 일이라고 생각한 것이다.

그래서 비노바 바베는 인도의 전 국토를 걸어 다니며 토지를 헌납받기 시작했다. 땅을 헌납하면서 허영된 과시나 다른 형태의 보상을 바라거나 정치적 목적을 위해서 또는 기득권의 유지나 권력을 위해서 땅을 내놓는다는 기미가 조금이라도 보이면 절대 받지 않았다. 그것은 이 운동이 단순한 기부 행사가 아닌, 주는 이나 받는 이 모두가 공감본성인 선한 마음이 있다는 믿음을 심어주고, 그로 인해 공존의식이 확대되는 사람들의 변화를 원했기 때문이다. 비노바 바베는 앞서 말했듯이 사회변혁은 먼저 개인의 마음의 변화가 있어야 하고 그로 인해 개인적인 생활습관에 변화(삶의 변화)가 있어야 하며 그것이 사회구조의 변화로 이어져야 한다고 생각했기에 이런 의도를 훼손하는 모든 것을 차단했다.

1952년에는 땅의 헌납에서 돈의 헌납도 허용했다. 그러나 돈은 직접 받지 않고 헌납하는 사람이 갖고 있도록 했으며 스스로 해마다 공공의 복리를 위해 그 돈을 내놓도록 했다. 부단위원회에서 기록된 서약서만 받아 가지고 있었으며 서약을 지키는 것은 오로지 헌납자의 양심에 맡겼다.

그리고 부단운동을 지도하기 위해 인도의 모든 지역에는 부단위원회가 세워져 있었다. 인도의 300개 지역에 250개의 위원회가 활동하고 있었고 그 위원회들은 간디 기념사업조합으로부터 다소 도움을 받고 있었다. 조합의 이사들이 부단운동을 위해 돈을 내놓았기 때문이다. 그런데 부단위원회 일꾼들이 봉급을 받으며 일을 한다는 오해를 받게 되었다. 타밀나두 지역에는 500명가량의 일꾼들이 있었는데 그들 가운데 50명 정도의 사람들이 봉급을 받고 있었던 것이다. 봉급을 받는 몇몇의 일꾼들 없이는 일이 이루어질 수 없다고 생각했기 때문이었다.

그래서 비노바 바베는 부단위원회에 대한 오해를 불식시키고 운동의 한계를 극복하기 위해 1956년에 일꾼들에게 일체의 봉급을 지불하지 않기로 결정한다. 봉급을 지불하지 않으면 활동이 정지될 거라는 두려움을 깨지 않으면 이 운동의 본질을 훼손하는 거라고 생각했고 일꾼들은 봉급이 아니라 서로가 염려하고 돌보며 나눔으로써 해결해야 한다고 생각했다. 이렇게 부단위원회들이 해체되자 어떤 지역에서는 일꾼들이 수백 명으로 늘어났고 어떤 지역은 아예 그 일꾼들마저도 사라지는 결과가 나왔다.

비노바 바베는 이 사건을 통해 조직이라는 것이 사회적 기여를 통해 힘도 생기고 권력도 얻게 되지만 조직만으로는 사회변혁을 이룰 수 없다고 생각했다. 큰 규모로 일을 하려고 조직이 만들어지지만 결국은 조직 자체를 강화시키는 일에 경사되고 만다는 것을 알았고, 사회를 변혁한다는 것은 조직의 문제가 아니라 결국 개인의식과 전체의식의 점프가 있어야 하는 정신의 문제라고 생각했기 때문이다. 어쨌든 비노바는 1963년까지 12년 동안 인도 전역을 맨발로 걷고 또 걸어 400만 에이커의 토지를 헌납받아 어려운 이들에게 나누어 주었다. 그 과정 속에서 서 벵갈과 오리사에서는 600개의 마을이 그람단(마을토지의 공동경작)에 바쳐지기도 하였다.

그리고 비노바는 부단운동을 진행하면서 '샨티 세냐(평화군)' 건설에 도 힘을 기울였는데 '샨티 세냐'는 평상시에는 그람단 등의 일꾼으로도 활동하고 긴급사태가 발생하면 목숨을 바칠 각오가 되어 있는 샤타그 리히와 같은 집단이었다. 그리고 마을자치공동체인 '그람스와라지야' 와 우리나라의 좀두리 쌀 모으기와 같은 '사르보다야 파트라(복지항아 리)' 그리고 다양한 성격의 아쉬람들을 건설하였다. 부단운동 일꾼들을 위한 것이나 여성들을 위한 것, 그람단을 돕기 위한 것, 도시운동을 위 한 것, 힌두, 무슬림, 기독교의 관계를 위한 것 등의 아쉬람을 부단운동 중에 6개를 만들었다.

인도의 전 지역을 순례하며 벌인 비노바 바베의 부단운동은 간디가 벌인 샤타그라하의 연장선에 있는 진리운동의 한 방식이라고 할 수 있 다. 그들의 사회변혁은 단순히 정치사회적 환경을 바꾸는 것이 아니라 진리의 영역이라고 하는 사랑과 자비의 마음을 끊임없이 일궈내는 개 인의 변혁을 통해 이루어진다고 보았다. 다시 말해 진정한 사회변혁은 개인의 변혁과 함께 가는 것이며 그 개인의 변혁은 공감본성(진리)을 일 깨워 사회적 공존의식을 확대하는 것이라고 보았다. 그래서 개인생활 과 사회생활을 나누거나 구분해서는 안 되며 개인행동 또한 사회적인 것이고 사회적 일도 역시 개인의 일이라는 것이 간디와 비노바의 생각 이었던 것이다. 이러한 종교적 진리를 토대로 한 사회변혁운동은 오랜 전통의 종교적 정서를 가지고 있는 인도사회에서는 매우 적절하고 유 용한 대중운동방식이었다고 할 수 있다.

4. 현 시기의 사회변혁과 관련하여

이러한 간디나 비노바의 변혁운동은 진리라는 근본 운동적 성격을 가지고 있기 때문에 그 시대의 인도뿐 아니라 어느 시대 어느 사회에서도 유용하며 필요한 운동이라고 볼 수 있다. 더구나 21세기에 들어 전 세계적 자본화의 흐름이 가속화되고 국가와 사회, 가정과 개인의 구체적 생활들이 자본의 논리에 빠르게 종속되어 가고 있기 때문에, 그 과정 속에서 자연스럽게 쇠락해져가는 공감본성을 일깨워야 하는 일이 급해졌으며 그런 근본적인 변혁운동이 절실하다 하겠다.

지금 우리 사회의 변혁운동은 다양한 부문운동으로 분화되어 있으며 변혁운동이라기보다는 부문별 또는 사안별 안티운동이나 조직운동의 범주에서 벗어나지 못하고 있는 실정이다. 물론 이러한 여러 NGO 운동들이 가지고 있는 가치나 중요성은 분명히 있으나, 보다 근본적인 사회 치유를 위한 운동의 큰 흐름이 있어야 한다는 것이다. 그러한 근본 운동으로 하나의 큰 축이 세워져야 하는데 지금으로서는 그나마 '생명평화'가 그 대안적 위치에 접근해 있는 운동개념이라고 볼 수 있을 것이다.

'생명평화'라는 용어가 본격적으로 등장한 것은 2000년이 시작되면서라고 할 수 있다. 그 전에는 '생명운동'이나 '평화운동'이라는 말과 함께 단순한 합성어로 간간히 사용은 되었으나 일정한 개념을 가지고 활발하게 사용된 것은 2003년 『생명평화결사』라는 단체가 생기고 도법스님이 5년에 걸쳐 전국을 돌아다니며 '생명평화 탁발순례'를 하는 동안 자연스럽게 대중들의 입에 오르내리게 되면서부터라고 하겠다. 『생명평화결사』는 '세상의 평화를 원한다면 내가 먼저 평화가 되자'라는 슬로건을 앞세우며 자기완성(공감본성의 깨우침)과 사회적 실천(공존의식의 확장)을 병행하는 근본운동적인 사회변혁운동을 펼쳤다. 하지만 『생명평화결사」는 생명평화운동의 지평을 열지는 못했으며 다만 대립과 투쟁 일변도의 운동방식에서 개인의식의 성찰을 통한 변혁을 전제로 화합 상생하는 근본운동적인 새로운 개념과 방식을 선보였다는 데 의미가 있다고 하겠다.

'생명평화'의 개념은 근대 200년의 과정 속에서 진행되어온 산업문명과 과학기술문명, 자본주의 물질문명으로 인해 부정적으로 변화된 인간본성에 대한 근본적 성찰 속에서 나온 것이며 문명사적 전환기를 맞아 대안적 삶을 꿈꾸는 진보적 사고들의 연대이며 세기적 큰 흐름을 타고 진행되고 있다고 말할 수 있다.

우리 사회 그 흐름의 양상을 본다면 인문학에 대한 사회적 요구가 높아지기 시작한 것이 그렇고 다양한 협동조합의 등장이 그렇다. 그리고 웰빙과 힐링의 문화도 그 한계가 분명하지만 병든 자본 문화에 대한 안티의식이 내재되어 있다는 점에서 사회의식의 변화라는 흐름에 닿을 수 있는 것들이다. 또한 드림운동, 나눔운동, 자연생태운동, 공동체운동, 녹색운동, 대안학교운동, 그리고 순례와 걷기 문화, 각 종교의 영성운동 등 한국사회에서 새롭게 진행되고 있는 이러한 모든 활동들이 생명평화운동의 큰 흐름 속에 있다고 말할 수 있다.

이러한 흐름을 통해 본 생명평화운동의 현실적 문제의식은 개인의 삶의 가치관과 목표가 자본가치 중심으로 변했고 그러한 사회적 정서가 만연되어 있다는 데 있다. 말하자면 현대인들의 삶의 중심에 물질만능주의, 이기주의, 개인주의, 경쟁주의, 생명경시, 평화불감증, 물량주의, 속도주의, 성장제일주의 등 인간의 탐욕과 연계된 자본가치 중심의 삶을 살고 있다는 문제의식인 것이다. 그리고 각 나라의 성장주의가 경쟁적으로 진행되면서 사회적 문제와 함께 환경(기후)과 생태의 문제, 에너지 고갈 문제까지 제기되면서 자본가치 중심의 사회는 지속 가능이 어렵다는 현실적 판단에서 시작된다. 그리고 이러한 문제 해결의 본질은 사회제도와 시스템의 변화도 필요하지만 개인의 탐욕을 절제하고 스스로 삶의 실상을 정확히 볼 수 있는 개인의 변혁을 동반하지 않으면 안 된다는 것이다.

그래서 21세기는 자본의 문명이 가질 수밖에 없는 반생명적이고 비인간적인 문제들을 극복해야 하는 전환기적 인식이 요구되고 있으며 대안적 삶을 모색해야 한다는 생각들이 커지고 있다. 그 중심 화두가 바로 '생명평화'라고 할 수 있을 것이며 지금으로서는 이것이 대안문화, 대안문명을 위한 실천적 운동이라고 할 수 있을 것이다.

5. 맺는말

비노바는 개인적 사마디(명상, 깨달음)의 시대는 끝났으며 이제 필요한 것은 '집단적인 사마디'라고 말했다. 그것은 이제 자기완성과 사회적 실천은 선후의 문제가 아니라 하나의 문제로 인식하고 실행해야 한다는 의미이기도 하다. 말하자면 명상(자기완성)과 행동(사회적 실천) 또는 영적 수련과 실천 사이에는 어떤 차별도 있을 수 없으며 행동이 명상의 일부분을 구성할 때 명상의 힘이 발휘된다는 것이다. 그리고 개인의 영역을 버리고 사회적인 행동에 헌신하는 것이 명상하는 것보다 나으며, 명상은 개인적인 차원에서 필수적인 것이나 사회적 행동은 이타행이기 때문에 명상은 사회적 행동 위에 자리를 잡아야 한다는 것이기도 하다. 또한 명상이 있어야 행위가 뒤따라온다는 전통적인 견해는 수정되어야 하며, 최고의 명상은 행위의 부담을 전혀 의식하지 못한 채 일관되게 행동에 참여할 때 도달하게 된다는 것이다.

간디나 비노바가 벌였던 인도 사회에서의 변혁운동은 모든 인간의 마음속에는 선함이 있으며 그 선함은 부름 받을 준비가 되어 있다는 믿음을 갖고 진행되었으며 그 믿음은 사람의 마음에는 누구에게나 성스러운 본질(신성, 불성 등으로 말할 수 있는)이 들어 있다는 것이었다. 따라서 사회변혁운동은 공동체적인 영적수련의 과정이기도 하며 그렇게 진행되어야만 그 사회가 영적인 혜안을 얻을 수 있고 모든 현안의 문제들이 풀릴 수 있다는 것이다.

물론 사회변혁은 당면한 현실의 문제이고 그 사회의 정치, 경제 등의 구체적인 많은 제도와 법의 개정, 그리고 그것을 위한 세력의 재편과 구조적 시스템의 변화 등 총체적 문제를 포괄하고 있는 개념이다. 하지만 지금까지 진행되어온 기존의 우리 사회운동과 그 방식은 간디나 비노바가 펼쳤던 변혁운동의 관점으로 볼 때, 자본의 문제를 자본의 관점과 방식으로만 풀려고 접근하지 않았나 하는 반성을 하게 된다. 그리고 21세기에 들어 자본가치 중심의 삶이 세계적으로 급물살을 타게 되면서 간디와 비노바에게서 볼 수 있었던 근본운동적 사유와 철학이 없이는 공존의식이라고 할 수 있는 전체의식의 확장을 기대할 수 없고, 결국 우리 사회의 많은 운동들도 인간의 탐욕이 반영(풍요와 편리라는 명분으로)된 자본문명의 물살에 휩쓸리지는 않을까 하는 염려를 하는 것이다. 그래서 현재 사회변혁운동에 기여하는 크고 작은 많은 단체들이 스스로의 정체성을 가지고 활동하면서도 그 저변에 '생명평화운동'이라는 큰 흐름과 함께 진행되었으면 하는 바람을 갖는 것이다.

시

김영언

땅 외 2편

　재수가 없어 둘째로 태어난 그는 있는 거 없는 거 탈탈 털어 집안 대들 보라는 큰형 대학공부 시키느라고 큰아들이 잘 돼야 동생들도 잘된다고 식구들 모두 매달려 뒷바라지에 몰두할 때 도시로 떠나는 친구들 먼 발치에서 바라보며 농잇소처럼 논두렁에 묶여버렸다.

　형제들 서로 떠안지 않으려고 하던 돈도 안 되는 논밭 몇 십 마지기와 노부모 봉양 책임과 고된 일 물려받아 일 년 내내 질퍽한 흙구덩이에서 뒹굴다 보니 비료값 농약값에 품삯도 건지기 어려운 서글픈 농사일에 아까운 청춘 다 바치고 늙도록 장가도 못가는 농촌총각 신세가 되고 말았다.

　저녁마다 화도장터 골목 술집에서 울분을 토해내던 문산리 새마을 지도자 한답경 씨는 몇 해 전 광풍처럼 불어 닥친 개발바람 투기바람 휩쓸고 지나간 뒤 한가하게 잦아진 낮술이 거나해지면 이제 많이 배운 거 부러울 거 없다고 논밭 팔아 서울에서 대학까지 나오고도 겨우 쥐꼬리만 한 월급에 목매고 사는 우리 형이 한심하다고 주억거리며 팔자걸음으로 팔 휘저으며 흰소리를 친다.

　이 땅 팔면 나도 부자여. 누가 뭐래도 이젠 땅 가진 놈이 최고여. 땅.

* 농잇소 : 농우(農牛), '농삿소'의 방언.

특성화고 현장 실습

우리들이 간 현장은
살고 싶은 현장이 아닙니다

우리들이 실습한 것은
익히고 싶은 실습이 아닙니다

학교에서 배운 일이 아닙니다
학교에서 기른 꿈이 아닙니다

마트계산원 목공소보조원 폐차장해체원
햄버거포장 갈비집불판닦이 정화조청소

영상미디어특성화고 3D편집 연습하여
취업률 높이기 도구되어 3D현장으로 가는 실습

자기 새끼들은 대학 보내려고
일반고 자사고 특목고로 빼돌려 놓고

대학 안 나와도 좋은 데 취업할 수 있다고

특성화고 오라고 달콤하게 꼬드기더니

맛있다고 썩은 음식 먹으라고 해 놓고
그것을 먹은 것은 네 책임이라고

마치 철면피처럼 덮어씌우는
영혼 없는 월급쟁이 선생님들

허울 좋은 특성화고 거짓 선전에 속아
우리들은 날마다 눈물 납니다

대한민국 인생목표

우리 부모님은
아들 딸 대학 졸업시키기 위하여
제대로 입지도 먹지도 못하고
평생을 다 바쳤습니다

우리들도
아들 딸 대학 졸업시키기 위하여
성공한 부모가 되기 위하여
평생을 다 바치려고 합니다

우리 아이들도 또
아들 딸 대학 졸업시키기 위하여
훌륭한 부모가 되기 위하여
평생을 다 바칠 것입니다

대를 물려
아들 딸 대학 졸업시키기 위하여
한 평생 다 바쳐 희생하는 것이
복지국가 대한민국 인생목표입니다

김종인
식목일 외 2편

삼질 한 번 제대로 해 본 적이 없는, 까까머리들이 모여, 살구나무를 심는다. 하다 보면 신이 나고, 살구나무 묘목이 울타리 주위로 나란히 열을 지어 제대로 선 모습을 보면, 어서 자라 하늘을 떠받치고 서서 봄이 오면, 벚꽃보다도 먼저 화사하게, 연분홍 꽃을 봉실봉실 피워 올리는 풍경은 상상만 해도 신이 난다. 부디 아름다운 꽃을 피워라, 마음속으로 기도하며 또, 한 구덩이 살구나무를 심는다.

교문통 올라오는 언덕받이, 산비알, 칡덩굴 기어 올라가는 절개지(切開地) 밑에, 마침내 운동장 한 바퀴 돌고, 건너편 도서실 뒤를 돌아 수돗가로 나올 때는 어디 한 그루라도 더 심을 빈터가 없는가 두리번거린다. 시나브로 해가 가고 봄이 오면, 살구꽃은 피리라. 비와 바람과 서리와 눈을 맞으며 무사히 삼년만 자라거라.

어느 날 봄, 벚꽃이 세상의 눈들을 현혹(眩惑)하기 전, 산수유 노란 꽃이 피었는지도 모르고, 진달래, 개나리에 벌써 봄이 왔는가 하며 놀라는 사람들의 머리 위에서, 아무도 모르게 연분홍 꽃무리가 사람들의 뒤통수를 탁! 치면, 그때서야 아, 정말 봄이구나 하는 탄성을 지르게 할, 살구나무를 심는다.

생명은 끈질기고 자연은 경이로운 것.
가뭄도 날이 가면 비를 내리고,

장마도 지루하면 이내 물러가는 것 아니리.

어느 날 네가 괄목상대(刮目相對)

연분홍 살구꽃으로 나타난 경이(驚異)처럼,

세월이 흘러 다들 무엇이 되어 있을,

머언, 먼 훗날, 봄이면 학교가

온통 살구꽃으로 뒤덮이는 상상으로

한 구덩이, 살구나무를 심는다.

공자의 시론
— 새와 짐승과 풀과 나무의 이름

어째서 시를 배우지 않는가? (何莫學夫詩)

논어 양화(陽貨)편에서 공자가 말했다. (子曰)

시는 감정을 키워주고 (可以興),

사물을 바로 보게 하며 (可以觀),

무리와 잘 어울리게 해주며 (可以羣),

원망이 있어도 도를 넘지 않게 하나니 可以怨).

가깝게는 어버이를 모시게 해주고 (邇之事父),

멀리는 임금을 제대로 섬기게 해준다. (遠之事君).

새와 짐승과 풀과 나무의 이름도 많이 알게 하나니. (多識於鳥獸草
木之名).

사물의 이름을 많이 안다는 것(多識於 鳥獸草木之名)은

하찮은 것에 대한 관심과 사랑 아닌가.

김천시 남면, 전교생이 20명인 농남중학교 주위에도

봄부터 가을까지, 민들레, 목련, 패랭이, 달래, 개나리, 냉이, 매화, 진
달래, 수선화, 제비꽃, 씀바귀, 이팝나무, 조팝나무, 박태기나무, 병꽃나
무, 솔나리, 방풍나물, 참나리, 원추리, 덩굴장미, 박주가리, 개망초, 쥐똥
나무, 애기똥풀, 메꽃, 나팔꽃, 담쟁이, 도라지, 찔레, 오죽(烏竹), 라일락,

미나리, 부용, 엉겅퀴, 구절초, 쑥부쟁이, 감국, 여뀌, 억새, 왕고들빼기,

벌개미취, 코스모스, 해바라기, 물봉선, 참취가 사는 것을,

　아무도 모른다. 참, 다들 무심하다.

　시를 공부하면

　은하수를 사랑하게 되고

　바다를 그리워하게 될 것이니

　또한 주위의 풀과 나무,

　짐승과 새의 이름을 많이 알아야

　시를 잘 쓸 수 있다고

　논어 양화(陽貨)편에서 공자가 말했다.

개나리

우리나라 토종 개나리는
잎이 나기도 전에 꽃이 핀다
통꽃으로 네 갈래의 노란 꽃부리
개나리꽃도 지고나면 열매를 맺는다
계란 모양이거나, 약간 편평하고
씨는 흙색으로, 날개가 달려 있다.

봄이면 노랗게 부활하는 자
노란 초롱 같은(a golden-bell tree)
꽃들의 종소리 울려 퍼지면
누가 한반도를 노랗게 물들였었나
다시 그의 목소리 들을 수 있나

해마다 봄이 오면
개나리가 노랗게 피듯이
다시 그의 모습을 볼 수 있나
우리들의 가슴에 진정한
민주주의의 씨를 뿌린 사람
마침내 통렬하게 이 땅에

붉디붉은 선혈을 뿌린 사람

잎에 가려 보이지도 않는 열매 속에서
조선 토종 흙빛의 씨앗이 되살아나는
황홀한 부활의 혁명을 볼 수 있을까
도장지(徒長枝)에 달린 잎이 나기 전에
폭포처럼 울려 퍼지는
노란 종소리를 들을 수 있을까

오, 봄이 오면
잎이 나기도 전에 꽃을 피우다가
무시로 땅에 떨어져
대지를 온통 노랗게 물들이는
아지랑이 같은.

어느 불구자의 자기 성찰 <small>외 2편</small>

장자에 나오는 여지인(厲之人)은

병신인 산모였다네

깜깜한 밤중에

아무도 없이 혼자서 아이를 낳았네

그 무거운 몸으로

급히 불을 켜서

아이의 얼굴을 비추어 보았네

손가락 다섯

발가락 다섯

눈, 코, 귀, 입

급급히 불을 켜서 비추어본 까닭은

아이가 혹시 자기를 닮을까 두려워서였다네

자기가 낳은 자식이

자기를 닮지 않기를 바라는 통절한 몸짓이었네

우리 반 사랑이 엄마는

깐깐한 고3 학부모라네

캄캄한 새벽이면

아무도 없는 새벽거리를 걸어 새벽기도 간다네

그리고 집으로 돌아와 남편과 아이를 밥 먹여 보내고

하이파이브 하고

그 힘든 몸으로 출근을 한다네

눈이 감겨

화장실로 나와 거울을 본다네

손가락 다섯

발가락 다섯

눈, 코, 귀, 입

급급하게 거울을 본 까닭은

아이가 혹시 자기처럼 힘들게 살아나갈까 두려워서였다네

자기가 낳은 자식이

자기를 닮지 말기를 바라는 통절한 몸짓이었네

자기의 이유
– 신영복선생의 마지막 강의

잠을 이루지 못하다
청신한 시대의 고동을 알리며
시대를 통찰하고
모대기고 모대기다 남은 마지막 씨앗 하나
낙엽이 될까
거름이 될까
차라리 축령산 측백이 될까

언약이 흐르고
강물처럼
임진강으로 새가 되어 흐르고
오욕의 북악을 등지고
한강으로 풀이 되어 흐르고

마침내
대동강 아리수도 흐르고
서해바다 백령도가 평화의 섬으로 흐르고
그 섬에 평화의 진지를 만들고
머리가 아니라 가슴으로

가슴이 아니라 발로
발이 아니라 온 몸으로
흐르게 하자
물처럼 감싸며 흐르자

소를 찾다

마음이 평등한데
무엇 때문에 신을 믿으랴
행실이 곧은데
무엇 때문에 반성하며 살겠는가
어버이의 은혜 몸으로 받들고
없는 생활비 아끼고 아껴 통장으로 50만원이나 부치고
비정규직을 위해 의롭게 행동하고

밀양 송전탑 할머님들 거친 손 잡아주고 음료수 박스도 남기고 오고
　뒤늦게라도 세월호 팽목항에 고개를 숙이고 억이 막혀 말 한마디 못
하고 눈시울 뜨겁게 눈물까지 흘리고 아이들과 세월호 통곡의 벽 계기
수업도 하고
　오늘 아침 뉴스에 미 국무장관이 싸드로 무기 장사 해먹는다고 분노
하고
　새정연 분열에 대해 마음 아파하고
　나를 비워 화목한 직장 만들고
　뒤에서 욕해도 아는 척하지 않고
　묵묵히 내 할 일 하면 되는 것 아닌가
　묵묵히 책 읽고 수양하면 되는 것 아닌가

어느새 꽃이 피고 지어서

소만 날인데 대지는 키울 곡식을 심으라는데

무슨 곡식을 심을까

나를 내세우는 것을 나를 사랑하는 것이라고

저 들과 굽어진 소나무를 애써서 나누려 하고

오래 살겠다고 한 움큼의 약을 매일 삼키고

욕망을 채우려는 마음을 훑어 내지도 않은 채

귀에 거슬리는 말 잘 듣고

허물을 고치는 큰 지혜를 심을까

날마다 민중을 이롭게 하며 행동할까

그 누가 내 마음처럼 그 어려운 수고를 하겠는가

내 눈 앞에 펼쳐진

저 확 트인 세상을

자기를 떠나 자기를 찾으려 한다

소를 타고 소를 찾는 것은 아닌지

어리석게도 말이다

흩어지라 의심나면 누구든 와서

내게 물으라

내 스스로의 양심에게 물으라

그리고

애써 행하라

나종입
밭일을 하며 외 2편

우리가 처음 선거할 때

도둑인 줄 모르고 선거를 하듯

처음 밭일을 할 때

나팔꽃이 잡초인 줄 몰랐네

고춧대

콩대를 감아올린 나팔꽃이

화단에서 보던

나팔꽃이라 생각하고 정성스레 키웠네

행여 시들세라

곁의 잡초 뽑고 거름도 주고

그러나

애써 키운 보람도 없이

자기를 길러준 고춧대 콩대를 감고

고사시킬 때 배신을 떠올렸네

그러나

늦

었

네

다시 찾은 이목리 선창

살비듬 터지듯 삐죽이 일어나는

그리움들이

물결에 따라 모였다 흩어질 때

완도군 노화면 이목리 선창을 찾았다

새로 두 시에 떠남을 알리는 뱃고동이

폐부 깊숙이 울릴 때면

이목리 선창에서

만났다 헤어지고

다시 모르는 사람과 섞이고

새로운 그림을 펼치면

얼굴 불콰해진 세봉이 아빠가

소주 한잔 하자 손을 이끄는 곳

이목리 선창 고무대야에 생물 담겨 있는 곳

방금 바다에서 건져 올린 간재미 한 마리

초고추장 찍어 목울대 넘기면

메르스와 상관없이 넘실대는 물결만큼

막혔던 가슴이 환하게 터져 나오는 이목리 선창.

어머니의 언어

'엔간이들 허제!'
어릴 적 우리 형제들끼리 다툴 때도 항상 그러셨고
오늘 아침 어머니는 텔레비전을 보시다
'엔간이들 허제!'
아침에 대통령이란 자가
텔레비전에서 유체이탈 언어로
대국민 협박을 하며
책임을 운운할 때
또 말씀하셨다
'엔간이들 허제!'
나는 어머니의 언어를 잘 알고 있다
어머니의 언어에는
상생과 중용이 숨어 있음을
누구나 배워야 할 그 언어

가여운 나를 위로하다 외 2편

　툇마루에 앉아 강물을 바라본다. 의심도 없이 그대를 좇아온 세월은 아직도 강물을 거슬러 오르고 있다. 그대의 환영幻影을 노래한 시詩들도 은어의 무리처럼 거침없이 따라 오른다. 이승의 시간이 다하기 전, 그대를 한번 만날 수 있을 거라는 이 생각만이 아직도 늙지 않았다. 나는 이미 강의 하류에 이르렀건만 지금도 강물을 거슬러 오르는 이 허튼 생각만이 남아 가여운 나를 위로한다.

감나무에 대추도 열고 감자도 열고 인삼 도 열고

그래도 살면서 생기는 이런저런 어려움은 많이 없어진 편이다. 둘이 마주 앉아 별 할 말도 없이 멀뚱멀뚱 그 어색함으로 진땀을 흘리며 어쩔 수 없이 있어야만 했던 시간도 이제는 좀 괜찮다. 시답잖은 이야기라도 하며 그냥 시답잖은 놈이 되면 되는 일이었다.

그렇게 일상에서 괜스레 시답잖은 놈이 되는 것을 용납할 수 없었던 시절에 비하면 정말 사람 많이 되었다. 말하자면 나는 국 없으면 절대 밥 안 먹는 놈이요 라거나, 나는 목에 칼이 들어와도 할 말은 하는 놈이 요 라거나 그런 경계가 많이 지워진 것이다.

무언가 나를 결정짓는 일들이 그렇게 중요한 것이 아니라는 생각을 하게 된 것이다. 아니 어쩌면 나를 자꾸 지워내는 것이 사는 일 중에서 참으로 중요한 일이라는 생각이 든 것이다. 나를 의식하면 할수록 나는 나의 깊은 감옥에 갇힐 수밖에 없지 않겠는가.

감나무가 감만 열다가 죽는 것보다 감나무이기를 포기하고 그냥 무 엇으로 있으면서 대추도 열었다 감자도 열었다 인삼도 열고 막 하고 싶 은 대로 다 할 수 있다면 얼마나 좋겠는가. 감나무니까 감만 열지 않은 가. 그게 어디 되는 말이냐고 하겠지만 당신은 그럼 나는 내가 아니라고 생각하며 하루라도 살아봤나?

퇴직

33년 동안 물밑을 헤엄쳐 왔다.
언젠가부터 나이 60이 되면 수면 위로 올라가
뭍에 첫발을 딛고 늘 꿈꾸던 하늘을 보며
오래 젖은 몸을 햇볕에 말리고 싶었다.

잘 마른 한지처럼 바싯거리는 소리를 내며
책장 넘기는 기분을 한껏 내고 싶었고
가난한 어부의 함석지붕에 널려 있다가
어느 명절에 잘 쓰여도 무방하다고 생각했다.

다만, 수면 위로 머리를 내미는 순간
한순간 요동치는 심장의 소리를 듣고 싶었고
어머니의 젖을 물고 바라보았을
첫날의 경이로운 하늘을 기억해내고 싶었다.

글을 처음 익힐 때처럼 책을 읽고
시를 처음 쓸 때처럼 펜을 잡고 싶었다.
얼마나 더 이승의 밥그릇을 훔치게 될지는 모르겠지만
아, 한 세월이 또 온다.

박일환

대한민국 교실 외 2편

교실 형광등 하나가 맛이 갔는지
쉬지 않고 깜박거린다

조심스레 빼내자
그제서야 얌전히 눈을 감고 잠드는,

양끝이 까맣게 그을린 저 형광등은
그동안 자극을 너무 많이 받았다

조용히 빛나고 있는 다른 형광등들도
결국은 같은 운명에 놓이게 되리란 걸
너도 알고 나도 알지만

네 성적에 잠이 오냐?
이런 급훈이 걸려 있는
여기는 대한민국 교실이다

사물함 뒤편

대청소 시간에 사물함을 들어냈더니
온갖 것이 다 나온다
샤프도 나오고 체육복도 나오고
과자봉지, 구겨진 시험지, 걸레 조각까지
모두 끌어 모으니 산더미를 이룬다

감춰진 진실이 드러날 때까지
한 학기 내내 말도 못하고
사물함아, 너도 고생이 많았겠다

네가 고생하는 동안
우린 앞만 바라보는 훈련을 해 왔지만
반성은 언제나 반쪽자리에 그칠 뿐이어서

사물함을 제 자리에 밀어 넣은 다음
각자 자기 자리를 찾아 앉을 때
앞을 봐, 앞을!
거기, 뒤돌아보는 놈이 누구야!
익숙한 고함 소리가 교실을 가로지른다

그 교실

수업 시작종은 진작 울렸는데
의자에 앉아 수업을 기다려야 할 아이들이
아무도 보이지 않는다
책상 위에 놓인 꽃들만 슬픈 표정으로
침묵의 음계를 만들고 있는,
먼지조차 숙연히 가라앉은 교실
드르륵—
활기차게 열려야 할 문이
격실처럼 굳게 닫혀 있는 동안
아들아, 딸아
어서 돌아오너라
얼마나 춥니? 얼마나 무섭니?
내가 안아줄게 꼭 안아줄게
흐느낌을 받아 안은 파도가
텅 빈 교실을 끌고
진도 앞바다로 간다
등교하지 못한 아이들의 출석을
목 놓아 부르면
엄마, 아빠 사랑해요

바다 깊은 곳에서 들려오는 대답 소리

오오 내 새끼야

미안하다 미안하다

가슴을 치며 무너지는 어미 앞에서

차마 덮지 못한 출석부와 함께

교실이 가라앉는다

떠오르지 말아라 부디

아이들이 다 나올 때까지

교실은 바다 속에서 나올 생각을 하지 말아라

하, 그가 없다 외 1편

민중의 아들이었고
민중으로 살았고,
민중으로 남기를 원했다, 그는

일을 다 마치고, 일하며 살려고 고향으로 돌아왔고
메뚜기, 오리와 놀면서 벗들과 농사짓고 막걸리 사발 기울이며
마지막 순간들을 거침없이 살았다

그러다 그가 갔다
그 사실은, 이곳이 그의 희망과는 달리
사람 사는 세상 멀고 아득함을,
사악한 무리들의 뿌리 깊고 깊음을
그가 몸소 보여주었다는 설도 있다.

그가 누운 땅속 캄캄하고
그 하늘 머리 누르는 녹슨 철판, 암괴 너무 무겁고 싸늘하다
'경계인' 어쩌구 하는, 이 무슨 생뚱맞은 컨셉!
(그는 우리 앞에서 一生 경계에 선 적이 없음에도!)
그가 꿈꾸던 세상과의 단절인 듯 쇠 담장을 둘러 세우고도 안심이 안

되는지

　쇠사슬까지 급히 둘러 쳐놓아

　풀 한 포기, 사람 냄새라곤 맡을 수도 없는……

　사람 없는 날, 흰 국화 한 송이 들고 그를 만나러 가니

　하, 그는 이미 그곳에 없다!

　진한 구슬땀의 평화도, 따스한 햇살도 바람 한 줌도 사라진

　암흑 세상에 갇혀 그냥 참고 살 그가 아니었으니!

　누가 그를 찾아다오,

　그를 끝내 우리의 벗으로 살게 해 다오!

　하루 빨리 사람 사는 세상 이 논둑까지 오게 해서

　그와 퍼질러 앉아 막걸리 한 사발 꿀떡꿀떡 다 마시고 싶다!

　이것이, 이번에 봉하 주막에서, 막걸리 받아놓고 새로 얻은 나의 주
문이다.

　＊ 김수영의 시 '하……그림자가 없다!'에서 얻어옴.

정오의 논둑

상주. 고속도로 진입로 가까운
야산 아래부터 마을에 이르는, 뒤얽힌 길에 난도질당한
숨죽인 논둑 모내기 끝낸 파릇한 못자리

철퍼덕 철퍼덕……
길 잃은 새끼 고라니 한 마리 끼어들어
탈출하다 탐조등에 걸려든 죄수처럼, 갈팡질팡
죽을 힘 다해 무논을 건너고 있었다

따가운 정오의 햇살, 짙어가는 신록에 취한
벌거벗은 짐승의 정지된 시간
무논 가운데서 논둑까지가
그의 한생生이다

아마도, 너무 멀고 아득하다

송창섭

벽엔 칙칙한 녹물 외 2편

태어나던 날의 모습을 또렷이 기억한다
탯줄을 끊고 맨발로 판자촌집을 나섰다
폭이 좁고 길쭉한 창문 하나가 벽화처럼 붙어 있었다
빨래가 바람에 꿈틀대며 향을 풍겼는데
그럴수록 지문은 잡풀 사이로 뿌리를 내렸다

착하다고 믿는 것은 아기의 절대 영감이었다
아이를 둘러싼 담벼락엔 성선설에 관한 믿음이
마른 줄기에서 살아남은 실핏줄처럼 뻗어 있었다
벽은 자신에게 일어난 일에 별다른 관심을 보이지 않았다
그러는 사이에 무차별 확산되던 안개가 걷혔다
고개를 갸우뚱하며 의심스런 표정의 길을 지나던 이들
그들 중 어느 누구도 입을 열지는 못했다
낯선 함구령은 언제 끝날지 몰랐다
연약한 가지에 새들이 왔다가는 이내 떠나버렸다
빈 자리엔 썩은 나무들의 흐느낌만 정박해 있었다

긴 시간을 정적이 지배했다
벽면은 하얗게 물들었던 지난날을 회상했고

철담장을 타고 내린 녹물은 주위에 홍건했다

홍건한 녹물이 말라붙은 자리는

외면하고 싶은 칙칙함이 수를 놓았다

낮달이 너덜거리는 댕기를 어깨 위로 끌어당기더니

건넛산 능선을 바라보며 허연 웃음을 흘린다

나무 생각

너를 곁에 가까이 두면

너로 하여 우직하게 살아갈 수 있는

길이 열릴까

비바람에 두터운 살갗을 내어주고도

변함없는 네 표정을 읽는다면

텅 빈 머리에 속살이 차올라

너를 닮을 수 있을까

즈믄 해를 예언하는 너의 마음을

놓치지 않고 그려낼 수 있을까

풍상만큼이나 네 살아온 손금을 헤아린다면

네 발을 씻겨 몸으로 어루만진다면

네 안에 나를 담을 수 있을까

그리움 밖에 서 있는 나무야

하찮은 기억

내가 너를 처음 보았던 것은 사실

처음이라 말하기 훨씬 전이었을 것이다

시간을 꿈꾸듯 강물은 둑길을 서성이다가

굶주린 풀 앞에서 넋을 놓거나

몸을 장황하게 부풀려 위독한 상태에 이르거나

가끔은 일상적인 판단조차 과녁을 벗어나

예상 밖의 지점을 향한다

엉뚱한 말처럼 비칠 수 있겠지만

추락하려는 자의 끝을 본 행인은

적어도 이 시대에는 아무도 없었다

증거가 없는 확신이야말로 그것을 믿은 나는

폐허 속에 갇힌 쓸쓸함에 몸을 기대었다

햇살이 심장까지 파고들며 혈관을 어지럽혔지만

어리석게도 나는 그것을 인지하지 못하고

돌부리를 찬 힘에 쏠려 땅 위로 떨어지면서

그저 하찮은 오후의 기억이겠지 생각했다

시멘트 블록으로 얽어 놓은 허연 뱃살의 담벼락 아래엔

비스듬히 기울어 있는 쓰레기봉투 너머로

파리 떼가 쉼 없이 드나들고

비로소 나는 그렁그렁한 눈물을 쏟아 부었다
미려하고 촉감이 뛰어났던 포장지는
주인으로부터 재빠르게 해고 통지를 받았고
한 순간 허무하게 무대 뒤를 떠났다

슬픔은 슬퍼하는 자만의 몫일 뿐이다

풍장 외 2편

바람이 나뭇잎의 남은 숨을 거둬갔다
그래도 가져가지 못한 건
우듬지 밑에 세 들은 까치 보금자리
흰 눈 소복소복 쌓이는 날
설장에 삭정이 부러져도
새 봄에 돋는 나뭇잎 사이에서
어린 까치 날개 파닥이리라

그날은 아직 먼 날
바람이 까치둥지를 살짝 흔들어대자
스며든 빗물이 소리 없이 빠져나갔다.

소실점

– 예산역

두 개의 선에서 한 개의 선으로
다시 점으로 사라지는 지나온 길을 생각하다가

미지의 여행도 그러하다는 것을 느꼈을 때
설운 눈물방울이 맺혔다

알 수 없는 곳을 향해 나아가는 길인데
낯익은 풍경이 확, 눈에 들어온다

미래는 관성으로 갈 수 없는
현재의 시간들이다

지혜의 별, 초원의 별이 되어

여름 저녁 볕살이 나뭇잎에 스칠 때가 있어요

살다보면 그런 순간 있어요

마지막을 향해 가는 햇살이 있는 힘을 다해

살짝 웃는 찰라, 시간은 잠시 멈추지요

이지혜, 김초원 선생*의 이름을 '다음 아고라'에서 목 놓아 불러 봅니다

그렇게 당신들은 가면서 빛을 남겼는데

우린 나뭇잎에 반짝이는 볕살을 봤을 뿐

가슴에 담지 못하고 아직도 가만히 서성이고 있어요

해가 져 또 다른 해[星]가 태어나는 밤이면

별이 떠 빛나지요

별에도 비정규직인 별, 차별이 있나요?

나뭇잎에 머물던 볕살로 다시 내려앉아 주세요

지혜의 별이 되어, 초원의 별이 되어

어둠 속에 절망 속에 빛나다가

밝아오는 새 날 아침 햇발 속에 살아

우리 곁에 머물러 주세요

* 2014년 안산 단원고 수학여행단 인솔을 맡은 2학년 7반, 3반 담임교사. 특히 김초
원 교사는 2014년 4월 16일, 스물여섯 생일이 기일인 기구한 운명이다. 그럼에도 비
정규직인 기간제 교사라서 두 선생님은 순직도 의사자 처리도 안 된 상태라서 다음
아고라에서 순직 처리 청원 서명을 벌이는 중이다.

29년 전 외 2편

설미사가 끝날 무렵
주기도문을 외우는데
새로 오신 신부님이
옆 사람 손을 잡자고 하여
공교롭게, 옆에 있던
애들 엄마의 손을 잡았는데,
또 언제 잡았었는지
도대체 생각나지 않는다.
애들 엄마 아프기 전?
전혀, 아니고
10년 전?
확실히, 아니고
20년 전?
아니고,
작은 아이 낳기 전?
아니……, 고
큰 아이 낳기 전?
그럼, 29년 전?
29년 전?

....

장인의 추억

그날, 교장이 불러 교장실에 내려가니

뜬금없이 장인이 앉아 계셨다.

교육장이 같은 종씨라며

그 먼 대전에서 대천까지 일부러 만나러 왔다가

급기야 내가 근무하는 학교까지 방문한 것이었다.

교육장과 고등학교는 행정적으로

아무 관계도 없다는 걸 알 리 없는 장인어른은

당신이 교육장과 같은 임씨이니

나를 잘 봐주라고

교장에게 무언의 압력을 행사하려고 찾아온 것인지

살아계실 적 물어보지 않아 나는 모른다.

그 연세의 어른들이 그렇듯

풍천 임씨니 진주 임가니 따지는 게

장인 삶의 가장 중요한 일이었고

진주 임씨 중 현재 누가 무슨 자리에 있는지 찾아보는 게

장인 삶의 가장 큰 낙이었다.

그러거나 말거나

나는 얼마 후 학교에서 쫓겨났다.

느닷없이 교장실을 찾아 온 일 말고는

도대체 장인과의 사이에 떠오르는 추억이 없다.

모처럼 처가에 가면

장인과 큰아이가 알까기를 하던 장면,

작은아이의 이름을 지어준 일,

또 뭐가 있나?

다소 복잡한 개인사에,

60년대, 자동차는 구경도 못하던 시절부터

찝차를 타고 다녔던 영광 이후로

살면서 계속 기울어만가는 당신의 처지가

안쓰러웠던 어느 이른 봄날 새벽

느닷없이 교장실에 찾아온 것처럼

장인은 느닷없이 화장실에서 쓰러져

다시는 못 일어났고

그때 난 잘난 해직교사였다.

일 년에 한 번씩

장인의 묘 앞에 겨우 찾아오는 사위가

교육장은 그만두고

교장, 교감이라도 됐다면

지하의 장인께서 흐뭇해하실까?

생각해보니 아마도 나의 해직도
장인을 쓰러뜨린 중요한 이유 중 하나였을 것.
장인이 느꼈을 놀람과 배신감과 상실감이
이제야 어렴풋이 이해가 가는 건,
느닷없는 교장실 방문이
아, 장인의 사위 사랑 방식이었다는 걸
깨달으며 눈물 흘리는 건
아마도 지금의 내가 장인의 그 나이쯤 먹어서인가.

희미한 옛 세월의 그림자 9

– 진학독서실

까까머리 중고등학생 시절

거의 6년을 다닌

부평극장 옆 진학독서실은

이상하게 공부하던 생각은 하나도 나지 않고,

엄마가 싸준

총각무 반찬에

밥 위에 계란 후라이를 얹은

도시락을 까먹거나,

몰래 쌀막걸리를 사다 마시거나,

(내가 원하던 대학에 합격하지 못한 것은

고딩 시절 막 나온 쌀막걸리 때문이라고

나는 확신하고 있다.)

잠깐 자고 일어나겠다고

엎드려 자다가

벌떡 일어나 보니

이미 다음날 날이 밝아

등교시간에 늦었거나,

담배 피우는 친구들을

부러운 눈으로 바라보거나,

아주 더운

어느 여름 날,

진학독서실 밑에서 우연히 만난 그 사람이

내가 건넨 차가운 바나나우유를

이마에 난 땀을 손으로 닦아가며

상기한 얼굴로 받아들던,

생각만 난다.

이봉환

다육이들 외 2편

학급 비품 관리 어떻게 할까, 라는 주제로 한창
선생님은 토의수업을 진행하느라고 애를 쓰고 아이들은
학급 비품 관리보다는 수행평가를 잘 받으려고 기를 쓰고 있다
난 한영이 손에 들려 이곳 도시학교 교실까지 왔는데
사물함 위에서 벌써 한 학기를 다 보낸다 여기까지 팔려온 데는
나에게도 그만한 사연은 충분하다 돈에 불을 켠 사람들은
키를 자르고 날 식물로 만들어버렸다 그래서 지금 난 꽃기린이다
사막에서 키 큰 기린이었던 내가 난장이 꽃으로 변신
아파트 베란다로 팔려가고 수많은 가게의 창틀에도 앉아 있게 된 것
한 학기 다 가는 동안 물 한 모금 못 마셔본 절박한 목숨들과 몇 달째
다들 천후엽변경(흔히들 다육이라고 한다) 존재 따윈 잊어버린 채
학급 비품 버릴 건 버리자, 라는 결론에 가닿으려고 끙끙 애를 쓴다
저 맹랑한 수업에 끼어들어 나도 애끓는 하소연 하나 하고 싶다
제발 우릴 학급 비품 취급이라도 좀 해 달라고
여기 와서부터 아직 맛보지 못한 물이나 한 방울 부어주든지
아니면 더러운 침이라도 시원하게 얼굴에 한 번 뱉어달라고
것도 아니면 썩은 냄새 진동하는 뒤뜰 시궁창 속에다가
어서 빨리 우릴 버려달라고, 제발.

그녀가 아름다운 이유

그녀는 양파중학교의 평범한 여교사입니다 그녀는 요즘 유행하는 그 흔해빠진 여신 따윈 결코 아니랍니다 그녀는 아이 둘을 둔 쫌은 오동통하고 까무잡잡한 아줌마입니다 자아 보세요 그녀는 학기 초 아동 양육시설의 문제아들 득시글거리는 반의 담임을 맡았답니다 그리곤 옆 반의 싱원이까지 데려와서는 종일을 그 애들과 씨름하며 끙끙댑니다 그녀 스스로 선택한 즐거운 고통입니다 봄 여름 가을 겨울 그 하고 많은 날들을 담배 피우다 담벼락 넘다가 놈들 줄줄이 끌려옵니다 그녀는 금연사탕으로 일단 꼬셔봅니다 아뿔싸? 그런데도 아랑곳 않고 육두문자에 쌍욕에 피 터지게 싸우다가 선생님한테 씨발씨발 대들다가 벌떡벌떡 놀란 심장을 향해 그 애들 쿵쾅쿵쾅 달려옵니다 에이그 내 팔자야~ 머리 몇 대 쥐어박고는 그놈들 까탈을 냉큼냉큼 다 받아줍니다 일 년 열두 달이 하루하루로 쪼개져 그녀를 쿡쿡 쑤시며 지나가고요 언제인지도 모르게 그놈들 점점 평범한 중딩으로 변해갑니다 늑대의 탈을 벗은 양떼들이 늑대 탈을 두 손에 들고는 음메에헤헤헤~ 웃고 있습니다 이 얼마나 다행한 일인지요 저 깊은 바다나 드높은 저 하늘이 아니면 그녀는 무엇이겠는지요 그러하니 어찌 그녀가 사랑스럽지 않겠는지요?

배꼽티

이미 십 몇 년이 흘러가버린 때의 일이다

교직경력 20~30년째 모두들 심드렁해 할 때 모처럼 발랄한 20대 여선생이 발령 인사를 하였던 것이다

하늘같은 선배님들의 많은 관심과 어쩌고… 하다가 말문이 막힌 그녀 오른팔을 치켜들어 뒷머릴 긁는데

헉,

배꼽티를 입었던 것이다 순식간 하얀 아랫배며 옴쏙한 배꼽이 우주에 살짝 드러났다 사라지는데,

당황한 눈빛 어디에 둘지 몰라 허둥대던 하늘 같은 선배님들의 그 놀란 표정들이며

그래도 반짝반짝 빛나기만 하던 바다중학교 교무실의 싱싱한 아침 햇살들이며…

이응인

쪽지 외 2편

돌돌 말린
꼬깃꼬깃 접힌
고것.

너만 봐야 돼.
비밀 꼭 지켜.

하루를 못 넘겨
동네방네
쫙 퍼졌네.

참을 수 없는
새 잎.

즐거운 일

점심 먹고
교직원 화장실에 앉아 용을 쓰는데
옆 칸에 문소리 나더니
"흐흐흥 흐응!"
콧노래 소리 힘차게 들린다.
맞은편 지원 학급 아이다.

똥이 쑥 빠졌다.

* 지원 학급 : 발달이 늦거나 학습 장애를 가진 아이들이 모이는 반.

2월

열둘이 모여 365개의 빵을 나누었습니다.
계산이 빠른 이들은
30개씩 돌아가고도 남는다는 걸 금세 알았습니다.
눈치 빠른 일곱이 31개의 빵을 미리 챙겼습니다.
남은 다섯 중 넷이 30개의 빵을 얼른 집었습니다.
마지막 남은 28개
2월은 그것으로 충분했습니다.

뭔가 좀 모자라는 듯한
좀 부족한 듯한
그러면서 편안한 달.

임혜주

사뿐하다 외 2편

연무에 젖어 있는 나무

희뿌연 가지 끝으로

작은 새 내려앉는다

멀리서 날아온 듯

들판에 홀로 선 나무는

흔들림도 없이

새의 체중을 받아낸다

저 실금 같은 가지 하나는

나무의 가장 나중의

여린 내뻗

뼛속을 비운 새는

시름도 최소의 것을 얹었다

그들의 저리도 얇은 접촉은

아침이 번쩍

환해지는 일이어서

세상의 끄트머리에서 시작되는

행로들의 맞부딪침이어서

공중에 꽃잎 닿듯,

언어를 가장 가볍게 빚어

어느 사위어가는 몸에 대보다

관계

그 그림자, 몸에서 나오는 줄 알았다

깊이깊이 묻힌 숙명 같은 뿌리가

잘리지 못해 피 흘리지 않는 그것이

지상으로 모가지를 처박고

끌려나오는 줄 알았다

그러나 문득 찾아온

발 벗은 손님 같은 생각

그림자는 위에서나 뒤, 옆

선택하지 않은 각(角)이 있어

무엇과의 공중에 있어

전등 아래서도 손 그림자가 생긴다는 것

그림자는 밤이면 오랜 지층을 파고드는

수직성을 돌린 자리, 무엇과 같이 있을 때

방향을 바꿔가며 매일 생겨난다는 것

그것은 구름을 막 통과한 해쓱한 빛이

몸의 형상을 빌려 지그시 등을 기대거나

명랑한 빛이 몸에 부딪혔다는

과학적 증거,

아, 그림자 얼굴은 없었다

망초

네모난 땅 모서리에
젯밥 한 그릇 차려져 있다
수북이 쌓아 올린 동그란 흙더미에
망초 풀대 꼿꼿이 머리 세우고 있다

수저 하나 반듯이 꽂힌
흰 밥 한 그릇 잡숫는
반듯한 귀신은 말고 어디
돌아갈 곳 없는 것들을 위하여
여기 꽂혔는가

아파트 공사장에서 떨어져 죽었다던
늙은 인부의 혼령도
훈김 나는 흙무더기를 지나면서
독기를 품고 있는 것들에게
그리하여 조의마저 꼿꼿한 것들에게
쓰다듬고 풀어헤치고 없어지라는
전언을 건넸을까 밤새
망초와 귀신은 서로를 껴안고

희미한 위로로 몸을 깎았다
벌써 아래쪽은 까맣게 해쓱하고
강아지풀은 머리를 숙이고 있다

오늘 아침 뒤틀려 올라오는
성난 마음 하나
저기 한곳에 푹 꽂아두니
부디 독기는 가시고
누렇게 시들시들해지시라

애수의 소야곡 외 2편

아내와 결혼하기 전 북악스카이웨이 호텔에서 약혼식을 했는데 홍이
난 양가에서 노래 한 자락씩 하게 되었지. 우리 쪽에선 동네 노래자랑콩
쿠르대회에 나간 적 있는 작은아버지가 무슨 노랜가 선창하셨고, 처가
쪽에선 장인께서 애수의 소야곡을 답가로 하셨는데, 한담을 주고받던
좌중이 누가 물을 끼얹은 듯 조용해졌지. 기러기 날갯죽지에 묻은 서리
가 떨어지고 초가지붕에 박꽃이 피었다 졌지. 메마른 영혼이 단비 만난
모양 넋 놓고 소리의 독에 갇혀버렸지.

나중에 할아버지께서 한 말씀 하셨다. "야~이야, 너거 장인, 소리 잘
하더라. 난 예천 통명 사람보다 소리 잘하는 이는 세상에 없다 캤더니,
너거 장인 소리가 거 못잖대."

할아버지도 장인도 없는 별, 민들레 홀씨가 봄 하늘 허공에 날리듯 어
디선가 애수의 소야곡 아득하게 환청으로 다가와 발목을 잡아 가던 걸
음 멈추고 한 동안 멍 때린다.

바람꽃

군대 가서 첫 휴가 받아 휴가증 고이 접어 가슴에 넣고 들뜬 마음으로 용산역에서 고향 가는 표를 사려고 길게 늘어진 줄 꼬리에 서 있었지. 근데 갑자기 돌개바람이 휙, 모자를 낚아채 가지 뭐야. 모자를 잃어버리고 중대가리로 돌아다니는 군인은 탈영병이거나 무적의 싸이코패스야. 당황하여 둥실둥실 날아가는 모자를 정신없이 따라가 다보니 모자는 어느 후미진 좁은 골목 끝에 가 턱, 멈춰 서는 게 아니야. 쉿, 바람의 정체는 생계형 꽃이었어. 어쩔 수 없이 꽃값으로 휴가비를 탈탈 털어주고 모자를 돌려받았지. 꽃이 피었는데 벌 나비가 찾지 않으니 꽃은 먹고 살기 위한 자구책으로 나비를 부른 거야. 가끔 도회를 떠나 배낭을 메고 깊은 산속 길을 가다가 어디선가 오빠, 하고 부르는 소리에 두리번거리다가 돌아보면 길가에서 말갛게 해살거리는 바람꽃이 발걸음을 붙잡고 있지 뭐야. 쿵쾅거리는 가슴 진정하고 쪼그리고 앉아 가만히 보니 오호라, 지난 날 나비가 되어 좁은 골목길 허겁지겁 쫓아가서 만난 그 더운 숨결이 바로 너로구나.

먹물

민대가리 속에 든 허영을 먹으면 무학은 국졸 국졸은 중졸 중졸은 고졸 고졸은 학사 학사는 석사 석사는 박사가 된다지.

내 친구 불문학박사 허 아무개, 불란서 파리에서 학위를 받지 못하고 캐나다 퀘벡에서 박사학위를 받았지. 이 대학 저 대학 보따리 장사를 했으나 이미 불어는 지구별의 중심어가 아니라 변방에 날리는 눈발, 신생의 되놈들 말에 밀리고 이웃 동네 스즈키 혼다에도 밀리는 힘 없는 늙은 조폭, 파리를 가보지도 못한 어린 불문학도와 파리에서 학위 받은 늙은 교수들은 본 동네 갔다 오지 못한 지식판매자를 못 미더워했네.

내 친구 불문학박사 허 아무개, 밥벌이가 되지 않자 마침내 보따리 장사 끝내고, 아프리카 대륙의 검은 향기, 염소도 먹으면 흥분한다는 커피 가게를 냈는데 이름 하여 허 박사 커피, 사람들은 박사가 내린 드립 커피를 마시며 지식이 혈액으로 돈다고 즐겨찾기 했지. 허나 불문학과 커피가 아무런 관계가 없고 불어와 커피가 랑그와 파롤, 시니피앙과 시니피에의 관계가 아니란, 더욱이 커피 맛과는 하등 관련이 없다는 걸 알고는 하나 둘 허 박사 커피 집을 떠나가 버렸네.

실의에 빠져 살던 내 친구 불문학박사 허 아무개, 어느 날 이름난 노량진 먹물낙지 집에서 먹물 낙지 안주로 술 한잔 하다가 갑자기 삼도천을 건넜네. 사인은 순환기장애로 인한 심장마비이나 실은 화기가 상승

하여 기가 막혀 생을 마쳤네.

세상을 속일 수 있었으나 세상에 속고, 남을 속일 수 있었으나 자신에게 속은 내 친구 허 박사, 먹물을 먹었으나 먹물이 싫고 먹물에 빠져 허우적거리다가 먹물로 갔으니 먹물이 원수로다. 통재라, 먹물이여.

하루쯤은 외 2편

연두색 저고리

초록치마

단장을 하고 길을 나선다

하루쯤은 나도

봄이고 싶다

꽃을 기뻐하기도

바람에 취하기도

부끄러운 시간들

천근만근 추를 달고

팽목항 바다에

빠져버린 마음

역겨운 세상

토악질하다가도

문득 하루쯤은

봄바람, 봄꽃내음

느끼고 싶다

험악한 틈바구니 빠져나와

손에 손 잡는 인정처럼

믿음처럼

내 안의 희망

내 안의 사랑을 불러내어

다져지고 싶어

하루쯤은

내가 봄이어서

너도 봄이 되도록

봄 단장하여

길을 나서고 싶다.

파리 · 나혜석

여성해방주의자
신여성 나혜석은
용산역에서 파리 행 기차표를 샀다
기차는 40km의 속도로 평양을 지나
신의주
압록강 건너
옛 부여의 수도 창춘
시베리아 평원을 거쳐 페테르부르그
베를린 그리고
파리
파리에서 그녀는 그림을 그리고
사람을 만나고
사랑을 하였다
용산역 매표창구에서
'파리'라고 말하는 그녀의
입 모양을 상상하면서
나도 입술을 붙였다 벌리며
툭 뱉어본다
'파리'

오늘

이 외로운 섬나라 조국에서

끊어진 철길 앞에서

마음 속 큰 고동소리를 들으며

나혜석을 그려본다

용산역 매표창구에서

파리 행 열차표를 받아들고 떠나는

자유로운 영혼

그녀를 생각한다.

나는 평화

지평선 바라보며 아침 산책하고

늦은 아침밥 먹고

커피 마시고

침대에 뒹굴며 누군가의 시를 읽고

나의 시를 쓰고

부시시 일어나 옆집 게르 두드려 들어가

이야기하며 놀고 있자니

점심 먹으러 오라 한다

점심 먹고 앉은 자리 두런두런 이야기하다

밖으로 나와

이쁜 몽골아이 사진 찍고

하얀 햇살 속에 그림도 그리고

따가운 빛 피해 게르에 들어가

읽던 시 계속 읽고

문득 생각난 듯 짐 챙겨놓고

침대에 드러누워

천창으로 구름 보고

지나는 바람 소리 듣고

종일 놀아보는 이런

일이 언제 있었나
자르거나 잘리지 않는 나만의 시간을
가졌다고 느낄 때
단절인 듯 다 가졌다고 느낄 때
비로소 나는 평화이다
혼자 누워 외로워도
사람이 그립지 않을 때
오직 나만을 슬퍼할 수 있을 때
그때 나는 평화이다.
누운 몸 위로 바람과 별빛
이불처럼 포근할 때
바라는 것이 없을 때
그때 진정 평화이다

두보 외 2편

팔 하나 없는 김씨의 사연

찡그리면 바코드처럼 주름이 모아지는 노파

몸뚱이 잠깐 내주고

오만 원 받은 애기엄마의 사연

전장(戰場)의 사연은 흘러

어디론가 사라져 흔적도 없지만

생의 어느 웅덩이

핏물로 고이는,

대쪽을 깎아 먹물 찍어 기록하는

시인의 수첩

반달

그러고 나서 노래해요
마음이 슬픔으로 가득 차 일렁일 때마다
떠오르곤 하는 노래

푸른 하늘 은하수
하얀 쪽배엔
계수나무 한 나무
토끼 한 마리
돛대도 아니 달고
삿대도 없이
가기도 잘도 간다
서쪽 나라로

한 번만 하나요
아뇨
슬픔이 수도꼭지에서 떨어지는
물처럼
똑— 또옥 떨어져 말라버릴 때까지 해요
그게 몇 번이죠

3백 몇 십 번?

3백 번까지는 기억나는데 그 뒤는……

잠도 안 자요

네, 마냥 슬프고 외로우면

잠을 못 자요

몇 날 며칠이든

슬픔의 응어리가 뽑히어 나올 때까지

노래를 해야 해요

뭐가 그렇게 슬픈가요

존재요

하얀 사기그릇 같은

존재가요

크게 해요

아뇨 작게 해요

가사는 빼고

콧소리로만

그런데 왜 서쪽나라죠

아, 네

거기에 왠지 오래전에 죽은

외할머니가 살고 있을 것 같거든요

프라이벗 리얼리즘

이제 나는 쓸 수 있다
성기에 있는 조그만 점을
마음의 밑바닥에 고인 사적 감정의 전부를
덤프트럭이 쏟아놓은
모래더미에 묻혀 버둥대지도 못하는
청개구리의 할딱임을
비로소 안녕? 하며 튀어나오는
나를 부정하지 못하는 나의 말들을

그것들을 쓸 수 있다
그녀를 사랑하던 그가 음독했다, 라는
한 줄의 문장에
단 한 톨의 씨로 남을 상상력을 위해
구름장처럼 번져 가는 잡생각을 찢어버리기 위해

나는 나의 사회적 목적성의 껍질을 벗는다
아무 의미가 없을지라도
누구나 하는 당연한 말을 줄이고
감정적 진실을 쓴다

새롭게, 토끼 고기를 먹기 위해 가죽을 벗기는
얇고 하얀 면도칼 같은

시의 핏줄에 피가 돌리라
온종일 햇빛을 받아 따뜻해진
석상처럼
추위에 떠는 사람이
돌의 온기에 등을 기댄다

명화 이모 외 2편

인도 행 비행기에서
이모의 부음을 듣는다.

내 유년의 밝은 꽃 명화
가을 국화처럼
혈육도 없이 스러진 이모

이모는 먼저
서천으로 떠나고
나는 시방 서역으로 간다.

행성을 돌고 있는 저 만장 구름도
이 비행기도 울컥,
날 받아 서천 노을을 두드리리라.

눈물이 등을 밝히는 서천서역국
거기엔 아직도
바리의 환생화가 피어 있겠지.

부음보다 멀리 비행기는 날고
동공에 아릿한 흰 얼굴

내 기억의 부음을 본다.

십이월 밤

오늘 하루
잘 살았다.

도란도란 끝말잇기하다
무서운 옛날얘기하다
기도하는 사이
사르릉 잠든 아이

창밖에는 시위하는 십이월 바람

잠들지 못하는
아비 대신

아이의 하루가
잘 저물었다.

하니족 마을에서

안개 속에는 안개가 산다.
애뢰이 산 농무 속에는
적막하여라
천년 솔이 살고
절벽을 딛느라
종아리 굵어진 대가 산다.
산 아래로는
이별에 젖은 길이 살고
산 위로는
태양에 눈 먼 새가 살고
그 눈멍울 사이
검은 바지를 입은 안개가 산다.
하니족이 산다.

최성수

낙화 외 2편

이승에서는

우리,

여기까지였나보다.

영순씨네 집 매화나무

성북동의 봄은 영순씨네 매화나무에서 온다

담벼락을 따라 고양이 등짝만 한 화단에
기신기신 몸 기대고 서서
집 주인 영순씨처럼 곱게 늙은 매화나무
비둘기조차 꽁꽁 어는 겨울이 지나면
비로소 꽃망울 터트려 성북동의 봄 알리는 매화나무
매화꽃 벙글면 영순씨
손바닥만 한 가게 의자에 앉아 재봉틀 돌리고
돋보기안경 너머 바느질한다
재봉틀 소리에 맞춰 매화꽃
봄바람에 날린다
당뇨로 오래 몸 아팠던 할아버지
지팡이 짚고 나와 해바라기 하던 곳
저 썩을 놈들이
멀쩡히 잘 사는 집 허물겠다고 지랄이라고
재개발 조합을 향해 삿대질을 하던 할아버지는
매화꽃 피는 봄을 보지 못하고 세상을 떴다
할아버지는 없지만

영순씨는 올 봄도 어김없이 재봉틀을 돌린다

재개발 반대 유인물을 돌릴 때면 부끄러워

꽃잎처럼 살짝 볼이 물들던 영순씨

햇살도 지친 오후

돌리는 재봉틀 소리는 담벼락에 걸린

'내 집 냅둬' 현수막을 휘감고 마침내

성북동에 봄이 왔음을 알린다

선잠단지 쯤에서 성북동 비둘기가 물어와 내뱉은 오디 씨가

매화나무 옆에 거처를 잡고 아이 팔뚝만큼 자랄 동안

며느리 맞고 손주 받은 영순씨네

무심한 세월들이 이 집에서 흘러갔다

성북동의 봄은 영순씨네 집 매화꽃이 피어야 온다

가게 유리창에 써놓은

'성북 홈 패션'

낡고 바랜 글자 위에 매화꽃 향기가 날려야

성북동에, 비로소, 봄이 온다

학교

— 세월호의 아이들에게

비가 내려서 하루쯤 빼먹어도 되는 곳,
계단 틈에 핀 민들레 앞에 앉아 있다
한두 시간쯤 늦게 들어가도 되는 곳,
오월 하늘이 너무 푸르러
수업 중 슬그머니 일어나도
선생님 그저 빙그레 웃어주는 곳,
운동장에서 뛰노는 아이들을 위해
어둠조차 천천히 찾아오는 곳,
벚꽃 그늘에 둘이 앉아
지워지지 않을 시간들을 이야기하는 청춘의 마을,
세상에서 가장 소중한 순간들을
사진 속 정지한 시간들로 감춰주는 곳.

그리워도 돌아오지 마라.
지각의 두려움과 공부의 공포
빛나는 젊음을 옥죄는 대학입시의 부담을 넘어
이 지독한 대한민국의 21세기로부터
너희들, 더 멀어지거라.
우리는 너희들을 지켜내지도 못했고,

너희들의 행복을 지켜보지도 못했으니,
돌아오지 마라.
더러운 자본과 무모한 권력의 손을 들어준
이 애비 에미의 세대들이 지은 죄로 너희들
꽃 피어 보지도 못하고 지게 했으니.

바람이 불어서 하루쯤 빼먹어도 되는,
꽃이 져서 이틀쯤 슬퍼해도 되는,
그런 학교로 수학여행 떠난 아이들아!

산문

■ 갈대의 삶 이야기 / 송언

■ 살다보면 즐거운 날도 있지 / 송언

교 육 과 문 예   2   0   1   5

■ 산문

갈대의 삶 이야기 외 1편

송언

마태오복음 12장 20절엔 다음과 같은 말씀이 기록되어 있다.

'상한 갈대를 꺾지 아니하며 꺼져가는 심지도 끄지 아니하기를 심판하여 이길 때까지 하리니.'

여기에서 '상한 갈대'란 적절한 표현은 아니다. 해를 넘긴 '묵은 갈대'라고 해야 맞을 것이다. 그런데 '심판하여 이길 때까지'란 어떤 뜻일까? 갈대의 한 살이를 꼼꼼하게 살펴보면 이해할 수 있을 것이다.

자, 그럼 갈대의 삶 이야기를 시작한다.

햇살 쨍쨍한 가을이 오면 갈대의 머리숱은 북슬북슬한 사자의 갈기처럼 부풀어 오른다. 가을이 깊어져 한해살이풀들이 누렇게 죽어가고, 활엽수 마른 잎사귀들이 우수수 가지에서 떨어져도, 갈대는 북슬북슬한 머리숱을 그대로 간직한 채 바람에 휘청댈 뿐 땅으로 곤두박질치지 않는다.

갈대는 쉽사리 생명의 끈을 놓지 않는다.

중랑천 가장자리를 따라 갈대밭이 무성하다. 하나의 갈대 곁엔 무수히 많은 갈대들이 물결치듯 서 있다. 갈대는 어른 키의 두 배나 넘게 쑥쑥 자라지만 바람에 쓰러지지 않는다. 꺾일 듯 꺾일 듯 낭창거려도 좀체 허리를 꺾지 않는다. 무릎을 굽히지도 않는다. 갈대는 '갈대의 길'을 알고 있는 것이다.

한겨울 추위에도 갈대는 아랑곳하지 않는다.

추적추적 겨울비가 내려도 온몸으로 비를 맞고 서 있을 뿐이다. 찬바람이 휙휙 휘몰아쳐도 바람의 반대 방향으로 한사코 허리를 굽힐지언정 결단코 꺾이는 법이 없다. 풀색을 자랑하던 댓잎 같은 잎사귀는 땅으로 떨어지고, 더러 대궁에 말라붙은 채 목숨이 다하였으나, 껑충하고 가녀린 대와 북슬북슬한 머리숱은 긴 긴 겨우내 변함이 없다. 강변의 풀잎들도 갈색으로 변해 졸연히 땅으로 돌아갔건만, 갈색의 소나무인 양 갈대는 굳건하게 겨울과 맞설 뿐이다.

하느님도 차마 '상한 갈대'를 꺾지 아니하였으므로.

함박눈이 펄펄 흩날리는 날에도 갈대는 온몸으로 눈을 맞는다. 이따금 참새 떼가 날아와 가녀린 대궁에 매달리어, 쩍쩍거리며 폴짝거리며 시소를 타도 그윽한 눈길로 바라보기만 할 뿐 참새를 탓하지 않는다. 겨우내 중랑천 가장자리 갈대밭엔 시린 바람이 불고, 무서리가 하얗게 내려앉고 함박눈이 소담스럽게 쌓인다. 초롱초롱한 겨울 햇살이 소풍 내려와 하늘나라 소식을 전하고, 청둥오리 쇠기러기는 도란도란 갈대밭을 지켜준다.

중랑천 가장자리 갈대밭에 이윽고 봄이 찾아오면, 졸졸졸 개울물 흘러가는 소리 정겹다. 한겨울 추위에 허리 꺾인 갈대가 아주 없진 않으나, 대부분 거뜬히 겨울 강을 건너와 새봄과 손잡는다. 발밑에서 갈대의 새싹들이 돋아나 간질간질 몸을 흔든다. 하지만 묵은 갈대는 아직 자리를 내어줄 생각이 없다. 보슬보슬 비를 맞으며 새봄에 태어난 갈대들이 쑥쑥 키를 키워도 눈먼 소경인 양 말 못하는 벙어리인 양, 묵은 갈대는 무뚝뚝한 허수아비처럼 춤을 추어댈 뿐이다.

중랑천 둑길 위에서 샛노란 개나리가 봄을 노래하며 새봄의 희망처럼 화들짝 피었다가 하늘하늘 시들어가고, 벚나무 꽃이 화사하게 피어나 바람에 꽃눈을 흩날리고, 살구나무 꽃이 몸살이 나서 하롱하롱 몸부림을 치다가 난분분 쓰러져도 갈색의 묵은 갈대들은 도무지 묵묵부답이다.

4월이 가고 5월이 오면 중랑천이 살아서 꿈틀거린다. 솔개와 제비는 어지럽게 하늘을 뱅글뱅글 날고, 잉어들은 물 낮바닥 위로 펄떡펄떡 솟구쳐 오른다. 중랑천 여기저기에서 새 생명의 탄생을 위한 산란의 축제가 한창이어도 갈대밭의 묵은 갈대들은 묵묵히 하늘을 우러를 뿐이다. 그러는 사이사이 새봄에 피어난 갈대들이 쑥쑥 발돋움을 하지만, 묵은 갈대의 껑충한 키를 따라잡기엔 아직 멀었다.

6월이 오자 연분홍 메꽃이 무리지어 피어나고, 갖가지 색깔의 덩굴장미는 해맑게 꽃 웃음을 터뜨리고, 잿빛 왜가리 한 마리 꾸벅꾸벅 한낮을 졸고 있는데, 갈대는 여전히 겨울을 이겨낸 모습 그대로이다. 하얀 찔레꽃이 망울망울 피어나고, 튤립나무에 튤립나무 꽃이 튤립 꽃처럼 앙증맞게 피어나도 갈대는 기쁨도 슬픔도 모르는 듯하다.

6월이 가고 7월이 오자, 새봄의 갈대들은 비로소 묵은 갈대와 어깨를 나란히 할 만큼 키가 자란다. 마치 그때를 기다리기라도 했다는 듯이 중랑천 갈대밭에 '심판의 날'이 찾아온다. 온 세상을 집어삼킬 것처럼 장맛비가 내리퍼붓는 것이다. 장맛비는 중랑천 갈대밭의 갈대들을 사정없이 뒤흔들어 놓는다. 밤새도록 장맛비가 휩쓸고 지나간 아침, 갈대밭의 갈대들은 서로 뒤엉킨 채 엎어지고 쓰러져 누워 있다. 끝끝내 쓰러질 것 같지 않던 묵은 갈대들이 기어코 허리를 꺾은 것이다!

장맛비가 그치고 하루, 이틀, 사흘이 지나자 새봄에 피어난 갈대들은 하나 둘 허리를 일으켜 세운다. 죽었다가 되살아나는 불사조처럼. 하지만 묵은 갈대들은 허리를 들어 올리지 않는다. 하늘의 심판을 겸허히 받아들이는 것이다. 묵은 갈대들은 서서히 땅 냄새를 맡으며 바닥으로 드러눕는다. 비로소 '상한 갈대'가 되어 발목부터 썩기 시작한다. 스스로 썩어 문드러지는 아픔을 감당하려는 것이다.

활엽수나 한해살이풀은 겨울이 오기 전에 신속히 땅으로 돌아가 썩음으로써 새 생명의 밑거름이 된다. 하지만 갈대의 삶은 다르다! 쓰러질 듯 쓰러질 듯 세찬 겨울을 이겨내고, 새 봄이 와도 묵묵히 그 자리를 지키며 휘청대다가, 뜨거운 여름이 되어 새봄에 피어난 갈대들이 자신의 키만큼 자라난 걸 확인한 뒤에야, 장맛비의 심판을 핑계 삼아 너부죽이 허리를 꺾는 것이다.

장엄하고 숭고한 갈대들의 세대교체다.

허리 꺾인 갈대들은 서서히 썩어 땅으로 돌아가리라. 이듬해 봄 또 다른 갈대들이 태어날 때 밑거름이 되려는 것이다. 한낱 들풀로 태어나 들풀의 삶을 살다가 가지만, 겨울이 오기 전에 서둘러 죽는 것을 거부한 채 이듬해 여름까지 끈질기게 버티다가 마침내 쓰러져, 갈대는 '갈대의 삶'을 완성한다. 한해살이풀보다 목숨이 두 배 가까이 긴 이것이 갈대가 살아가는 법칙인 것이다.

장맛비의 심판에도 허리를 꺾지 않은 묵은 갈대들이 드문드문 눈에 띈다. 오호라, 하늘의 첫 심판을 거부한 갈대들이다. 하지만 하늘의 심판은 엄혹하여서 단 하나의 갈대도 비껴갈 수 없다. 무시무시한 태풍을 하늘이 또 준비해놓은 것이다. 모진 태풍에도 허리를 꺾지 않는 갈대란 없다. 묵은 갈대와 새봄의 갈대를 갈라놓는 '최후의 심판'이다. 이제 더 이상 묵은 갈대의 세상은 없다!

태풍이 저만큼 물러가고 하늘은 세수를 한 듯 깨끗하다. 갈대밭의 주인은 이제 새봄에 피어난 갈대들이다. 태풍을 맞고 이리 엎어지고 저리 쓰러졌던 새봄의 갈대들이 허리를 펴며 우뚝우뚝 일어섰기 때문이다. 새봄의 갈대들은 뜨거운 여름 한철을 유유히 건너가리라. 이제 찬란한 가을은 새봄에 태어난 갈대들의 것이다.

다시 햇살 쨍쨍한 가을이 왔다.

갈대의 머리숱은 북슬북슬한 사자의 갈기처럼 부풀어 오르리라. 이따금 새빨간 고추잠자리들이 찾아와 가녀린 대궁 끝에 앉아 솟대처럼 하늘을 기웃거리기도 할 것이다. 그리고 갈대들은 다가올 겨울을 향해 두 눈을 부릅뜰 것이다.

살다보면 즐거운 날도 있지

출판사 〈문학동네〉에서 해마다 마련하는 '어린이청소년 문학상' 시상식 자리에 놀러갔다. 편집부 식구들이 하도 오라고 성화여서 안 갈 수가 없었다. 불러주는데 안 가면 나중엔 아예 불러주지도 않을 것 같아서. 시간에 맞춰 전철을 타고 털레털레 시상식 장소를 찾아갔다. 반가운 얼굴들을 많이 볼 수 있었다. 하긴 이런 잔치마당이 아니면 반가운 얼굴들을 한꺼번에 보기도 어렵다. 시상식 행사를 마치고 우르르 뒤풀이 장소로 이동했다. 그곳에서 정답게 서로 술잔을 부딪쳤다. 술잔 부딪치는 소리가 없다면 잔치 분위기가 무르익지 않는 법이다.

1. 안도현 시인

문학하는 후배이고 세상에 명성이 꽤나 드높은 안도현 시인은 〈문학동네〉 동시문학상을 심사하기 때문에 1년에 한 번은 그곳에서 꼭 보게 된다. 그런데 날 보더니만 대뜸 건네는 말이 이러했다. "어, 원로문인이 오셨네!" 내 머리와 콧수염이 희끗희끗하다고 유머 삼아 던진 말이었다. 반갑다는 뜻도 함축되어 있었을 것이다. 그러니 어찌 응대가 없을 텐가. 너 지금 장난 하냐? 아이고, 왜 그래요. 원로문인 맞잖아요. 너 자꾸 장난하면 혼난다. 이러면서 반가이 악수를 나누었다.

이어 짤막한 대화 몇 토막을 주고받았다.

도현아, 문재인 후보가 새정치민주연합의 당대표에 당선되겠지? 당연히 되겠지요. 너 널리 이름이 알려졌다고 어깨에 힘 너무 넣지 마라. 제가 언제요? 흥분하지 마라. 이따금 얼굴도 보면서 살자는 뜻이니까. 저는 요즘 전주에 콕 틀어박혀서 조용히 지내고 있어요. 알았다, 그럼 내가 전주에 내려갈 때 한번 보자. 그나저나 소설 쓰는 이병천은 자주 보냐? 이병천이 부인이 전주한옥마을 안에 한옥호텔을 차렸다며? 그 소식은 누구한테 들었어요? 이병천이 다 늙어서 한옥호텔 조바 한다는 소식을 시 쓰는 박두규한테 들었다. 병천이 형은 전주에서 가끔 봐요. 형수 뒷바라지 하느라 바쁜 것 같긴 해요. 조바 생활을 즐겁게 하는 건지 마지못해 하는 건지 거기까진 잘 모르겠지만.

주고받는 말끝이었건만 차마 이 말은 입에 담지 못했다. 안도현이 행여나 섭섭해 할까봐. 도현아, 너 뱃살 좀 빼야겠다. 언젠가 네가 빈한한 시인의 몸매를 만들겠다고 쓴 글을 신문에서 읽고는 크게 공감한 바 있다. 그런데 지금은 좀 아닌 것 같아서 하는 말이야. 네 입천장 뒤쪽으로 넘어가는 것들이 아직도 그렇게 좋은 것이냐? 하긴 내가 이런 농담할 주제도 못된다. 소복하게 솟아오르는 아랫배 때문에 나 또한 고민이 되어 머리가 빠질 지경이니 말이다. 더질더질.

2. 송미경 작가

송미경 작가가 쓴 동화집『돌 씹어 먹는 아이』를 아주 재미있게 읽었다. 그런데 진주교대에 있는 이지호 교수가 이 작품을『어린이와 문학』이란 잡지의 여는 글에서 제법 신랄하게 비판했다. 마침 〈문학동네〉 잔치마당에서 송미경을 만났다. 그 일로 너무 기죽어 할까봐 내가 몇 마디 보시를 했다.

미경아, 이번 작품집『돌 씹어 먹는 아이』를 읽고 나는 기분이 아주 좋았단다. 특히 동화집 맨 앞자리에 놓인 「혀를 사 왔지」란 작품을 읽고는 무릎을 치며 탄복했어. 송미경이 아니면 쓸 수 없는 작품이라는 생각이 밀물처럼 밀려왔거든. 그리고 중간쯤에 실린 또 한 작품도 꽤 눈에 띄더라. 그러자 송미경이 물었다. 「나를 데리러 온 고양이 부부」말인가요? 그래, 그 작품 말이야. 그것도 송미경 표 작품으로 손색이 없다고 봤다. 그러니까 내 말은 이지호 교수의 비판을 너무 마음에 담아 두지 말라는 뜻이다. 마음에 병이 들면 너만 손해니까. 다만 마음의 여유가 있다면 이지호 교수가 한 말도 새겨들을 만하다고 나는 생각한다. 앞으로 작품을 쓸 때 도움이 될 수도 있으니 말이야. 선생님, 부족한 작품을 꼼꼼하게 읽어주셔서 고맙습니다. 아니다. 나는 앞으로 송미경이 이 땅의 아이들에게 크게 사랑받는 작가가 되리라고 굳게 믿고 있다. 그런 기대가 없다면 내가 이런 말도 안 한다. 그냥 받아들여라. 이지호 교수의 비판까지도.

3. 김재홍, 양상용 화백

홍대 미대 출신의 화가 중엔 수많은 천재들이 있다.

김재홍과 양상용 화백도 그 가운데 하나라고 나는 생각한다. 김재홍과 양상용은 홍대 미대 선후배 사이인데 관계가 아주 도탑다. 걸핏하면 낚시도 같이 즐긴다고 들었다. 〈문학동네〉 잔치마당에 둘은 여러 해 동안 함께 참석하곤 했다. 그런데 김재홍은 일찌감치 와서 앉아 있는데 양상용은 느시막이 나타났다. 마침 내 옆자리가 비어 있어 양상용이 철퍼덕 엉덩이를 주저앉았다. 양상용은 내 작품에 두 차례나 그림을 보태준 바 있다. 『아, 발해』란 역사이야기와 『배꽃 마을의 비밀』이란 역사동화책에. 그래서 양상용은 만날 때마다 몹시 반갑다. 그걸 김재홍이 부러워하며 지난해에 이렇게 따졌었다.

둘이 반가워하는 걸 보니 되게 부럽네. 그런데 나는 왜 송언 형을 만나면 반가운 마음이 와락 솟구치지 않는 걸까. 그거야 간단하지. 김재홍 화백은 내 글에 한 번도 그림을 보태준 적이 없잖아. 아, 그래서 그럴 수도 있겠네.

이날도 양상용과 내가 몹시 반가워하는 모습을 보고는 김재홍 화백이 부러운 눈빛을 보냈다. 그래서 그랬을 것이다. 때마침 어느 출판사에서 내 작품을 내기로 했는데 함께했으면 좋을 화가로 김재홍 화백 이야기가 나왔다. 김재홍 화백도 그 이야기를 들었다면서 아직 작품을 읽어보지 못해 마음을 정하지 못했노라고 했다. 그러면서 내게 넌지시 묻는 것이었다. 어떤 내용의 이야기입니까? 이런 자리에서 작품 내용을 주저리주저리 말하기는 좀 그렇고, 내가 혼신의 힘을 쏟아서 완성한 작품이라고 해둡시다. 어째 대답이 좀 그런가? 아닙니다. 그 정도 대답이면 충분합니다. 내가 무조건 그림을 보태는 걸로 하지요. 이게 내 대답입니다. 남자가 한 입으로 두 소리를 하는 걸 나는 좋아하지 않는다오. 그건 내가 할 소리입니다. 이래서 김재홍 화백과 나는 처음으로 글과 그림으로 궁합을 맞춰보기로 뜻을 모았다. 이런 뜻밖의 일이 흥거운 잔치마당에서 벌어지기도 한다.

나는 그게 꼭 싫지만은 않다.

4. 임어진 작가와 주미경 시인

동화 쓰는 후배 임어진을 오랜만에 〈문학동네〉 시상식장에서 만났다. 이 녀석은 나랑 애틋한 인연이 있다. 임어진의 작품을 『어린이와 문학』 잡지에 처음으로 추천한 사람이 바로 나이고, 최종 추천 역시 내가 했기 때문이다. 그리고 임어진이 웅진주니어 문학상 대상을 받았을 때는 우연찮게 내가 축사까지 해주었다. 이런 인연 때문에 만나면 늘 반가운 후배인데 최근에 얼굴을 본 지 꽤나 오래되었다. 들리는 소문에 의하면 새로운 작품에 골몰하고 있다는 것이었다. 어쨌거나 반가워서 내가 말했다. 이러다가 네 얼굴 잊어먹겠다. 뭐가 그렇게 바쁘노? 그냥 공부 좀 했어요. 답답하기도 하고 또 게을러질까 봐. 그러면서 다정하게 내 팔뚝을 꼭 붙잡았다가 놓는다. 온 녀석. 좋은 작품이 나오리라 기대하고 있다. 그래야 할 텐데 걱정이에요. 아무쪼록 남편이랑 사이좋게 지내라. 지금도 사이좋게 지내고 있어요. 좋은 일이다.

이번에 〈문학동네〉 동시문학상을 받은 주미경은 월간 『어린이와 문학』에서 편집 일을 하면서 동시와 동화를 쓰고 있다. 나이가 제법 들었는데도 열심히 글을 쓰는 후배인데 이번에 큰 상을 받게 되었다. 남편이 축하사절 대표로 왔다. 주미경의 미모도 만만찮은데 그녀의 남편도 허우대가 제법 근사했다. 해서 뒤풀이 장소에서 내가 객쩍은 덕담을 좀 했다. 남편이 너무 멋있다고 나처럼 제멋대로 생긴 선배를 너무 괄시하면 안 된다고. 아이고, 아니에요. 선생님도 나름대로 개성이 있고 멋있어요. 고맙다, 좋은 동시 좋은 동화 많이 써라.

주미경은 수상 소감에서 이런 말을 했다. 어린이 독자에게 팬레터를 받아보는 게 소원이라고. 동화 쓰는 김리리 작가가 자기는 아이들에게 자주 편지를 받는다며 자랑질을 했는데 그때 몹시 부러웠다고. 참 소박한 꿈이다. 아이들에게 독자편지를 받으며 사랑받는 작가가 되면 참 좋지.

5. 그리고 마지막

이번에 동화로 당선된 작가는 내가 잘 모르는 젊은이다. 부산에서 살고 있다니 더욱이나 모를 수밖에. 언뜻 이름을 듣긴 했으나 또렷이 기억나지도 않는다. 나중에 동화책이 세상에 나오면 기억하게 되겠지.

아무튼 그 젊은이가 이런 수상 소감을 말했다.

어렸을 때 부모님이 여행을 자주 다녀서 쫓아가게 되었는데 돌아오면 피곤해서 일기를 쓸 틈이 없었단다. 그런데 담임선생님은 꼬박꼬박 일기장을 검사했다는 것이다. 그러니 어쩌겠는가. 여행을 떠나기 전 날이면 엄마한테 여행을 가는 곳이 어디냐, 그곳이 어떤 곳이냐, 꼬치꼬치 물은 뒤에 미리 일기를 써놓고 여행을 다녀왔다는 것이다. 그 일이 굉장히 기분 좋고 마음을 설레게 했단다. 거짓 일기를 쓴다기보다 가상의 일기를 쓰는 즐거움을 느꼈다는 것. 그 덕분에 오늘 동화작가가 된 것이 아닐까 싶다고 했다.

그래서 뒤풀이 자리에서 내가 슬쩍 한 마디 얹어주었다. 다음에 쓸 작품 제목을 「미리 쓰는 일기」로 하면 어떻겠느냐고. 그 일 때문에 벌어졌을 법한 이야기를 아기자기하게 동화로 담아내면 괜찮을 것 같다고. 때마침 〈문학동네〉 아동문학 편집자가 옆에서 듣더니만 소재가 아주 좋다며 맞장구를 쳐주었다. 부산 지역에 배유안, 한정기, 안미란 같은 훌륭한 동화작가들이 있으니, 그분들과 사귀면서 많이 배우라고 귀띔도 해주었다.

　오랜만에 출판사의 잔치마당에 갔다가 기분이 한껏 고조되었다. 살다가 보면 이런 날도 있는 법이다.

동화

■ 염소 호랑이 / 장주식

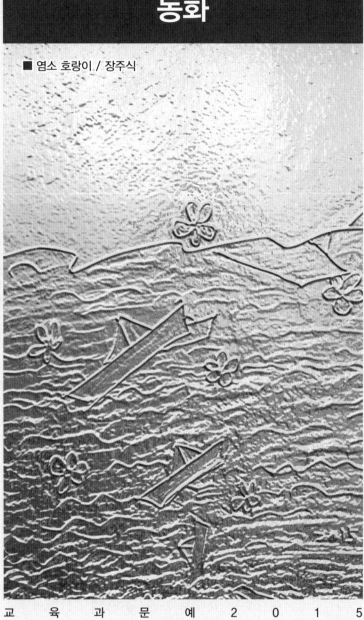

■ 동화

염소 호랑이

장주식

1.

새끼를 배고 오래 굶주린 호랑이 한 마리가 있었습니다. 호랑이는 들판과 바위산을 오가는 야생염소 떼에게 달려들었습니다. 굶주린 탓에 힘이 빠진 호랑이는 좀처럼 염소를 잡지 못했습니다.

2.

걸음이 빠른 숫염소는 잡을 생각도 못했습니다. 새끼를 밴 암염소를 쫓아갔지만 숨을 헐떡거리다 놓쳐버렸습니다. 혼자 떨어진 새끼염소를 보고 호랑이는 다시 달려들었습니다. 새끼염소는 바위 뒤로 쏙 들어가 버렸습니다.

다리에 힘이 빠진 호랑이는 바위에 걸려 넘어졌습니다. 더 이상 달릴 힘이 남아 있지 않았습니다. 호랑이는 몸에 남은 온 힘을 짜내 새끼를 낳았습니다. 새끼호랑이가 몸 밖으로 나올 때 어미호랑이는 숨이 멈추고 말았습니다.

3.

뿔뿔이 흩어졌던 염소들이 풀밭으로 돌아왔습니다. 죽은 어미호랑이 옆에 꿈틀거리는 새끼 호랑이가 있었습니다. 늙은 염소가 말했습니다.

"불쌍하구나. 우리가 키워주도록 하자."

"안 됩니다. 호랑이와 같이 살 수는 없어요. 나중에 우리를 잡아먹을 거리고요."

다른 염소들이 반대를 했습니다. 늙은 염소도 어쩔 수 없었습니다. 염소 떼는 바위산으로 올라갔습니다. 새끼호랑이가 늙은 염소를 졸졸 따라왔습니다. 어떤 염소가 뿔로 새끼호랑이를 슬쩍 건드리며 겁을 줬지만 새끼호랑이는 졸졸 따라왔습니다.

"내가 키우도록 하지."

늙은 염소가 새끼호랑이를 다리 사이에 품었습니다. 다른 염소들은 못마땅한 표정을 지었지만 새끼호랑이를 더 내쫓지는 않았습니다.

4.

새끼호랑이는 풀을 뜯어 먹는 법을 배웠습니다. 염소처럼 걷는 법도 배우고 염소처럼 앉는 법도 배웠습니다. 염소처럼 우는 법도 배워서 "매애애!" 하고 울었습니다.

5.

새끼호랑이는 살이 찌지 않았습니다. 말라비틀어진 고목처럼 뼈에 가죽만 남았습니다. 늙은 염소가 맛 좋은 풀만 골라서 가져다 줬습니다. 새끼 호랑이는 열심히 먹었습니다. 그래도 힘은 생기지 않았습니다. 새끼호랑이는 염소 무리에서 가장 비리비리한 아기염소보다도 못했습니다.

6.

빌빌거리면서도 새끼호랑이는 살아남았습니다. 일 년쯤 지나자 이제 새끼호랑이도 몸집이 많이 컸습니다. 그날도 푸른 풀밭에서 뛰놀며 풀을 뜯고 있었습니다. 새끼호랑이는 풀을 뜯다 말고 옆에 있는 친구 염소들에게 물었습니다.

"나는 왜 뿔이 없을까?"

"니가 바보라서 그래."

뿔 없다고 날마다 놀리는 한 친구가 말했습니다. 새끼호랑이는 화가 났습니다. 뱃속에서 뭔가 치밀어 올랐습니다. 새끼호랑이는 입을 크게 벌리고 날카로운 이빨을 드러냈습니다.

"뭐, 뭐야?"

새끼호랑이의 이빨을 보고 놀리던 염소가 깜짝 놀랐습니다. 새끼호랑이가 앞발을 들어서 놀리는 염소를 한 대 때렸습니다. 염소가 비명을 지르며 넘어졌습니다. 모든 염소들이 몰려와서 늙은 염소에게 항의를 했습니다.

7.

늙은 염소가 한숨을 쉬었습니다.

"호랑이는 호랑이지 염소가 아니구나. 내가 잘못 생각했다. 그만 떠나거라."

"할아버지. 저는 염소에요. 염소라고요. 제가 왜 호랑이에요? 제발 저를 내쫓지 마세요."

새끼호랑이가 "매애애~" 소리를 내면서 눈물을 뚝뚝 흘렸습니다.

"날마다 놀림이나 받고 제대로 먹지도 못하지 않느냐. 멋진 호랑이가 되거라."

늙은 염소는 새끼호랑이 머리를 쓰다듬었습니다.

8.

늙은 염소는 새끼호랑이를 전처럼 사랑해 주지 않았습니다. 새끼호랑이는 슬펐습니다. 풀을 뜯고 과일을 씹고 나무껍질을 빨아먹는 것도 시들했습니다. 호랑이는 점점 더 야위어갔습니다. 어느 날 거대한 덩치를 자랑하는 수컷 호랑이가 불쑥 나타났습니다. 염소들은 걸음아 날 살려라 사방으로 달아났습니다.

9.

어차피 달아날 힘도 없었던 새끼호랑이는 제 자리에 가만히 섰습니다. 가까이 다가온 수컷 호랑이는 깜짝 놀랐습니다.

"아니? 넌 뭐냐? 너 염소하고 같이 살았던 거야?"

"예? 왜요? 그럼 안 되나요?"

"이 녀석아, 그걸 말이라고 하느냐."

수컷호랑이가 벌컥 화를 냈습니다.

10.

우뚝 서서 소리 지르는 수컷호랑이가 무서워 새끼호랑이는 낑낑댔습니다.

"음매에에~."

"응, 이게 뭔 소리?"

수컷호랑이는 새끼호랑이 엉덩이를 철썩 때렸습니다.

"이놈아. 소리가 그게 뭐냐. 으흥! 이렇게 해 봐."

수컷호랑이의 포효가 들판과 바위산을 쩌렁쩌렁 울렸습니다. 새끼호랑이는 엉덩이가 아파 눈물을 흘리며 울었습니다.

"매애애애~."

11.

새끼호랑이를 멍하니 바라보면서 수컷호랑이는 생각에 잠겼습니다. 잠시 뒤 수컷호랑이는 엄하게 명령했습니다.

"따라오너라."

수컷호랑이는 새끼호랑이를 데리고 연못으로 갔습니다. 바람이 불지 않는 연못은 물결 하나 없이 잔잔했습니다.

12.

"자, 네 얼굴을 봐라."

새끼호랑이는 연못에 자기 얼굴을 비춰보았습니다. 한참 동안 새끼호랑이는 물속의 자신을 바라보았습니다. 수컷호랑이가 다시 말했습니다.

"나를 봐라."

새끼호랑이는 수컷호랑이를 올려다보았습니다.

"너는 나하고 닮았지? 너는 염소가 아니고 호랑이야. 너는 나와 똑같이 호랑이로 살아야 해."

13.

수컷호랑이는 새끼호랑이를 데리고 절벽에 있는 자기 굴로 갔습니다. 동굴 안에는 잡아다 놓은 산양이 있었습니다. 수컷호랑이는 큼직하게 고깃덩이를 뜯어내 새끼호랑이에게 내밀었습니다.

"자, 마음껏 먹어라. 이게 니가 할 일이야."

고깃덩이에선 피가 뚝뚝 떨어졌습니다. 새끼호랑이는 고개를 흔들었습니다.

"저는 고기를 안 먹어요."

"무슨 소리!"

수컷호랑이가 벼락같이 소리를 내질렀습니다. 그리고 고깃덩이를 앞발로 집어서 새끼호랑이 입에 집어넣었습니다. 새끼호랑이는 고깃덩이가 목에 걸려 캑캑거렸습니다. 새끼호랑이는 숨이 막혀 죽을 것 같았습니다. 눈물이 뚝뚝 떨어졌습니다.

14.

"움직여, 움직이란 말이야. 그래야 고기가 넘어가고 소화가 되지."

수컷호랑이가 소리를 치면서 새끼호랑이를 자꾸 흔들었습니다. 새끼호랑이는 큰 호랑이를 따라 몸을 움직였습니다. 시간이 지나자 목구멍을 믹았던 고깃덩이가 스르륵 뱃속으로 들어갔습니다.

위에서 녹은 고깃덩이는 핏줄을 타고 온몸으로 퍼져갔습니다. 새끼호랑이는 뭔가 뿌듯한 힘이 온몸에서 생겨나는 걸 느꼈습니다. 저절로 입이 벌어지고 소리가 나왔습니다.

"으흥!"

새끼호랑이가 처음으로 내지른 호랑이 울음이었습니다.

15.

수컷호랑이가 잡아 온 산양, 멧돼지, 사슴으로 새끼호랑이는 배불리 먹었습니다. 살이 오르고 눈이 밝아졌습니다. 다리가 굵어지고 힘이 솟았습니다. 굴이 있는 절벽도 한 걸음에 내려 뛸 수 있습니다. 처음 수컷호랑이를 따라 올 때는 숨을 헐떡거리며, 몇 번이나 쉬면서 올라왔던 곳입니다.

하루에 수십 킬로미터를 달리기도 합니다. 어떤 날은 백 킬로미터 밖에까지 다녀오기도 했습니다. 산봉우리 바위에 우뚝 선 새끼호랑이는 포효를 했습니다.

"크르르릉! 크흐흥!"

마주 보는 산에서 메아리가 울려 퍼집니다. 온 산천이 부르르 떠는 것 같습니다.

16.

늠름하게 자라난 새끼호랑이에게 수컷호랑이가 말했습니다.

"염소사냥을 가도록 하자."

들판과 바위산을 오가는 염소 떼를 찾아갔습니다. 수컷호랑이가 무서운 냄새를 풍기자 염소들이 마구 달아나는데, 한 마리는 겁에 질려 다리가 땅에 붙어버렸습니다.

"저 놈을 물고 오너라."

새끼호랑이가 가보니 "니가 바보라서 그래." 하고 놀리던 친구 염소였습니다.

17.

친구 염소는 엄청난 공포에 부들부들 떨면서 말했습니다.

"미, 미안해. 놀려서 정말 미안해. 사, 살려줘."

새끼호랑이가 시뻘건 입을 벌렸습니다. 발톱을 세운 앞발을 쳐들었습니다. 한번만 긁어도 염소는 목숨을 잃고 맙니다. 멀리서 늙은 염소가 다가오면서 소리쳤습니다.

"그 애 대신 나를 잡아가거라."

18.

늙은 염소가 나타나자 친구 염소는 땅에 붙었던 발이 떨어졌습니다. 친구 염소는 뒤도 안 돌아 보고 걸음아 날 살려라 도망을 쳐 버렸습니다.

"할아버지를 어떻게 먹어요."

"나는 늙어서 곧 죽는다. 어차피 죽을 목숨, 너에게 먹히면 더 좋지 뭐."

"그럴 수 없어요. 저는 염소를 안 먹고도 살 수 있어요."

"몹시 고통스러울 텐데. 견딜 수 있겠어?"

"그럼요. 염소할아버지랑 살았던 호랑이잖아요, 제가."

새끼호랑이가 자신만만한 얼굴로 활짝 웃었습니다.

19.

새끼호랑이는 바로 굴로 돌아가지 않았습니다. 연못가에 앉아서 자기 모습을 물끄러미 비춰보기도 하고, 언덕 위에 올라가서 멀리 들판을 바라보기도 했습니다. 해가 넘어갈 무렵, 새끼호랑이는 천천히 굴로 돌아갔습니다.

20.

빈손으로 돌아오는 새끼호랑이를 수컷호랑이가 나무랐습니다.

"너는 염소를 먹어야 해. 그게 너의 일이야."

새끼호랑이가 고개를 흔들며 말했습니다.

"염소를 안 먹어도 돼요. 나는 풀도 먹을 수 있는 호랑이거든요."

수컷호랑이가 고개를 갸웃하며 말했습니다.

"너는 그럼 뭐야? 염소야? 호랑이야?"

"그게 뭐 어려워요. 그냥 염소호랑이라고 하면 되죠."

새끼호랑이는 매애애! 하고 울다가 으흥! 하고 소리를 내기도 했습니다.

21.

새끼호랑이 머리에서 염소 뿔이 조그맣게 솟아나오고 있었습니다.

소설

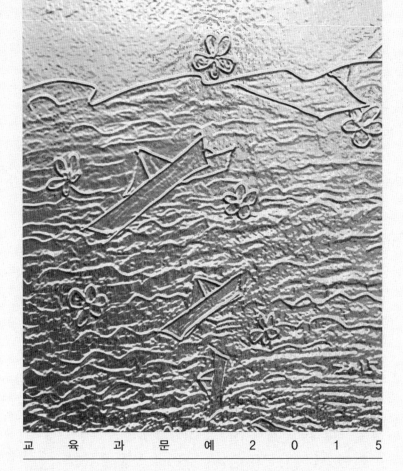

■ 소설

스캔

강물

창가 맨 앞자리에 앉은 땅콩 준수는 오늘도 머리를 빗고 있다. 살이 가늘고 촘촘한 주홍색 꼬리빗이 물을 발라 놓은 녀석의 누런 머릿결에 끝없이 오르내린다. 커튼 틈새로 들어온 1교시 아침 햇살이 반들반들한 녀석의 머릿결에서 미끄럼을 탄다. 녀석은 손을 바꿔 가며 쉬지 않고 머리를 빗는다. 제 머리칼을 괴롭히기로 작정한 녀석처럼.

물백묵을 연필처럼 쥐고 칠판에 문제를 풀어 나가던 수학이 흘끔흘끔 쳐다보며 눈치를 줘보지만 소용없다. 녀석은 지금 수학 밖에 있으니까. 수학도 그걸 알기 때문에 못마땅해도 건드리지 않는다. 녀석에게 지금은 수학할 시간이 아닌, 빗질할 시간이므로. 루소 형님이 말했던가. 교육이란 그 아이가 갖고 있는 특성, 자연이 준 능력을 계발시키는 것이라고. 지금 수학은 그 명제에 충실하고 있다. 속에서 치미는 비교육적 관성을 인내하면서. 역시 선생은 뭐가 달라도 다르다.

복도쪽 맨 앞에 앉은 신제는 책을 펴놓기는 하지만 눈동자에서 초점이 사라진 지 오래다. 그냥 한 시간 내내 멍하게 앉아 있다. 대단한 내공이다. 해 본 사람은 안다. 몸 움직임을 최소화한 채 아무 것도 안 하고 앉아있는 것이 보통 경지가 아니라는 것을. 그러다가 녀석은 고개를 툭 떨어뜨려 다른 세계로 건너간다. 선생이 깨워 놓으면 다시 멍하게 앉아 있다가 슬쩍 고개를 떨군다. 그 동작이 너무 부드럽고 자연스럽다. 저걸 시간마다 하루종일 할 수 있는 경지를 따라갈 놈은 없을 것이다. 선방이라면 모를까 적어도 우리 학교에는.

담임이 자리 배치를 할 때 두 녀석을 혼자만 앉는 양날개의 머리에 둔 것은 녀석들이 딴 놈들과 장난치지 못하도록, 과목 담당교사들이 관심을 갖고 들여다보도록 하기 위한 고육지책이었다. 두 녀석이 워낙 눈에 띄고 하는 짓이 눈부시다 보니 다른 친구들이 하는 짓은 웬만큼 해서는 보이지도 않는다. 선생이 판서하기 위해 등을 돌리면 몇몇 녀석은 카톡을 하거나 웹서핑을 하고 게임을 한다. 깡이 센 놈들은 머리카락 사이로 이어폰을 끼고 야동을 보기도 한다. 선생이 설명하기 위해 고개를 돌리는 순간, 폰은 책 밑이나 소맷부리 속으로 들어가고 동작은 자연스럽게 필기 모드로 변환된다. 요즘 들어서는 일부 계집애들도 그 대열에 동참하고 있다. 바야흐로 시장이 넓어지고 있는 것이다.

내 취미는 녀석들이 갖고 있는 저마다의 습관과 취향을 살피고 녀석들의 머릿속을 들여다보는 일이다. 이른바 스캔이다. 그런데 다른 녀석들과는 달리 준수와 신제의 머릿속은 뭐가 들어있는지 알 수가 없다. 패를 노출시키지 않기 때문이다. 이를테면 단서가 없다. 그만큼 단수가 높다고 할까? 아니면 너무 헝클어져서 탐지할 수 없는 것이든지. 그러니까 재네들은 내 취미생활을 심히 방해하고 있는 셈이다. 게다가 녀석들은 아직도 게임이 잘 안 돌아 버벅거리는 저가폰을 쓰고 있다. 천하에 도움이 안 되는 놈들이다.

수업 끝종이 치면 몇몇 녀석들의 책은 순식간에 책상 속으로 들어가고 그 안에 있던 스마트폰이 대신 나와 책상을 점령한다. 수학은 마지막 문제를 설명하고 있는 중이지만 녀석들은 아랑곳하지 않는다. 쉬는 시간은 1초도 아까운 내 시간인데 간섭하지 말라는 투다. 그런 녀석들을 멍하게 쳐다보다 수학은 책을 덮는다. 수학의 눈이 잠깐 슬픔에 잠긴다. 무시당했다고 생각하는 걸까? 학원 하다 망해서 기간제 교사로 왔다는 수학은 큰 키마저, 이마에 잡힌 주름마저 슬프다. 그렇지만 두루두루 바람직한 현상이다. 질서가 재편되는 데는 진통이 따르는 것이니까. 못마땅해도 교사는 학생을 존중하고 학생은 자기 권리를 찾고, 나는 변화되어 가는 녀석들의 머릿속을 새로운 각도에서 들여다볼 수 있으니까.

소심한 녀석들은 수학이 교실 앞문을 나서거나 적어도 책을 덮기를 기다려 폰을 꺼낸다. 스마트한 녀석들이다. 세상에는 저렇게 예의를 알고 어른을 존중할 줄 아는 녀석들도 있다.

종현이는 아이폰6로 아스팔트를 한다. 눈이 나쁜 녀석은 폰을 거의 눈에 대고 한다. 람보르기니를 사서 신나게 레이스를 펼친다. 녀석은 생긴 것과 달리 제법 놀 줄을 안다. 아이폰은 터치감은 좋은데 화면이 작다. 제 눈을 위해서라도 녀석은 폰을 바꿔야 한다. 승욱이는 템플린을 한다. 기종은 요즘 싸게 풀린 베가 아이언2다. 원하는 인간 캐릭터를 사서 장애물을 피해 신나게 달린다. 뚱뚱해서 운동장에 나가는 것을 끔찍하게 싫어하는 녀석이 장애물 넘기는 미친 듯이 한다. 은지는 그 좋은 갤노트4 엣지로 슈퍼마리오를 한다. 스테이지를 넘는 속도가 제법이다. 손놀림이 자연스러운 것으로 봐서 가능성이 있어 보인다. 주섭이는 G3로 노바를 한다. 확보한 아이템이 여럿인 것으로 보아 제법 수준이 높다. 끝없이 게릴라전을 펼치며 메탈리언들을 죽이고 있다.

수업 시작종이 쳤다. 키 작은 곱슬머리, 국어다. 계집애처럼 곱상하게 생겼지만 제법 깐깐하다. 국어는 들어오자마자 스크린에 시 한 편을 띄우고 낭송한다.

너에게 묻는다*

연탄재 함부로 발로 차지 마라
너는
누구에게 한 번이라도 뜨거운 사람이었느냐

생긴 것과 달리 울림이 있는 목소리다. 마치 내게 묻는 것처럼 들린다.

"이 시에서 무엇을 느꼈는지 자연스럽게 말해 볼래?"

주섭이는 아직도 앞에 앉은 현수의 등에 G3를 기대놓고 메탈리언을 죽이는 데 몰두하고 있다. 저 녀석은 머릿속에 게임과 주먹밖에 안 들어 있다. 초등학교 때부터 축구를 하고 한 주먹 하던 터라 일진 선배들이 끌어들이려고 애썼지만 자기는 독고다이라고 끝내 혼자 노는 녀석이다. 선배들뿐 아니라 누구도 터치할 수 없기 때문에 제가 하고 싶은 대로 한다. 걸리적거리는 것은 주먹으로 해치우고.

채은, 수항, 인호…… 공부에 인생을 건 다섯 명은 똘망똘망한 눈으로 국어를 쳐다보고 있다. 마약을 빨듯 그의 말을 흡입한다. 그 아래 다섯 명은 어정쩡한 태도로 듣고 있다. 듣자니 괴롭고 안 듣자니 더 괴롭고. 국어의 눈을 피해 지우개밥을 뭉쳐서 여기저기 던지거나 가끔씩 짝의 손등을 샤프심으로 찍어 가며 단조로움을 견디지만 오래 가지는 않는다. 그 밑 중간 열 명쯤은 듣는 말보다 흘리는 말이 더 많다. 기회만 오면 언제든 다른 놀이로 달려 * 안도현 시인의 작품이다. 갈 준비가 되어 있다. 그 아래 언저리에 있는 다섯 명은 듣고 싶어도 들리지 않아 고통을 겪고 있다. 무슨 말인지 도무지 알 수 없어 제풀에 지쳐 가고 있다. 마음은 착해 장난도 못치고 시험을 통해 성적으로 표현한다. 준수, 신제 등 나머지 다섯 명은 내놓고 논다. 혼나도 노염도 타지 않는다. 그냥 자신들은 여기 갇혀 있을 인물이 아닌데 부모의 열망을 저버릴 수 없어 앉아 있을 뿐이라는 의사 표현을 얼굴에 바르고 다닌다. 책은 있는지 없는지 자신도 모르고 필기 도구는 당연히 없다. 틈만 나면 가까이 있는 친구의 펜을 뺏어 아무 데나 낙서를 하거나 만화를 그린다. 타고난 화가들이다. 나는 어정쩡한 편에 속한다. 멋모르던 1학년 때 전교3등도 해 봤지만 공부라는 게 싫다. 바보 같은 짓 같기도 하고, 바보가 되는 짓 같기도 하고. 왜 여기 앉아 있냐고? 가출도 해 봤지만 우리가 갈 데가 어디 있는가? 나는 그냥 이 풍경을 즐기고, 저 녀석들 머릿속을 헤집어 보는 게 좋다. 시간마다 바뀌 들어오는 선생들 머릿속을 스캔하는 것도 좋고. 그래야 시간이 빨리 가지 않겠는가?

"선생님, 쟤 게임하고 있어요. 혼내 주세요."

갑자기 땅콩 준수가 국어에게 소리친다. 준수의 가느다란 손가락이 현수를 가리키고 있다. 현수의 얼굴이 벌겋게 달아오른다. 놀란 주섭이가 슬그머니 폰을 소맷부리 속으로 집어넣는다. 녀석은 아직 책도 펴지 않은 채다. 시 해설을 하던 국어가 현수를 빤히 쳐다본다.

"으으웅우!"

현수 녀석이 다급하게 외쳐 보지만 이빨 교정기를 끼고 있어 무슨 말인지 알아들을 수가 없다. 고개를 떨궜던 신제까지 시선을 현수에게 모은다. 눈을 크게 뜨고 두 손바닥을 펼쳐 보이며 고개를 젓던 현수가 고릴라처럼 제 가슴을 친다.

"수업 시간에 게임하면 안 되지. 준수는 다른 사람 신경 쓰지 말고 수업에 집중해라."

팽팽했던 긴장의 끈이 느슨해진다. 재미를 못 본 준수는 수학책을 펴놓고 지우개밥을 엄지와 검지에 대고 비빈다. 30분이 지나도 녀석은 멈추지 않는다. 꼬리빗은 형광물질이 발라진 꼬리부분의 노랑줄 빗살무늬를 반짝이며 녀석의 머리칼 속에 비스듬히 꽂혀 있다.

"준수, 그만하고 이제 선생님 말 들어라!"

"그래서 어쩌라구!?"

준수가 갑자기 소리를 빽 지른다. 녀석의 눈은 흰자로 뒤집혀 있다. 국어가 벌린 입을 다물지 못한다.

"그래서 뭐가 달라지는데?"

전혀 들은 바가 없는 앙칼진 여자애 목소리가 녀석의 입에서 쏟아져 나온다. 녀석은 부들부들 떨고 있다. 꼭 공수를 전하는 무당 같다.

"알았다, 알았다!"

국어는 손을 까불어 녀석을 가라앉히려고 애쓴다. 곱슬머리를 빠져 나온 땀방울 몇 개가 국어의 이마를 지나 볼을 타고 흘러 카키색 셔츠를 적신다. 셔츠의 색깔이 그 부분만 진해진다.

인간은 자신이 두려워하는 사람보다 자신을 사랑하는 사람을 해코지한다. 마키아 형님의 말씀이다. 역시 만고의 진리다.

"시는 이렇게 자신의 경험을 통해 이해하고, 자신의 가슴에 느껴지는 대로 감상하면 됩니다."

국어는 떨리는 목소리를 간신히 수습한다. 이제 누구도 준수를 건드리지 못할 것이다. 주섭이마저도. 이 모든 것이 계산된 것일까, 우발적인 것일까? 도대체 저 땅콩만 한 녀석의 머릿속에는 뭐가 들어 있을까?

3교시 체육시간에 진석이 녀석이 마침내 생활지도부장 날밤에게 걸렸다. 다른 애들 배구 토스 연습하는데 현수녀석 꼬추를 만지다가 걸린 것이다. 짜식은 요즘 꼬추에 꽂혔다. 학기 초 종구 꼬추 크다고 놀려서 학급이 발칵 뒤집어진 적이 있었다. 녀석은 종구만 보면 제 사타구니에 주먹 쥔 팔을 뻗어 아래위로 흔들었다. 키득거리던 여학생들까지 와아 하고 웃었다. 종구가 학교 못 다니겠다고 가방을 들고 집에 가 버렸다. 종구 엄마가 학교에 와서 난리를 쳤다. 녀석은 그냥 장난했을 뿐이라고 했다. 실제로 커서 크다고 했다고. 왜 안 크겠는가? 중학교 2학년이 키가 185센티미터, 몸무게가 80킬로그램이나 나가는데. 저 자식은 항상 그 장난이 문제다. 저는 장난이라고, 재밌다고 하는데, 당하는 놈은 괴로운 것을! 녀석은 애들 재밌어라 하는 장난에 개구리 죽는 것을 모른다. 하긴 그렇게 심오한 이치를 깨쳤다면 저러고 살겠는가?

날밥은 진석을 불러 현수에게 물으라고 했다.

"아유 오케이. 유아 오케이?"

현수가 고개를 세차게 흔들었다.

"네, 이놈! 네 놈은 이 애가 원하지 않는 성추행을 했다. 이 애가 문제 삼으면, 가해자와 피해자가 한 공간에 있어서는 안 된다는 규칙에 따라 너는 전학을 가야 한다. 계속할 텐가?"

사색이 된 녀석이 날밥과 현수에게 잘못했다고 빈다. 역시 날밥이다. 오래 끌지 않고 단칼에 정리한다. 스마트하다. 거기다 자비심까지 보이고. 군주는 자비심을 갖출 필요는 없지만 자비심이 있는 것처럼 보일 필요가 있다고 역시 마키아 형님이 말했다. 아무래도 날밥은 마키아 형님을 사사한 것 같다.

언제부터 날밥이었는지는 모른다. 선배들이 그렇게 부르니까 따라 부른다. 그 옛날 '날으는 전자밥통'에서 유래했다는 설이 있다. 허리가 없는 통나무지만 유도를 해서 동작이 워낙 빨라 수업 시간에 신관 옆에 붉은 교문으로 땡끼는 놈을 본관 4층 교실에서 뛰어내려와 잡았다는 전설이 전하기도 하고, 생활지도부 교무실에서 칼을 들고 덤비는 일진 짱을 손날로 칼을 쳐내고 전광석화 같은 업어치기 한 판으로 제압했다는 또 다른 전설이 널리 퍼져 있다. 무엇보다 질질 끌면서 괴롭히지 않고 단칼에 처단하는 것이 보기에도 좋았다. 그래서 그런지 제법 팬이 많다. 교사가 폭력을 써도 추종자가 있다는 게 신기하지만 그게 세상이치임에랴. 어떤 때는 사자의 힘을 사용하고 어떤 때는 여우의 꾀를 써도 인간은 단순해서 한 면만 보는 것을. 날밥은 우리가 이 학교에 들어온 첫날, 신입생 환영식장에서 스스로를 에이즈라고 했다. 걸리면 죽는다는 사족을 덧붙이면서.

날밥에게 싹싹 빌어 풀러났지만 진서이 녀석은 멈추지 않는다. 체육 시간 끝종이 치고 인원 점검을 마친 날밥이 등을 돌려 교무실로 가는 것을 보고 신관 뒤편 담을 넘어 밖으로 날랐다. 아이스크림 사먹으러 간 것이다. 녀석에게 규칙은 어기라고 존재한다. 교실 뒤에서 축구를 하다 제 놈이 찬 축구공에 맞아 지민이 눈탱이가 밤탱이가 됐다. 담임이 교실에서 축구한 놈들 다 교무실로 내려오라고 했다. 녀석은 현수를 윽박질러 대신 내려 보내고 저는 빠졌다. 현수의 약점을 잡고 협박한 것이다. 매사가 그런 식이다. 급식을 탈 때 한 번도 줄을 선 적이 없다. 종 치기도 전에 몰래 빠져나가 맨 앞에 서 있거나 적당히 끼어들어 새치기를 해서 먼저 탄다. 그리고 밥과 반찬을 입안에 넣고 우물거리며 다시 줄을 서 두 번씩 탄다. 꼼수와 잔머리 겨루기대회가 있다면 챔피언은 당연히 저 놈 것이다. 쫌아쉽다. 학교에서 저 놈의 특기를 살려 줘야 하는데. 대학에 꼼수잔머리과가 있으면 수석은 저 놈 것일 텐데. 하긴 뭐 아쉬울 것도 없겠다. 학교가 그의 서식지이고 활동 무대니까. 더 크고 더 넓은 무대로 나가기 위해 기예를 닦고 몸과 맘을 수련하는 곳이니까. 보다 못한 담임이 인간에게는 품위라는 게 있고 그것이 왜 필요한지를 얘기했다. 녀석은 그 말 들은 것을 자랑하고 다녔다. 한마디로 부끄러움을 모르는 녀석이다. 그러니 담임인들 무슨 방법이 있겠는가.

어쩌면 녀석과 날밥은 잘 어울릴 것도 같다. 먹고 먹히면서도 서로 기대어 생태게를 유지시키는 천적처럼. 날밥이 녀석의 수에 좀 밀릴 것 같기도 하지만.

"내 폰?"

"어, 내꺼두!"

"어, 내꺼두 없는데?"

먼저 교실문을 열고 들어간 애들의 얼굴이 하얗게 질려 허둥대고 있다. 체육 시간, 교실이 빈 사이에 털린 것이다. 다른 건 손도 안 대고 최신형 스마트폰만 걸어 갔다. 내 스마트폰도 없어졌다. 무려 열세 개가 털렸다. 앞뒷문과 창문을 잠갔지만 창문은 흔들면 열리기도 한다. 열쇠를 가진 주번이 늦게 오면 성마른 애들이 창문을 흔들어 열고 들어가곤 했는데, 그걸 알고 들어온 것이다. 복도에는 그 흔한 CCTV도 없다.

폰을 털린 애들은 제 가방을 뒤집어 흔들어 보거나 책상과 사물함 물건들을 다 꺼내놓고 찾다가 책을 집어던진다.

"아이, 씨팔 어떤 새끼야?"

주섭이놈은 벗어 두고 간 제 교복 주머니를 뒤지다가 교복을 마구 뭉쳐 쓰레기통에 던져 버린다. 나도 당장 불편하다. 수업 시간 틈틈이 갖고 놀 장난감이 사라져 버린 것이다.

분위기가 험악하니 피해가 없는 애들도 긴장한 티가 뚜렷하다. 몸에 지녀 피해를 면한 진석이놈만 제 기쁨을 감추지 못하고 있다.

4교시는 도덕, 담임 시간이다. 담임 얼굴도 핏기가 가셔 있다.

"2학년에서만 벌써 세 번째다. 이번엔 그냥 안 넘어간다. 반드시 잡고 말 테니까, 불편해도 쬐매만 기다려라."

담임이 입술을 깨문다. 그러나 담임은 결코 찾아내지 못할 것이다. 도난 사건 해결은 실력과 의지다. 그것을 뒷받침할 머리와 끈기도 있어 야 하고. 입술을 깨문다고 되는 일이 아니다. 담임은 그걸 모를 것이다. 아니면 자신의 실력을 알면서도 우선 애들을 다독이기 위해 말을 앞세 우는 것이든지.

"뉴스를 본 사람은 알겠지만, 이달 말에 전국학력고사를 치른다는 공 문이 왔다. 도대체 이 정부는 와 전국의 학생들을 성적순으로 줄 세우지 몬해 안달하노? 와 지꾸 학생들을 닦달하고 경쟁을 부추기노 말이다. 느 그들이 겪는 고통, 느그들이 만들어 갈 세상의 모습을 한 번만이라도 생 각하고 그런 정책을 밀어붙이는지 정말 모르겠다. 나는 일제고사 실시 를 반대한다. 느그들도 느그들이 원하는 선택을 했으마 좋겠제?"

그러나 나는 안다. 담임이 그저 울분을 토하고 있다는 것을. 그래서 평소에는 쓰지 않는 사투리가 튀어나오고 있다는 것을. 일제고사를 볼 것인지 말 것인지 그 선택권이 학부모와 학생에게 있다고 일러 준 선생 이 잘리는 판에 담임의 간 크기로는 끝까지 밀고 나가지 못할 것이다. 때가 되면 고개를 수그리고 시험지 들고 교실에 들어올 것이다. 내신 점 수와 상관없으니까 신경 쓰지 말라고 하면서. 담임 말대로 도대체 그런 시험을 왜 보는지 모르겠다. 그 많은 돈과 스캔하기도 아까운 시간 처들 여서. 있는 게 돈과 시간과 경쟁심밖에 없는 사람들일까?

"개인의 모든 활동은 민족이나 국가 같은 전체의 존립과 발전을 위 해서 존재한다고 믿고 개인의 자유를 억압하는 전체주의는 결국……."

담임은 어느새 도덕으로 돌아가고 있다. 담임은 일제고사 실시는 전체주의의 발로라고 보고 전체주의를 설명하기 위해 끌어들인 것인지도 모르겠다. 자연스럽게 이해하도록. 담임이 머리가 좋은 것인가, 우연의 일치인가? 어떨 땐 담임도 스캔이 안 될 때가 있다. 스캔이 안 되면 졸립다.

나는 엄마가 운전하는 차를 타고 엄마 옆자리에 앉아 어딘가로 가고 있다.

"이상하다. 앞차가 안 보이네!"

엄마는 가속 페달을 밟는다. 창밖 풍경이, 내가 좋아하는 옆반 현지가 잠깐 사이에 휙휙 지나간다. 숨이 답답해진다. 나는 견딜 수 없어 비명을 지른다.

"조금만 참아! 목적지에 도착할 때까지."

"거기가 어딘데?"

"나도 몰라. 가 보면 알겠지."

엄마는 가속 페달에서 발을 떼지 않는다. 아버지는 그런 엄마에게, 겁에 질려 구토가 밀려 나오는 내게 박수를 치고 있다. 그런데 아무리 달려도 목적지가 나오지 않는다.

"이 길이 맞나?"

엄마가 고개를 갸우뚱거린다. 그러면서도 가속 페달을 밟은 발을 떼지 않는다. 아버지는 여전히 등 뒤에서 박수를 치고 있다. 박수소리가 점점 커진다. 그 소리에 나는 깬다.

"그러니까 돈이 없어 병을 치료하지 못하는 사람들이 도덕심 높은 의사들이 치료비를 안 받거나 싼값에 치료해 주는 걸 기대할 수도 있다. 그러나 그것은 근본적인 해결책이 아니다. 근본적인 해결책은……"

생생하다. 도대체 내가 무슨 짓을 하고 있단 말인가. 어디로 가고 있단 말인가?

"아, 씨팔! 어떤 새끼가 이렇게 해 놨어?"

오늘도 여전히 급식을 두 번 타서 먹고 운동장에서 축구하다 들어온 진석이놈이 농약 먹은 개처럼 날뛰고 있다. 남들 다 교실에 두고 가는 체육 시간에도 몸에 지녀 털리지 않은 녀석의 옵티머스 G 프로 액정이 박살나 있다.

"아 씨팔, 어떤 새끼야? 담임은 도대체 뭐하는 거야?"

누구도 녀석 가까이 기웃거리지 않는다. 눈도 마주치려고 하지 않는다. 어떤 덤터기를 쓰고 어떤 꼼수에 당할지 모르기 때문이다. 그러게 녀석도 이제 깨달아야 한다. 잔머리와 꼼수로 해결되지 않는 것도 있다는 것을. 남의 고통을 즐기면 후환이 있다는 것을. 원한이 쌓이면 복수가 따른다는 것을. 제발 녀석이 깨달았으면 좋겠다. 그러나 녀석에겐 그럴 가망이 없다. 불쌍한 녀석!

5교시 시작종이 쳤는데 7반 기태가 우리반 교실을 기웃거린다. 불안한 눈빛이다. 지난 봄, 같이 땡땡이까고 가출한 뒤부터 부쩍 친해져서 학원도 같이 다니는 친구지만 집에 갈 때 말고 수업중에 만나거나 서로의 교실을 기웃거리는 일은 없었는데 별일이다.

"시바, 좆나 웃겨! 노래방 뛰어서 자식새끼 학원비 대면 그 새끼가 출세할 거 같냐? 지가 무슨 한석봉 엄마라고!"

기태 엄마는 갑상선을 잃으면서도 노래방 알바하며 기태 학원비를 댄다. 녀석은 그걸 못 견뎌한다. 녀석이 못 견디는 건 그런 제 엄마의 행동이 아니라, 그런 엄마가 제 엄마라는 사실 아닐까?

"그래도 니 엄마는 솔직하잖아? 안 그런 척하면서 푸시하는 건 어떻고?"

"니 엄마는 고상하잖아! 고상한 사람은 봐 줘야 하는 거 아냐?"

역시 문제는 녀석의 열등의식이다. 엄마는 안 그런 척, 그렇게 하지 않을 수 없도록 압박한다.

"공부는 스스로 하는 거야."

말은 그렇게 하면서 온갖 학원은 다 보낸다. '국영수과'도 부족해 고전은 어릴 때부터 섭렵해야 한다고 독서논술학원까지 보낸다. 거기서 과제로 내주는 책들을 읽어 내는 것도 고역이다. 에밀은 뭐고, 군주론은 뭐고, 리바이어던은 다 뭐란 말인가? 그야말로 내가 리바이어던이 될 판이다. 이게 무슨 게임도 아니고. 그게 고상한 걸까?

"너는 능력이 있잖니? 어렸을 때부터 책을 좋아하고 어려운 내용도 잘 이해하는 특출한 능력이! 니 재능을 제대로 살려야지?"

엄마가 입에 달고 있는 말이다. 어렸을 때 책 몇 권 읽은 걸 가지고 엄마는 내가 무슨 천재라도 되는 줄 알고 있다. 인간은 모두 착각과 망상 속에 산다더니, 엄마는 언제 철이 들까? 언제 현실을 알 수 있을까?

아버지는 별 말이 없다. 못마땅한 일이 있으면 눈을 가늘게 뜨고 째려보다 고개를 돌리고 만다. 아, 잘난 마교수, 재수 없는 마교수.

"시바 좆나 불안한가 봐!"

기태는 만나기만 하면 씨벌거린다. 역시 불안이 문제인가? 불안하면 다 저렇게 하는가?

나는 그냥 자리에 앉아 기태 녀석에게 손을 흔들어 준다. 녀석이 고개를 끄덕이며 창가를 떠난다.

5교시는 영어다. 영어는 수업은 않고 설문지를 돌린다.

"너희도 당해서 알다시피 도난 사고가 빈번하다."

올백으로 넘긴 영어의 머리에서 기름이 흘러나올 것 같다. 하는 말이 사리가 분명하고 틈이 없다. 재수 없게 생겼지만 계집애들은 좋아한다. 벤자민 워커를 닮았다나 어쨌다나.

"생활지도부에서 이번에는 반드시 뿌리 뽑겠다고 한다. 그래서 5교시에는 전교생을 상대로 설문을 실시한다. 또 다른 피해를 막고 일을 저지른 친구들이 더 이상 죄를 짓지 않도록, 우리 모두 즐겁게 학교생활 할 수 있도록 의지를 갖고 해 주기 바란다."

설문은 아주 구체적이다. 학교에서 핸드폰 잃어버린 경험이 있는 사람, 친구가 잃어버린 것을 다른 누군가가 쓰는 것을 본 사람, 3교시에 교실에 안 들어오거나 활동을 같이 하지 않은 친구 적어 내기까지. 제법이나. 내 예상이 틀린 건가? 어쩌면 해결할 수 있겠단 생각이 든다. 사자의 힘과 여우의 꾀를 가진 날밤이 팔을 걷어붙이고 나섰다면 가능한 일인지도 모른다.

6교시에는 3교시 수업 안 들어왔던 모든 애들이 생활지도부로 불려갔다. 내 친구 7반 기태와 9반 상철이도 불려갔다. 녀석들의 인생이 출렁거리는 소리가 들린다. 뭐, 그렇다고 쉽게 당할 녀석들이 아니다.

"3교시 어디서 뭐 했냐구 묻더라구."

집에 가는 길에 만난 기태와 상철이는 의기양양하다.

"그래서?"

"화장실에서 담배 폈다구 했지. 분위기가 험악하기도 하고 담배 핀 건 사실이니까."

"그러니까?"

"금연침 맞고 확인서 받아오래."

"제법이다, 니들!"

우리는 하이파이브를 한다. 요즘같이 험악한 분위기 속에서는 이유가 있든 없든 날밥한테 걸리면 죽음인데, 어렵지 않게 그 에이즈한테서 빠져나온 녀석들이 기특하다. 날밥의 성향에 맞춰 흡연 사실을 순순히 불었기 때문일 것이다.

며칠 동안 학교가 조용하다. 담임도 수업 시간에 들어온 날밥도 별 말이 없다. 폰을 잃어버린 애들만 금단 증상으로 수선스럽다. 수업 시간마다 걸려 혼쭐이 난다. 한 놈이 걸리면 다른 놈이, 두더지처럼 일어난다. 준수나 신제보다 한 술 더 뜬다. 몸살을 넘어 거의 발작 수준이다. 그 사이 깨진 액정을 바꾼 진석이 녀석이 다시 사고를 쳤다. 속바지를 입지 않은 여학생들만 골라 제 폰으로 치맛속을 찍은 것이다. 그것도 혼자 보지 않고 다른 놈들에게 관람료를 받고 보여 줬다가 들통이 났다. 녀석은 생활지도부에 끌려가 수업 시간에도 교실에 들어오지 못한다.

드디어 담임이 입을 열었다.

"지금 한 학생이 생활지도부에서 조사를 받고 있다. 현재까지 열 개 정도는 행방을 찾은 것 같다. 생활지도부장샘에 따르면 그 중 한 개는 몽골에 가 있다고 한다."

애들은 박수를 치고 책상을 두드린다. '날~밥민국'을 외치는 놈도 있다.

"여죄를 추궁하고 있으니까 곧 다 밝혀질 것이다. 어쨌든 훔친 학생은 생활지도부에서 처벌을 하고, 피해 학생들에게 현금변상을 시킬 것이다. 학원에서 밤늦게 귀가하느라 안전의 문제가 있는 등 폰 사용이 시급한 학생들은 미리 폰을 구입해도 된다."

"퇴학시켜야 돼요!"

"중학교에서 퇴학이 어딨냔 마. 기껏해야 강제 전학이지."

애들은 폰을 잃어버렸을 때보다 더 흥분해서 날뛴다. 뭔가 아귀가 맞지 않는다. 세 번씩이나 털렸는데, 겨우 열 개 정도의 행방을 확인하고 변상 운운하다니. 그냥 슬쩍 넘어가려고 하는 건가?

"날밥도 별수 없네!"

점심시간에 만난 기태가 조금은 실망한 듯이 말한다. 녀석의 입꼬리에서 묘한 쾌감 같은 것이 스쳐지나 가는 것도 같다.

생활지도부에 끌려간 진석이 녀석도 밥은 교실에서 먹는다. 풀이 죽은 녀석은 이제 급식을 한 번만 받는다. 녀석의 가방에서 압수된 외장하드엔 온갖 야동과 몰카 영상으로 가득 차 있었다.

다시 일주일이 지났다. 인터넷에서 성능 좋은 최신 중고 스마트폰을 싼값에 살 수 있다는 소문이 떠돌았다. 사이트 주소를 확보한 주섭이 녀석이 먼저 제가 쓰던 기종과 같은 G3를 들고 나타났다. 녀석은 다시 이전의 주섭으로 돌아가 차분하게 게임에 몰두한다. 다른 녀석들도 주섭을 채근해 사이트 주소를 확보했다. 나도 쓰던 갤럭시 S5를 다시 구했다. 이제 교실은 이전의 평온을 되찾아간다.

한 번 겪어서인지 녀석들은 좀체 폰을 손에서 떼놓지 않는다. 항상 몸에 지니고 수업 시간에도 아예 책상 위에 올려놓고 눈치 봐서 즐기거나 종이 땡 치면 집어 드는 녀석들이 늘어간다.

녀석들은 학력고사 시간에도 폰을 책상에 놓고 본다. 시험 시간에 핸드폰이나 전자기기 소지자는 컨닝 행위로 간주한다는 방송이 들려도 소용이 없다. 폰은 이미 학용품이자 일용할 양식이다. 누가 간섭한다고 해서 몸에서 쉽게 떨어져 나갈 물건이 아니다. 자본주의가 이래서 좋다. 수요만 있으면 끝없이 재화가 창출되니까. 물결을 이루면 누구도 막을 수 없으니까.

그런데 어쩐 일인지 설문이 다시 시작됐다. 설문의 범위는 구체적이고 줍다. 스마트폰 두 개 이상 갖고 있는 사람 이름 적기, 훔치거나 다른 친구 것 갖고 있는 사람 이름 적기, 안 쓰던 스마트폰 갑자기 쓰고 있는 사람 이름 적기, 갑자기 기종이 바뀐 친구 이름 적기, 얼토당토않게 싼 중고폰 사이트 주소 아는 대로 적기, 거기서 중고폰 산 사람 이름 적기……. 역시 날밥 대단하다. 끈기까지 겸비하고 있는 줄은 몰랐다. 존경할 만하다. 진즉 그랬으면, 초기에 잡았으면 여기까지 오지 않았을 텐데. 선생이란 것들은 항상 뒷북치는 데 명수다.

놀랍게도 날밥의 컴퓨터에 꽂혀 있던 외장하드를 훔쳐다 박살내서 쓰레기통에 버린 놈이 나타났다. 옷걸이에 걸린 날밥의 옷을 훔쳐다 갈기갈기 찢어 교문에 걸어 놓은 놈도 나타났다. 아니 나타난 것은 아니고 그런 일이 일어났다. 생활지도부에서 조사받던 애들이 한 짓이라는 소문이 들렸지만 잡히지는 않았다. 그 말을 전하는 담임은 부들부들 떨며 가슴을 쓸어내리고 몇몇 애들도 따라서 가슴을 쓸어내린다. 일이 어디로 튀어 갈지 알 수가 없다. 내 스캐너도 부옇게 초점을 잃어 가고 있다.

가정 시간이다. 주섭이 녀석은 여전히 G3를 현수의 등판에 대고 게임을 한다. 모쉬 제국을 멸망시키고 노바 공화국을 구하기 위해 부지런히 로봇을 조립해서 메탈리언들을 처치하고 있다. 메탈리언들의 비명 소리가 여기서도 들린다.

가끔씩 가정이 그쪽을 보고 있다. 이것저것 흠을 잡고 재재거린다고 별명이 미주알인 가정은 한 번 찍으면 그냥 넘어가는 법이 없다. 갈수록 미주알이 주섭 쪽을 보는 빈도가 높아지고 있다. 위험하다는 증거다. 그런데 녀석은 공화국을 구하느라 정신이 없다. 미주알의 눈이 녀석에게서 떨어지지 않고 있어 누구도 봉화를 올리거나 다른 신호를 할 수가 없다.

드디어 미주알이 행동을 개시했다. 준수 녀석 몸통만 한 다리를 사뿐 사뿐 들어 치마 스치는 소리조차 내지 않고 표범처럼 다가간다. 노바 공화국의 독립 영웅 주섭이놈은 게임 밖에 있는 또 다른 메탈리언이 다가가고 있는 것을 아직도 모르고 있다. 한심한 놈! 독립운동 하는 것들은 제 신념에 갇혀 밖을 보지 못한다. 나는 큼큼 기침을 한다. 미주알이 나를 째려본다. 얼굴에 잔뜩 살이 오른 미주알의 눈은 더 작아 보인다. 나는 목을 회전하며 눈을 돌린다. 미주알은 에밀도 안 읽어 본 것 같다. 모른 척 넘어가는 것도, 제 결대로 살도록 내비 두는 것도 교육인 것을! 그 사이 주섭이놈의 G3가 포동포동한 미주알의 손에 들어간다. 화면에서는 어전히 격렬한 전투가 벌어지고 있다.

"아이, 씨팔!"

아직도 게임에서 빠져 나오지 못한 주섭이 녀석이 욕부터 쏟아놓는다. 눈은 이미 뒤집혀 있다.

"일주일간 압수!"

미주알이 주섭에게서 등을 돌린다. 벌떡 일어나 미주알을 따라가며 주섭이 소리친다.

"줘요!"

"수업 중 휴대폰 사용은 수업 방해야. 학칙에 따라 처리할 거야. 일주일 뒤에 생활지도부로 찾으러 와!"

"줘! 내 꺼라고! 달라고!"

우리는 지금 엽기적인 공포영화를 보고 있다. 너무 으스스해서 숨 쉬기도 불편하다. 그런데 다음 장면이 어떻게 될지 되게 궁금하기도 하다.

"너 교무실로 내려와!"

미주알이 책을 그대로 둔 채 교탁을 떠난다.

"니 꺼야? 줘. 씨팔!"

"회장, 생활지도부 가서 사안 담당 선생님 모셔와!"

회장이 둘의 눈치를 보며 미적거린다. 미주알이 자신의 핸드폰을 꺼내 폴더를 열고 번호판을 누른다. 미주알의 손떨림이 파도가 되어 여기까지 밀려온다.

"이런 씨팔!"

주섭이놈이 주먹을 날린다. 미주알은 그 주먹에 얼굴을 맞고 한 순간에 나가 떨어진다. 쿵 소리가 나고 침묵이 오래 계속된다. 교실 바닥에 벌러덩 누운 미주알의 포동포동한 손은 아직도 주섭의 G3를 들고 있다. 그제서야 회장이 교실을 뛰어나간다.

주섭이놈은 씩씩거리며 미주알과 제 핸드폰을 내려다보기만 할 뿐 벌어진 일에 제가 놀라 어쩔 줄 몰라 한다. 넋을 잃은 미주알은 일어날 염도 내지 못하고 있다.

모든 것은 조물주에 의해 선하게 창조됐음에도 인간의 손길만 닿으면 타락하게 된다.

루소 형님이 그렇게 말했다. 저 녀석은 인간의 손길을 너무 타서 그런가, 아니면 아직 제대로 닿지 않아서 그런가?

미주알은 자신의 폰과 주섭의 G3를 든 두 손으로 얼굴을 감싸고 교무실로 내려가고 주섭은 운동장에서 수업하다 달려온 날밥에게 이끌려 교실을 나간다.

"아 시바, 왜 남의 물건 뺏냐구?"

"조용히 못해!"

날밥이 솥뚜껑 같은 손바닥으로 주섭의 뒷덜미를 후려친다. 홉스 형님 말대로 어디서나 인간들은 늑대를 닮지 못해 안달이다.

주섭이는 어떻게 될까? 담임은 폭력자치위원회가 열려 봐야 한다고 얼버무린다. 이럴 때의 담임은 이 세상 온갖 고민을 다 짊어진 햄릿이다. 말이 자주 엉키고 시선이 불안하다. 사실 누가 피해자이고 누가 가해자인지 애매하지만, 날밥의 위대한 원칙에 따라 그 둘이 한 공간에 있을 수 없다고 보면 주섭은 다른 학교를 알아봐야 할 것 같다. 녀석은 이제 폭탄이 된 것이다. 이 학교 저 학교 돌리는 대로 돌다가 빵 터지고야 말 돌리기 전용 폭탄. 참는 자에게 복이 있다고 했거늘, 짜식, 순간을 못 참아서.

기태와 상철이도 아침부터 다시 생활지도부에 불려갔다. 스마트폰 털린 날 수업에 안 들어간 애들이 재조사를 받고 있다. 날밥이 제법 끈덕지다. 뭔가 물은 것 같기도 하고. 어떤 말이 오갈까?

불면 정상 참작, 버티다 밝혀지면 가중 처벌!

날밥은 그렇게 옛 학주 시절부터 전해 내려오는 보검을 꺼낼 것이다. 기태와 상철이는 어떻게 대응할까? 당근에 묻은 꿀에 침을 흘릴까, 채찍을 맞고 버틸까? 아니면 날밥이 꼼짝 못하도록 논리적 근거를 들어 돌파할까?

진석이 녀석은 성도착에 대한 정신 감정을 받았다. 스스로 전학 가지 않으면 날밥이 강제 전학을 시키겠다는 통첩을 했다는 얘기도 들린다. 날밥은 역시 마키아 형님에 충실하다. 인간을 상대하기 위해서는, 순진한 양들을 보호하기 위해서는 언제든 악한 방법을 쓸 줄 알아야 하는 것이다. 그래야 진정한 군주인 것이다.

학교는 여전히 평온하다. 그 평온함을 견딜 수 없다는 듯 풍문들만 무성하게 돌개바람처럼 날아다닌다. 학교 안에 스마트폰 장물아비가 있어 애들이 훔쳐온 스마트폰을 중고 사이트에 올려 판다는 얘기가 먼저 돌았다. 유심칩을 초기화시키고 홈을 지우거나 새로 기스를 내고 케이스를 새것으로 바꿔 직접 팔았다는 소리도 들린다. 털린 폰들이 게임 없이 하루도 못 사는 마니아들에게 큰 선물이 되었다는 얘기도 들린다.

생활지도부에서 조사를 받던 학생은 범인이 아니고 학교 안에 거대한 절도와 장물 조직이 활동하고 있다는 소리도 떠돈다.

그러거나 말거나 수업 시간 내내 신제 녀석은 여전히 꼿꼿한 자세로 앉아 가끔씩 고개를 끄덕이고 있고, 땅콩 준수는 제 엄마가 새로 마련해 준 필통에서 내용물을 한 움큼 꺼내 우물 정자로 쌓아올린다. 몇 개씩 들어 있는 볼펜, 샤프 연필, 컴퓨터용 사인펜, 형광펜, 카터, 작은 플라스틱 자와 줄자, 스무 개도 넘는 색연필을 한 뼘도 넘게 쌓아 올리고 그 위에 지우개까지 올린 뒤 더 이상 쌓을 게 없으면 위에서부터 하나하나 집어 필통에 넣었다가 다시 꺼내 쌓는다. 머리에는 여전히 노랑줄 빗살무늬 꼬리빗이 꽂혀 있다. 녀석들은 좀체 도움이 되지 않는다. 그래서 좀 외롭다.

종례 끝나고 7반 교실에 갔다. 늘 먼저 와 교문 앞에서 기다리고 있던 기태 녀석이 나타나지도 않고 전화도 받지 않아 가 본 것이다. 청소하는 애들만 있고 기태는 없었다. 6교시 중간에 들어와 가방을 들고 나가 버렸다고 한다. 기태는 여전히 전화를 받지 않는다. 상철이도 받지 않는다. 다 끝난 것인가? 이제 더는 걔네들을 관찰하지 않아도, 복잡하게 걔네들 머릿속을 들여다보지 않아도, 스캔하지 않아도 되는 걸까? 뭔가 싱겁기도 하고 뭔가 불편하기도 하다. 힘이 빠지기도 하고. 모두가 음모에 가담한 거 같다. 날밥도 담임도 영어도 기태와 상철이 녀석도 모두!

"마동탁, 왜 불렀는지 알지?"

날밥이 말한다. 잘 모르겠다. 왜 불렀는지. 아니 말하기가 쉽지 않다. 무얼 얘기하는 것인지, 어디까지 가야 하는지도. 나는 무슨 말인지 모르겠다고 멍한 표정으로 날밥을 쳐다본다. 날밥이 책상 위에 수북이 쌓여 있는 경위서와 진술서를 손가락으로 톡톡 찍으며 말한다.

"이건 모두 니 얘기야. 기태와 상철이가 쓴 것도 있고. 우리 시간 끌지 말자! 너지? 이 모든 것을 뒤에서 주도하고 처리한 장물아비가!"

이제 비로소 게임이 시작된 것 같다. 마키아 형님이 말했다. 군주는 스스로를 지키기 위해 악당이 되는 법을 배워야 한다고.

나는 이제 날밥을 스캔할 준비가 되어 있다.

■ 소설

낮은 힘

조재도

당시 나는 교직에 있다 입대했다.

군에 입대한다는 것은 남자들에게 큰 심리적 부담을 가져다준다. 이제까지의 생활을 접어두고, 새로운 생활에 적응해야 하기 때문이다.

훈련소 앞 이발소에서 나는 머리를 박박 깎았다. 몸에 두른 흰 보자기 위로 잘린 머리칼이 한 움큼씩 떨어졌다. 나는 아예 눈을 질끈 감았다. 이발 기계의 선득선득한 감촉이 귀와 목덜미에 차갑게 닿았다. 그러다 눈을 떴다. 정면 거울에 껍질을 벗겨 놓은 밤톨 같은 머리통이 생급스럽게 비쳐져 있었다. 고개를 저어 보니 머리통이 썰렁했다.

이발소를 나오며 나는 털모자를 푹 뒤집어썼다. 에라 모르겠다, 될 대로 되라는 심정이었다. 나만 그런 것은 아닐 것이다. 부대 앞 몰려 있는 많은 사람들의 얼굴에도 알게 모르게 그런 결연한 빛이 스며 있었으니까.

훈련소 정문을 통과하자 조교들이 득달같이 달려들었다. 그들은 사

냥감을 보고 달려드는 개와 같았다. 욕설에 고함을 섞어 그들이 소리
쳤다.

"전원 오리걸음! 이 새꺄, 여기가 늬 집 안방인 줄 아나, 어?"

나는 오리걸음으로 연병장까지 갔다.

신고식이 진행되는 동안 우린 꼼짝도 하지 않고 서 있었다. 12월 찬바
람이 목덜미에 오슬오슬 파고들었다.

노루 꼬리 같은 짧은 해가 꼴딱 넘어가려 할 즈음 신고식이 끝났다.
그리고 이어 부대가 편성되었다. 훈련소 생활에 필요한 인위적인 조직
편성이었다. 나는 5소대 3분대 1조에 편성되었다. 1개 조는 세 명씩, 3개
조 아홉 명이 일 분대였다.

나는 새로 편성된 분대원들과 함께 오리걸음으로 내무반에 들어갔다.

*

훈련에 필요한 물품이 지급되었다. 먼저 훈련복과 훈련화가 지급되
었다. 닳고 닳아 무릎이며 팔꿈치가 구멍 난 국방색 훈련복이었다. 우
린 내무반 구석에 쌓여 있는 훈련복 더미에서 제 몸에 맞는 것으로 하
나씩 골라 입었다.

훈련복은 모두 댓자(大子)뿐이었다. 나는 다른 사람들보다 체격이 작
아 맞는 게 없었다. 훈련화도 마찬가지였다. 바닥이 떨어져 개 헛바닥
처럼 널름거렸고, 끈도 반도막이나 끊어져 나갔다. 훈련복에 훈련화를
신은 내 모습이 조그만 인형에 커다란 자루를 씌워 놓은 모양이었다.

관물대에는 식기 철모 수통 따위가 가지런히 정돈되어 있었다. 내무
반장인 표중일 하사는 우리에게 어딜 가든지 숟가락만은 갖고 다니라
고 했다. 숟가락이 없으면 밥을 먹을 수 없다고 했다.

우리 조원은 나와 이상권, 한대규라는 이였다. 조원은 화장실에 가는 일 외에 어떤 행동도 다 같이 하도록 되어 있었다.

특히 표하사는 이 점을 강조했다. 훈련소에서는 누구 하나가 잘못해도 기합은 모두 같이 받으며, 무슨 일을 해도 각 조가 운명공동체가 되어야 한다고 했다.

후에 알게 된 일이지만 우리 조는 다른 조에 비해 약간 특이한 사람들로 구성되었다. 앞서 말한 대로 나는 교직에 있다 입대했기 때문에 다른 사람에 비해 나이가 많았고, 이상권은 초등학교 졸업 후 집에서 농사만 짓다 온 사람이었다.

한대규가 좀 독특했다. 그는 대학에 다니다 휴학하고 입대했는데, 그의 말로는 강제징집 당했다고 했다. 그는 현실을 보는 눈이 날카롭고 뛰어났다. 바짝 마른 검은 얼굴에 눈빛이 형형하게 빛났는데, 그 눈은 마치 세상의 어떤 일도 놓치지 않고 감지하여, 자신만의 시선으로 요해해 내려는 의지를 담고 있는 듯했다.

*

제식 훈련이 있었다. 차렷 자세에서 좌향 좌, 우향 우, 뒤로 돌아를 기본으로, 이동하면서 하는 좌향 앞으로 가, 우향 앞으로 가, 뒤로 돌아 가를 조교의 명령에 따라 일사불란하게 움직이는 훈련이었다.

처음 훈련은 분대별로 이루어졌다. 아무리 갓 입대한 훈련병일지라도 제식 훈련은 누구나 쉽게 할 수 있는 것이어서, 시간도 짧게 배정되었고, 훈련도 분대 단위로 한 다음, 소대 단위로 모여서 하려는 것 같았다.

그런데 문제가 생겼다. 우리 분대원이 조교 앞에 나와 훈련을 받을 때였다. 나를 비롯한 다른 분대원들의 행동은 하나같이 통일되었는데 이

상권만 그렇지 못했다.

자연히 조교가 상권을 앞으로 불러냈고, 그에게만 좌향 좌, 우향 우, 뒤로 돌아를 시켰다. 그는 조교의 명령과 다르게 움직였다. 좌향 좌를 해야 하는데 우향 우를 했고, 우향 우를 해야 하는데 좌향 좌를 했다. 그런 그를 보고 우린 배꼽을 잡고 웃었다. 표조교도 웃었다. 실로 어이없다는 표정이었다.

표조교가 다시 명령했다.

"좌향 좌!"

그러자 상권이 멈칫대다 우향 우를 했다.

우린 또 낄낄대고 웃었다. 표조교의 얼굴이 일그러졌다.

"우향 우!"

상권이 흘깃거리며 우향 우를 했다.

우리가 웃자 상권이도 따라 웃었다. 머쓱한 웃음이었다. 그 때 표조교가 상권에게 다가갔다. 이번엔 뒤로 돌아였다. 상권인 돌긴 돌았는데 도는 방향이 틀렸다. 우린 웃었고, 상권의 낯빛이 창백해졌다.

"이런 개새끼가! 임마, 너 지금 누구 놀려?"

표조교가 상권의 귀빰을 올려붙였다. 그의 얼굴이 모욕당한 사람처럼 붉게 달아올랐고 일그러져 있었다. 귀빰을 올려붙인 그가 상권의 다리를 걸어 사정없이 연병장 바닥에 패대기쳤다.

연병장에 마른 먼지가 푹썩 일었다. 상권은 땅바닥에 쓰러진 채 버르적거릴 뿐 일어나지 못했다. 그런 그를 표하사가 일으켜 세워 머리를 팔아귀에 넣고 다시 목을 비틀었다. 깔깔대던 우린 숨도 제대로 쉴 수 없었다.

표하사가 눈을 번뜩이며 말했다.

"3분대 1조. 니들은 이 새끼 데리고 가 따로 연습해!"

나와 대규는 완전히 얼이 나간 상권을 데리고 연병장 구석 나무 밑으로 갔다. 잎이 진 은행나무 가지 사이로 잿빛 하늘이 무겁게 내려앉았다. 뒤따라오며 상권이 계속 투덜거렸다. "씨발놈, 드러워!"

그는 옷에 묻은 흙도 털지 않고 입안소리로 씨발놈, 드러워만 중얼거렸다. 핏발이 서 눈이 충혈되었고 낯이 더없이 창백했다. 입술을 오리 주둥이처럼 뚜 빼문 채 시근덕거리는 그의 뺨에 표조교의 손자국이 벌겋게 부어올랐다.

상권이 땅바닥에 앉아 담배에 불을 붙였다. 지렁이 같은 피멍이 얼기설기 목덜미에 얽혀 있고, 칵 가래침을 뱉는데 피가 섞여 나왔다.

나는 난감했다. 제식 훈련도 훈련이지만 앞으로 그와 같이 하게 될 훈련소 생활이 불을 보듯 뻔했기 때문이다. 표조교가 우릴 노려보고 훈련하지 않고 뭐하냐고 소리 질렀지만, 상권이는 귓구멍에 대추씨를 박은 듯 모르쇠 하며, 다시 다른 담배에 불을 붙였다. 그러면서 계속 씨발놈, 드러워 소리만 뱉어냈다.

"이형, 일어나 하는 척이라도 해 봅시다."

보다 못해 대규가 한 말이었다. 표조교의 득달에 그도 조바심이 나는 모양이었다.

나는 상권이 옆으로 가 그가 알아듣기 쉽게 동작 하나하나에 대해 설명해 주었다. 밥 먹을 때 숟가락질 하는 손이 오른쪽이라는 것과, 좌향좌 할 때의 좌는 그 반대쪽이라는 것 등. 설명만 한 게 아니었다. 나는 대규에게 상권이 바로 앞에 서라고 했다. 대규가 하는 동작을 보고 그대로 따라하도록 하기 위해서였다.

그러나 상권이는 알아듣지 못했다. 뒤로 돌아만 방향이 틀리든 어쨌든 돌 뿐이었다.

그런 그를 보며 나는 한 가지 사실을 깨달았다. 그가 좌향 좌, 우향 우를 하지 못하는 까닭은 그 말이 한자어로 되어 있어서 무슨 말인지 알아듣지 못해 그렇다는 것을.

*

그 후 이상권은 우리 소대의 고문관으로 찍혔다. 훈련 때마다 나와 대규는 상권을 따로 불러 교육시켰다. 표조교는 상권을 패대기치고 짓밟는 일 외에 상관하지 않았다. 한 차례 피곤죽이 되도록 짓밟은 후, 에그 저런 것도 아들이라고 낳고서 에미 미역국 처먹었겠지, 하면 그뿐이었다.

야긴 비상 훈련이 있었다. 점호를 마친 후 표조교는 오늘 저녁 비상이 있을 테니 각자 철저히 준비하고 있으라고 했다. 나는 취침 전 관물대에 있는 관물들을 살펴 두었다.

"비상!"

"비상!"

잠에 곯아 떨어져 있던 내무반에 불이 번쩍 켜지고, 표하사가 불어 대는 호루라기 소리가 요란하게 울렸다. 곧 이어 마이크 소리.

"전달한다. 훈련병들은 5분 이내에 신속히 완전 군장을 꾸리고 연병장에 집합한다! 다시 한 번 전달한다…."

나는 불에 덴 사람처럼 화짝 놀라 일어났다. 눈에 묻은 잠기를 털며 보니 대규도 벌써 일어나 있었다. 내무반 앞뒤 문이 모두 열려 찬바람이 들이치는 속에서 소대원 모두 군장을 꾸리느라 정신이 없었다.

그런데 유독 상권이만 일어나지 않았다. 아무리 깨워도 모포를 끌어다 덮으며 몸을 새우처럼 동글게 말 뿐이었다. 다른 분대원들은 이미 완전 군장을 꾸려 밖으로 뛰쳐나갔는데, 그는 그러거나 말거나 잠에 빠져 있었다.

보다 못한 우리가 모포를 들어 올려 그를 털어 냈다. 그제야 부시시 일어나, 아함— 하품을 늘어지게 하더니, 갑자기 눈을 번쩍 뜨고 옷을 걸친 후 내가 꾸려놓은 군장을 들고 부리나케 뛰어나갔다.

내무반엔 나와 대규 둘만 남았다. 표하사가 들이닥쳤다.

"이 새끼들 뭘 꾸물대고 있어!"

그의 워카발이 내 등짝에 꽂혔다. 우린 서둘러 모포를 갠 후 밖으로 나왔다.

밖은 칠흑 같은 어둠. 앞이 보이지 않는지라 우린 웅성웅성 소리 나는 곳으로 달렸다. 어디가 어딘지 분간할 수 없었다. 나와 대규는 아무렇게나 모여 있는 사람들 맨 뒤에 가 섰다. 영하 십도가 넘는 칼바람이 사정없이 몸속을 파고들었다.

호각 소리가 들리고 이어 누군가의 구령 소리가 들렸다.

"이제부터 완전 군장을 메고 연병장을 세 바퀴씩 돈다. 전원 좌향 좌! 십열 종대. 이 새끼들아, 빨리 줄 못 맞춰?"

말이 떨어지자마자 조교들이 일제히 플래시를 켰다. 표조교의 으르렁대는 소리가 다른 곳에서 들리는 것으로 보아 나와 대규는 엉뚱한 곳에 와 서 있었다.

플래시의 불빛이 움직였다. 사방에서 조교들이 플래시를 들이대며 줄 맞춰!, 발 맞춰!, 소리 질렀다. 우린 한 치 앞도 보이지 않는 연병장을 뛰기 시작했다.

"하나, 둘, 왼발, 왼발! 구보 중에 군가한다! 군가는 '멸공의 횃불'. 손뼉 치며 군가 시작! 하낫 둘 셋 넷!"

플래시불이 어지럽게 흔들렸다. 일사불란하게 손뼉이 울렸다. 손뼉을 치면서 연병장을 돌다 보니 내가 메고 있던 군장에서 관물이 하나씩 떨어지기 시작했다. 처음엔 모포가 떨어지는가 싶더니 다음엔 야전삽이 떨어졌다. 떨어진 관물이 구보하는 발길에 채였다. 조교들은 우리가 꾸린 군장 상태를 점검하기 위해 일부러 손뼉을 치며 연병장을 돌게 했던 거였다.

내겐 수통 하나만 달랑 남았다. 내가 꾸린 군장을 상권이 메고 나갔고, 나는 그가 남겨 놓은 것으로 급히 꾸리고 나왔기에, 구보 중 하나씩 떨어져 나간 거였다.

구보가 끝나자 조교들은 관물을 떨어뜨린 사람을 앞으로 나오게 했다. 나와 대규가 앞으로 나갔다. 30명쯤 되는 사람이 나와 있었다. 나머지 사람들이 내무반으로 들어간 다음 우린 기합을 받았다. 총을 땅에 놓고 그 위에 머리를 박은 다음 열중쉬어 자세를 하는 얼차려였다. 온몸의 피가 머릿속으로 몰리고 고개가 뻣뻣이 굳어지기 시작했다. 다리가 후들후들 떨리고 움푹 파인 머리엔 감각이 없었다.

기합이 끝나고 내무반에 들어온 대규가 군장을 내동댕이치며 상권에게 다가갔다.

"이상권, 너 이 새끼 우리 조에서 빠져! 안 그러면 확 죽을 줄 알아!"

대규가 상권에게 으르렁거렸다. 그의 목소리가 분노로 떨렸다.

"뭔 마? 니가 뭔데 빠지라 마라야."

상권도 지지 않고 맞받았다.

"너 때문에 이 새꺄 우리가 기합 받았잖아."

대규가 상권의 가슴팍을 밀어쳤다. 상권이도 대규의 팔을 낚아채 대규의 멱살을 움켜쥐려 했다.

"야. 니들 싸울 일 있으면 밖에 나가 해결하고 와. 여기서 싸우다 걸리면 우리 모두 기합이잖아."

어수선한 가운데 누군가가 소리쳤다.

그 말에 대규가 상권의 팔을 놓고 돌아섰다. 상권이 "씨팔놈, 드러워."를 연발하며 씩씩거렸다.

둘 사이의 대거리를 보며 나는 새로운 사실 하나를 또 깨달았다. 상권을 을러대는 대규의 태도가 전혀 그답지 않은 거였다. 훈련 도중 시간만 나면 대규는 나에게 다가와 내가 알지 못했던 여러 가지 것들에 대해 말해 주었다. 그는 나에게 〈소득불평등—경제가 성장하면 누구나 잘살 수 있나〉를 읽었느냐고 했다. 또 내가 교사니까 훈련소에서 나가면 〈불량아이들〉, 〈3분 평화〉 같은 책을 꼭 읽어보라고 했다. 나로서는 처음 듣는 책들이었다.

그는 촛불시위와 비정규직 투쟁에 대해서도 많은 말을 했는데, 앞으로 교사를 하려면 민중에 대한 이해를 새롭게 하지 않으면 안 될 거라고 했다. 호찌민이 가르치던 학생들을 데리고 산으로 들어간 날이 베트남 인민군대의 창설일이 됐다는 것도 그가 말해주어 알게 된 것이었다. 그럴 때마다 그는 사방을 경계하며 눈을 번뜩였다. 그는 제대 후 노동운동에 헌신하겠다고 했다.

*

각개전투 훈련 날이었다. 각개전투 훈련은 훈련 중 가장 힘이 드는 훈련이었다. 우리는 아침에 연병장에 집합해 훈련장으로 향했다. 훈련장은 부대 밖 야산 중턱에 있었다. 총을 어깨에 메고 두 줄로 줄을 맞춰 걷는 동안 우린 그동안 보지 못한 민간인들을 만날 수 있었다. 논이나 밭에서 일을 하거나 길을 따라 오가는 사람들이었다. 개중에는 아가씨도 있었다. 아가씨 옆을 지날 때는 누구나 곁눈질로 흘깃거렸고, 그러나 그뿐이었다. 양 떼를 모는 사냥개처럼 조교들이 우리들 곁에 바짝 따라붙었기 때문이었다.

훈련은 분대별로 이루어졌다. 출발선에서 적 표지판이 서 있는 꼭대기까지의 거리는 70~80미터. 경사가 심한 언덕을 낮은 포복 자세로 기어 철조망을 통과하기도 했고, 돌격 명령에 따라 총을 들고 정신없이 뛰기도 했다. 구르고 뛰고 있는 힘 다해 함성을 지르고…. 꼭대기에 있는 적의 표지판을 개머리판으로 후려쳐야 1회가 끝나는 각개전투 훈련은, 분대 별로 마치 자동차 공장에서 끊임없이 돌아가는 컨베이어 벨트처럼 쉬지 않고 이어졌다.

12월 찬바람이 몰아쳤지만 우린 모두 땀투성이가 되어 헐떡거렸다. 조교들은 힘들면 악으로 버티라며 우리들을 몰아붙였다. 그렇게 죽기 살기로 훈련을 마치고 점심시간. 배식차량이 훈련장에 들어섰다. 취사병들이 들통을 차에서 내려 일렬로 늘어놓았다. 우린 소대별로 줄을 서 배식을 받았다.

일식삼찬. 밥에 국과 김치 닭볶음탕이었다. 이상권이 앞에 서고, 그 뒤에 한대규 그리고 내가 섰다. 상권이 밥을 받고 김치를 받고 닭볶음탕을 받을 때였다. 그가 주춤대며 취사병에게 말했다.

"조금만 더 줘요. 바닥에 있는 건더기로."

취사병이 눈을 부릅뜨고 상권을 노려보았다. '뭐 이런 새끼가 다 있나?' 하는 눈빛이었다.

"에. 그러지 말고 좀 줘요. 어차피 남을 텐데."

일사천리로 이루어지던 배식의 흐름이 상권으로 인해 막혔다. 뒷사람들이 엉거주춤 서 있고,

그때 대규가 한 마디 쏘아붙였다.

"야, 새꺄. 그냥 가."

그러자 상권이 뒤돌아보며 네가 왜 참견이냐고 대꾸했다. 둘이 옥신

각신하는데 언제 왔는지 표조교가 옆에 와 있었다.

"너 이리 와."

표조교가 상권의 귀를 사정없이 잡아당겼다. 그 바람에 상권의 식판에서 국물이 쏟아지고 상권이 개 끌려가듯 끌려갔다.

"니 지금 닭볶음탕 더 달라고 하는 거야?"

표조교의 말에 상권이 그렇다고 했다.

"에라, 이 새꺄. 이거나 더 처먹어라."

표조교가 땅바닥에서 모래를 한줌 집어 상권의 식판에 뿌렸다.

"너, 이 자리에 앉아 여기서 다 처먹어. 무릎 꿇고 앉아 새꺄."

표조교가 상권의 머리를 손바닥으로 내리쳤다. 배식은 다시 이루어졌고, 무릎을 꿇은 상권이 모래가 든 밥을 입안에 꾸역꾸역 밀어 넣고 있었다.

*

훈련소 생활은 그악스럽기 그지없었다. 12월 중순을 넘긴 터라 날씨는 점점 더 추워졌다. 수돗물이 얼어 나오지 않았다. 밥을 먹고 난 후 식기를 닦는데도 우린 화장지를 조금 떼어 기름기를 닦아야만 했다.

목덜미에 까칠한 솜털이 돋고, 해진 훈련복에 밑창이 너덜너덜한 훈련화를 신은 우리는 흡사 집을 나와 정처 없이 떠도는 유랑민 같았다.

그럼에도 훈련은 혹독했다. 울퉁불퉁 얼어붙은 땅이 기합을 받느라 판판하게 다져지기 일쑤였고, 조교들은 쉴 새 없이 우릴 몰아붙였다. 훈련 중 10분 간 휴식이 있었으나 그 시간은 대부분 기합 받는 일로 메워졌다.

오줌 누고 뭐 털 시간도 없을 정도로 정신없이 돌아가는 속에서도 나는 한 가지 이상한 걸 느꼈다. 훈련소에 들어오기 전 머리를 깎을 때까지만 해도 이같이 통제되고 획일화된 사회에서 어떻게 생활할 수 있을지 솔직히 걱정이 되었다.

그러나 하루하루 날이 가면서 그런 대로 이곳 생활도 견딜 만하다 싶었다. 철저히 상명하복으로 유지되는 집단, 개인의 인격이나 자율성은 애초부터 기대할 수 없는 곳, 눈치 빠르고 행동이 민첩해야 그나마 좀 편하게 생활할 수 있는, 추위와 혹독한 훈련에 인정의 실오라기 하나 끼어들 틈이 없는 곳.

그런데도 시간이 흐르면서 오히려 부자유스럽고 답답한 이곳 생활이 그런대로 편하다는 느낌조차 들었던 것이다.

이와 비슷한 체험을 전에도 한 적이 있었다. 입대하기 전 처음 교직에 발령 받아 생활할 때였다. 그때도 나는 새로운 생활에 대한 설렘보다는 두려움이 앞섰고, 그로 인해 적잖이 스트레스를 받았다.

처음 몇 달 간 그랬다. 그러다 시간이 지나면서 나는 교직 사회에 자장(磁場)처럼 얽혀 있는 분위기에 젖어 들었고, 평범한 교사로 별 문제의식 없이 생활할 수 있었다.

그런 일을 겪을 때마다 나는 보이지 않는 어떤 힘이 나를 휘감고 있음을 느꼈다. 교직에 발령을 받았을 때나 훈련소에서 생활하는 동안, 나는 낯선 세계에 곧 적응할 수 있었고, 또 그렇게 변해가는 자신의 모습에 대해 합리적인 이유까지 들어 수긍하게 되었다.

낮은 힘이었다. 인간의 삶을 중력의 힘으로 잡아끌어 일상 속으로 끝없이 낮아지게 하는 힘. 전에 어디선가 읽었던 「개싸움」이라는 시가 생각났다.

첫손으로 든 해장국 집

주인아줌마와 그 옆
나란히 붙은 다른 식당 아줌마 사이
싸움이 붙었다

으르르~ 아가가~ 아그르, 글 글
아갈가~ 와우 와~ 아르르~ 갈
으~~ 으아워~ 으르~ 으

한 치의 물러섬 없는
개 닛바디

"왜 네년 가게 앞에 내린 눈을 우리 집 앞에 쓸어부쳤네?"
"저, 저년 주딩이 찢어졌다고 해대는 소리 좀 봐."

밥공기 들썩
투가리 깜짝

활랭이치는 식전 댓바람에
시퍼렇게 떠다니는
적의와 원한.

　생활이 있는 곳이라면 어디에나 있고, 무엇보다 강력한 힘을 발휘하
여 개인이나 사회 집단을 하향평준화하는 힘, 그 굴레. 그러면서 저급한
사회를 안정시켜주고 유지시켜 주는 저급한 힘인 그 힘은 대체 어디에
서 오는 걸까.

비가 내렸다. 겨울 찬바람이 가슴 살품에 파고들었다.

아침 먹고 우린 급히 연병장에 집합했다. 조교들이 눈을 부라리며 우리 주위를 맴돌았다. 집합하자마자 우린 기합부터 받았다. 비에 젖어 땅이 질척거리는데도 그들은 사정없이 우릴 연병장에 굴렸다. 좌로 굴러, 우로 굴러, 앞으로 취침, 뒤로 취침! 행동이 굼뜬 자들은 어김없이 짓밟혔다.

기합이 끝난 후 부대 선두가 어디론가 출발했다. 훈련소에 들어온 후 두 번째로 부대 밖으로 나가는 거였다. 위병소를 지나면서 구보가 시작되었다. 날랜 매처럼 조교들이 호각을 불며 구령을 붙였다. 뛸 때마다 머리에 맞지 않는 철모가 데글데글 각놀았다. 총은 무거워 추스르기 힘들고 밑창이 떨어져 나간 훈련화가 개 헛바닥처럼 널름거렸다.

누군가가 사격장에 가고 있다고 했다. 사격장은 부대에서 10여 킬로 떨어져 있었다. 초겨울 들어 쇠잔한 들에 비가 내리고 있었다. 들녘 아스라이 잿빛 지평선이 보이고 을씨년스레 불어오는 바람에 마른 풀들이 흔들렸다.

드넓은 벌 끝에 슬레이트로 지붕을 해 올린 가건물 한 채가 있었다. 우린 그곳에 소대별로 정렬하여 앉았다. 추워 턱이 떨려 말을 할 수 없었고, 몸이 오슬거려 오그라드는 것 같았다. 사면이 터 있어 바람이 활랭이치고, 웅크린 어깨에서 허연 김이 피어올랐다.

교관이 나와 사격 요령에 대해 설명했다. 쉬는 시간 틈틈이 우린 바람막이 구석을 찾아 몸을 웅크린 채 담배를 피웠다. 까마귀 떼가 초겨울 들녘을 스산하게 날았다.

점심때가 되어 볕이 들기 시작했다. 하늘 한쪽이 틔어 그곳에서 쏟아져 내리는 빛의 기둥이 영화에서 보는 천지창조 장면 같았다.

점심은 라면이었다. 우린 식기를 들고 줄을 섰다. 퍼 주는 대로 받아 들고 볕이 난 곳으로 가 점심을 먹었다. 양이 턱없이 모자랐다. 상권이 서운한지 입맛을 쩝쩝 다셨다. 기름기가 번죽거리는 입술을 핥아 대나 옷소매로 슥슥 문질러 닦았다. 내규가 나와 상권에게 담배 한 개비를 건넸다.

오후 들어 사격이 시작되었다. 25m 영점 사격이었다. 영점 사격은 탄착점 형성 훈련이었기에 불합격 하면 다시 해야만 했다. 사격 훈련은 사고가 많고 실수할 경우 치명적이기 때문에 군기가 어느 곳보다 심했다.

마침내 우리 분대 차례가 왔다. 탄알 여섯 발이 지급되었다. 표조교는 사격이 시작되기 전 총에 이상이 있거나 문제가 생기면 반드시 엎드린 자세에서 오른쪽 발을 들라고 했다. 무리하게 총을 작동하거나 일어서서는 절대 안 된다고 했다.

사선(射線)에 올라섰다. 엎드려 쏴 자세에서 자물쇠를 풀었다. 통제관의 지시에 따라 탄알 한 발을 장전했다. 가늠쇠 구멍에 눈을 바짝 갖다 댔다. 일순 녹두알만 한 구멍 속으로 황량한 겨울 들녘이 펼쳐지고, 어느 한 지점 동글고 까만 타깃 용지가 눈에 들어왔다.

"사격 개시!"

나는 숨을 들이마신 채 호흡을 멈췄다. 나와 세상 사이의 흐름이 한순간 정지했고, 탕! 총성이 울렸다. 아스라히 까마귀 떼가 검은 나비처럼 날아올랐다.

두 발을 쏘고 세 발째 쏘려는 순간이었다. 옆에 있던 상권이가 총을 들고 일어섰다. 그가 내게 뭐라고 하는 것 같았으나 들리지 않았다. 그때 통제관의 마이크 소리가 울렸다.

"6번 사수! 총 놓고 자리에 엎드렷!"

상권이 아랑곳하지 않고 총을 들고 일어섰다. 표조교가 다가오다 흠칫 물러섰다.

"총 내려 놧!"

표조교가 소리쳤다. 나는 엎드린 상태에서 상권을 바라보았다. 상권의 오른쪽 검지손가락이 방아쇠에 걸려 있었다. 방아쇠가 당겨지지 않는 것 같았다. 아마도 상권은 총의 안전장치를 풀지 못해 쏘지 못하는 것 같았다. 상권이 총을 땅에 놓고 허리를 펴는 순간 표조교가 상권을 덮쳤다. 그는 비호같이 몸을 날려 상권의 어깨를 워커발로 찍었다. 상권이 그 자리에서 나동그라졌다. 표조교가 달려들어 상권을 사정없이 걷어찼다.

바닥에 쓰러져 배를 움켜쥔 채 상권은 일어나지 못했다. 숨을 쉬지 못하는 듯, 윽 윽 신음소리만 토해내며 얼굴이 새하얗게 질려 있었다. 표조교가 총을 가져간 후 한참이 지나서야 그는 겨우 일어나 땅바닥에 앉았다.

사격이 끝난 후 나와 대규는 상권을 부축하여 사선에서 내려왔다. 그는 걷지 못해 질질 끌려오다시피 내려왔으며, 입에 허연 거품을 질질 흘리고 있었다. 예의 그 "씨발놈, 드러워." 소리도 하지 않고 땅바닥에 주저앉아 넋 없이 허공만 바라보았다.

*

그날 밤 그가 죽었다. 같이 모포를 덮고 잤는데 일어나 보니 죽어 있었다. 그의 얼굴이 고통으로 일그러져 있었다.

그의 시신이 치워지고, 그날 아침 우리 소대는 훈련을 받지 않았다. 중령 계급의 한 사람이 내무반에 찾아와 백지를 나누어 주었다. 그는 훈련소에서 있었던 일에 대해 쓰라고 했다. 특히 상권의 그 동안 행동에 대해 쓰라고 했다.

그 후 그는 나와 대규를 따로 불렀다. 그는 아무 말 없이 우릴 따라오라고 했다. 훈련병 막사를 지나 사단 본부 내 건물로 들어갔다. 외부인 출입금지 표시가 되어 있는 방이있다. 방 안에 긴 탁자만 놓여 있을 뿐, 다른 아무 것도 없었다.

그가 우리에게 담배를 권했다. 그러면서 훈련받느라 고생이 심하지 않느냐고 했다. 우린 아무 말도 하지 않았다. 그가 손을 비비작대다 말문을 열었다.

"자네들도 알고 있겠지만 훈련하다 보면 종종 이런 일이 있게 마련이다. 사고가 나면 일차적으로 개인에게 불행이요, 나아가 가족과 국가에도 불행한 일이다. 군에서 사고 나면 책임은 전적으로 국가가 진다.

사건 처리는 우리가 하겠지만 자네들의 진술이 필요하다. 한 가지만 유념해서 진술해 주기 바란다. 자네들도 생각하고 있겠지만, 이미 죽은 사람을 살려낼 수는 없다. 다시 말해 남은 사람들이 별 탈 없이 넘겨야 하는데, 문제는 표하사가 사격장에서 한 일이다. 표하사가 그를 어떻게 했는지에 따라 지휘 계통에 문책이 있을 것이다. 따라서 자네들이 가까이에서 본 바를 말해 주면 되는데… 음. 자네들도 앞으로 며칠 있으면 훈련소 생활을 마치게 되고, 표하사도 이번 일이 어떻게 처리되느냐에 따라 군복을 벗느냐 마느냐가 결정된다. 가능하면 사건이 복잡하지 않게 처리되길 바라는 게 우리의 솔직한 심정이다. 진술 여하에 따라 자네들도 훈련이 끝난 다음까지 군 수사기관에 불려 다녀야 하고, 그러다 보면 이제 막 시작하는 군대 생활에 고충이 많을 거다."

그러면서 그는 표하사의 행동이 그 같은 상황에서 불가피한 것이었으며, 그의 과실이 없는 쪽으로 진술해 달라고 했다. 그가 입맛을 다시며 우리를 응시했다. 그러더니 잠시 기다리라고 한 다음 밖으로 나갔다.

돌아올 때 그는 백지와 음료수, 담배를 들고 왔다. 그는 내게 담배를 건넨 다음 한 시간 후에 다시 오겠다며 대규를 불러 밖으로 나갔다. 대규는 다른 방에서 쓰도록 할 테니 나는 그곳에 남아 쓰라고 했다.

창문으로 겨울 햇살이 고즈넉이 비쳐 들었다. 탁자에 놓인 백지에 눈이 부셨다. 나는 햇빛을 등에 지고 멍하니 앉아 있었다. 아침에 실려 나가던 상권의 일그러진 얼굴이 눈에 어릿거렸다.

그가 불쌍하다는 생각에 눈물이 조금 나왔다. 훈련소에서 생활하던 모습이 갈피없이 떠올랐다. 많지 않지만 요즘에도 상권이처럼 초등학교나 중학교를 졸업하고 어린 나이에 생활 전선에 뛰어드는 사람들이 있었다. 가난이라는 괴물 앞에 무릎을 꿇어야 하는 이들이었다. 나는 비보를 듣고 울부짖을 그의 어머니를 떠올렸다.

나는 갈등했다. 뭐라고 써야 하나? 상권은 분명 표조교의 폭행으로 죽었다. 이건 명백한 사실이다. 표조교가 상권을 폭행한 것은 한두 번이 아니었다. 그때마다 상권은 개에게 물린 꿩 꼴로 만신창이가 되지 않았던가.

그러나 나는 망설였다. 중령이 말한 '훈련이 끝난 후에도 군 수사기관에 불려 다녀야 한다'는 말이 귀에 거슬렸다. 그가 한 말은 협박임에 틀림없었다. 그러나 실제로 그렇게 되지 않으리라는 보장 또한 없었다.

'사실대로 쓴다고 달라질 게 뭔가? 녀석만 재수 없는 놈이지' 하는 생각이 구시월 잠자리 떼처럼 머릿속에 뒤엉켰다. 솔직히 훈련소에서 나가서도 이 일로 다시 불려 다니고 싶진 않았다.

나는 대규를 떠올렸다. 대규라면 결코 진실을 외면하지 않을 것 같았다. 그가 사실대로 밝혀만 준다면? 표조교는 분명 영창 감이었다.

나는 사격장에서 표하사의 행동은 정당했으며 누구라도 그런 상황에서는 그럴 수밖에 없을 거라는 요지의 진술서를 썼다. 내용은 짧았다. 담배를 붙여 물고 훅 내뿜었다. 푸르스름한 연기가 비쳐 든 햇살에 몽실몽실 피어올랐다.

얼마 후 중령이 다시 들어왔다. 그는 내가 쓴 진술서를 선 채로 읽으며 고개를 끄덕였다. 수고했다는 말과 함께 내 어깨를 툭 쳤다. 나는 그가 가져온 인주를 묻혀 진술서에 손도장을 찍었다.

잠시 후 대규가 들어왔다. 우린 아무 말도 하지 않은 채 멀뚱히 서로를 바라보기만 했다. 사단 본부 건물을 나서는데 햇살에 눈이 부셨다.

나는 끝내 대규에게 뭐라고 진술했는지 묻지 않았다. 그건 대규도 마찬가지였다. 내 마음 속에는 진실대로 말하지 못했다는 자괴감이 서려 있었고, 혹 대규가 알게 된다면 나에 대해 어떻게 생각할까 하는 염려의 실오라기가 가늘게 걸려 있었다.

다음 날 표조교는 여전히 우릴 몰아붙였고, 우린 흙투성이가 되어 훈련에 여념이 없었다.

영산강 아리랑 2

나종입

　3년 전 봄철 어느 날, 그날도 오목녀 밤실댁과 신북댁, 영암댁이 풍선 가득 오가리를 비롯한 젓 조쟁이까지 잔뜩 싣고 팔금에 들렀다. 그날따라 옹기가 불타나게 팔려 나갔다. 한 장거리(5일장) 정도로 날을 잡고, 가고 오는데 이틀, 합쳐서 한 이레 정도 시간을 잡고 출발하였지만 비금, 도초를 거치며 풍선에 있는 옹기는 거의 바닥을 드러내고 있었다. 팔금을 마지막 코스로 잡고 선창에 배를 댔으나 어느 때 같으면 옹기장수 오기가 무섭게 입소문이 빨리 퍼져 임질하고 동네마다 돌아다닐 필요도 없이 팔려 가곤 하였던 것이 겨우 장병 몇 개 나가고는 파리를 날리고 있었다.

　하는 수 없어 세 명은 선창을 중심으로 오목녀는 섬 왼쪽 길로, 심북댁은 오른쪽, 영암댁은 가운데를 가로지르기로 했다. 어차피 영암댁의 늦은 발걸음을 계산한다면 해질 무렵 해서 선창 반대에서 만날 것이다. 그러나 오목녀가 들른 코스는 첫 집부터 젬병이었다. 평소에 들렀을 때는 시어머니 눈치만 보느라 말도 못 붙이고 한 쪽에 서서 시어머니 흥정하는 것을 눈치만 살피고 있었던 그녀가 작년 봄에 시어머니가 돌아가시고 나서 집안 살림 주도권을 잡았는지 오목녀가 머리에서 내리는 동안에도 두 손에 든 오가리 하나 받아주질 않고 빤하게 쳐다보기만 할 뿐이다. 마루 위에 겨우 엉녕이를 내리고 장 단지를 구경하던 그녀가 옹기에 흠을 잡기 시작하였다.

"왜 이번 옹기는 모양이 전 번 것만 못혀요!"

한 사람이 만든 옹기가 다를 리가 없다고 이야기하여도 막무가내로 트집을 잡으며 값을 깎아내렸다. 씨름을 하다시피 하여 오가리 하나 팔고 집을 나올 때는 해가 한 발이나 빠져 있었다.

이렇게 일이 꼬이기 시작하더니 섬을 절반도 돌지 못하여 해가 서쪽 바다로 풍덩 뛰어들어버렸다. 다리품을 팔고 사는 장사라지만 마음과 몸이 함께 지치고 나니 되짚어 가기가 싫던 차에 모퉁이를 돌아 겨울 추위에 갯가 사람들이 김발을 맬 때 추위도 피하고 식사도 하기 위해 막아 놓은 움막이 생각나 그곳으로 향했다. 움막으로 허위허위 다가가서 안으로 난 문을 밀쳐보니 열렸다. 머리에 몇 겹으로 쌓아 인 항아리 뚜껑을 내려놓고 안을 정리하기 시작했다. 주변의 나뭇잎을 모아 대충 잠자리를 만들었다. 늦봄이나 여름 이른 가을은 대충 한뎃잠을 잘 수 있었지만 한겨울은 물론이고 지금처럼 이른 봄은 한뎃잠을 잘 수 없었다. 좀 인심 좋은 사람을 만나면 사정하여 부부들이 사는 방 윗목 구석에라도 다리를 뻗을 수 있으나 그렇지 않고는 한데서 잠을 청하기가 일쑤였다. 그것이 옹기장사의 애환이었다.

움막 한가운데는 지난겨울 추위 때 피웠는지 모닥불을 피운 자국이 선명했다. 밖으로 나가 산으로 펼쳐진 언덕바지에 이르러서 서편 하늘을 쳐다보니 맵싸한 바람 사이로 비릿한 고기 냄새와 함께 미치도록 아름다운 저녁노을이 펼쳐져 있었다. 가슴이 울렁거렸다. 아름다운 장관을 보노라니 처녀 시절의 울렁임으로 되돌아가는 것 같았다.

관솔을 비롯한 삭정이를 주워와 불을 피웠다. 불을 얼마 피우지도 않았는데 벌써 실내가 훈훈하게 더워졌다. 불빛을 바라보고 지나온 삶을 반추하다 어느덧 잠이 들었다. 가위 눌리는 것 같은 가슴 답답함에 눈을 떴다.

그녀가 눈을 떴을 때는 가슴팍 위에 억센 사내의 손길이 무자비한 힘으로 억누르고 있었다. 몸을 빼기 위해서 틀어 보았으나 소용없었다. 그렇게 하여 태어난 아이가 영산이다. 어쩌면 그녀는 어머니의 운명의 굴레에서 벗어나려 발버둥쳤지만 어머니의 운명의 굴레에서 한 발자국도 벗어날 수 없었다. 어머니의 무업(巫業)을 물려받지 않으려 하였던 이유도 어머니의 운명의 범위에서 멀어져 보자는 계산이었고 보면 그녀는 어머니의 곁에서 멀어지려 할수록 어머니의 근처에서 서성이고 있는 꼴이 되어버렸던 것이다. 남편이 눈에 띄게 영산을 편애할수록 어쩌면 이미 남편은 모든 것을 알고 있는 것이 아닌가 하는 조바심을 떨쳐 버릴 수 없었지만 그녀가 무덤에 가기까지 가슴속에 묻고 지내야 할 사건이었다.

배는 천천히 장산도를 향하여 미끄러지기 시작하였다. 옹기도 벌써 절반 이상 팔려 나갔다. 이런 추세면 비금도까지 가기도 전에 이미 장을 끝내야 할지 모른다. 오랜만에 나서는 옹기 장사지만 예전에 비하여 빨리 팔려 가는 것이 이상하다.

배도 역풍 한 번 만나지 않고 순풍만 만나서 질주하고 있다. 뱃전을 때리던 물살의 출렁임을 자장가 삼아 뱃전에서 한숨 나른하게 자고 나니 장산도가 가까워짐을 본능적으로 느끼고 영암댁은 자리를 틀어 누웠던 자리에서 일어났다. 잠시 눈을 붙이는 사이 작은 아들이 눈앞에 어른거려서 더 이상 잠을 이룰 수 없었다. 다들 똑똑한 아들 두었다고 부러워하는 눈치지만 큰아들은 일찍 공부를 작파하고 동생 뒷바라지나 하겠다고 이일저일 가리지 않고 부지런을 떤 덕분인지 올 봄은 논도 열댓마지기 늘렸다. 작은아들은 서울에서 아니 우리 대한민국에서 제일이라는 대학에 떡 들어가고 보니 남편만 허무하게 가지만 아니하였어도 그런대로 걱정 근심 없이 살 수 있었을 것이다. 그러나 남편은 가난한 집 넷째아들로 태어나 위로 형들과 똑같이 힘은 장사였지만 워낙 물려받은 재산이 없다보니 가난을 끼고 살아야 했다. 영암댁 친정은 아버지가 그런대로 떵떵거리고 사는 지주집이었다. 아버지는 열두 살에 장가가서 열여덟에 그녀의 오빠를 낳고 스물한 살에 그녀를 낳고 나서 그녀 나이 다섯에 어머니는 돌림병이 들어 돌아가셨다. 아버지 스물여덟의 나이로 다시 처녀장가를 들어 아래로 남동생 둘, 여동생 셋을 생산한 새어머니지만 그녀는 어머니가 새어머니라는 생각은 한 번도 한 적이 없다.

초등학교를 다니다 5학년이 되어 해방을 맞이했고, 새어머니 밑에서 살림을 배우다 지금 남편의 먼 친척 아저씨가 같은 동네에 사는 관계로 남편의 고조부가 성균관 진사였다는 사실 하나로만 중매가 이루어져 얼굴 한 번 보지 못하고 결혼하여 시집살이를 시작했던 것이다.

그러나 시집살이는 고난의 연속이었다. 여름철 보리타작하여 널어놓고 갑자기 소나기를 만나 그녀나 집 식구들이 제각기 할 일이 바빠 미처 비가리를 해놓지 못하면 금방 넘친 물 때문에 보리가 빗물에 둥둥 떠내려가도 비가리를 하는 것이 아니라 처마 아래서 뒷짐 지고 큰소리로

"애야 보리 떠내려간다."

하고 큰소리치는 시아버지를 모시고 층층시하에서 신혼살이를 시작한 것이다. 큰시아주버니는 면사무소 출입한다는 핑계로 일손 하나 거들어주지 않다가 가을걷이 해 놓으면 소달구지에 가마니 가마니 그득그득 실어내서 그 나락 판 돈으로 무엇을 하는지 동생들에게는 코밑을

싹 씻기 일쑤였다.

날이면 날마다 큰시아주버니는 무슨 일을 하는지 모르지만 면사무소 출입이 잦았다. 그 덕에 67~68년 한해가 들 때는 '밀가루 사업'이다 해서 한해 복구비로 저수지 준설하는 일을 맡아 오기도 하였지만 거의가 쓸 데없이 보낸 시간 같았다. 시어머니와 큰동서는 마치 개와 고양이처럼 만나기만 하면 싸웠다. 그래 봤자 곳간 키를 쥐고 있던 큰동서의 일방적인 승리로 끝나고는 했지만 특히 시아버지가 돌아가시고 문간방으로 물러나서는 그렇지 않아도 작던 시어머니의 어깨가 더욱 작아져서 두 다리 사이로 고개를 떨어뜨리고 있던 때가 많았다. 가끔 큰소리가 오간 뒤 고개를 무릎 사이에 끼고 장죽을 물고 담배를 뻐끔거리는 시어머니를 볼 때 너무나 가여워서 큰동서가 여간 얄밉게 보이는 것이 아니었다. 그러면서도 시어머니는 들릴락 말락 한 소리로 한 마디씩 했다.

"너도 더도 말고 덜도 말고 너만큼 한 며느리 만나라."

셋째시아주버니 즉 남편의 바로 위형은 몸이 아프다고 거의 일을 하지 않고 무위도식하는 것 같았다. 그러나 6·25전쟁 중에 군대를 기피하려고 별 수단을 다 쓰다 그렇지 않아도 없는 재산 거의 말아먹고 결국은 군대에 끌려가서 무슨 전투에선가 공을 세워 훈장을 받았노라 자랑이 여간이 아니었다. 막내는 아직 입장가 전이어서 어디로 공부하러 다닌다. 거의 집에 있는 날이 없었다. 그러니 그녀의 남편과 둘째시아주버니가 일을 해서 온 집안 다섯 가구 식구들을 건사하고 있는 셈이다. 그녀도 남편에게 분가할 것을 제의해 보지만 일언지하에 거절당하고 말았던 것이다. 그러나 첫애를 낳고 두마지기 밭을 가지고 분가라고 한 것이 다행이다 싶었다. 애들이 어려서인지 여기저기 품일을 하고 하천답이지만 여섯 마지기 논을 부지런히 건사하여 둘째애를 임신하고 남편이 군대에 갔지만 그녀는 나락을 늘려 저수지 아래 오려는 네 마지기를 장만할 수 있었다. 그러나 그런 행복도 잠깐이었다. 군대에서 제대하고 온 남편은 몇 년을 착실하게 일을 하여 살림 늘릴 궁리는 하지 않고, 남들은 군대에서 사람 되어 온다고 했는데 남편은 그 정반대였다. 군 입대 전에는 형이나 어머니의 말씀에 순종하고 어떻게 보면 좀 어수룩할 만큼 순종파였는데 군대 갔다 온 후로는 술을 밤 새워 마시기 일쑤고 가끔 도박에도 손을 대는 눈치였다. 그렇다고 그녀가 잔소리를 해대면 손찌검까지 했다. 남편은 일에는 아예 남이고 하천답 소출을 가지고 술값 대기 바빴다. 그러나 하천답이 영산강 가에 있어서 5년에 한 번 제대로 수확하기 힘들었고, 대부분 물이 범람하여 거의 껍질만 수확하기 예삿일이었다. 더구나 처서 때 생심하는 때이기에 이때 물에 잠기면 쭉정이도 수확하기는 틀린 일이다. 그러나 어쩌다 요행으로 물을 피하면 소출이 남들 한 마지기에서 석 섬 나오면 장원이라 했는데 그 논에서는 다섯 섬 이상이 나오곤 하였다. 별 거름을 하지 않아도 물이 범람할 때 각종 자양분을 논에 내려놓기에 논이 자연 기름진 땅으로 변한 것이다.

물이 범람하여 온 천지를 물로 덮여 있을 때는 정말 막막했다. 백중사리 때라도 겹치면 5일 이상 물에 곡식을 담가 놓기도 하였다. 나주평야 넓디넓은 들판을 물로 평탄 작업 해놓은 모습은 기가 막힐 따름이다. 위로부터 수박이 덩굴째 둥둥 떠내려 오고 어떤 때는 돼지가 떠내려 오기도 하였다. 그런 잡스러운 것들을 욕심에 두고 건지려다 강 물살에 휩쓸려 희생당한 사람도 없지 않았다.

사람들은 그 와중에서도 한숨 대신 살아나려는 본능적인 몸부림인지 모르지만 긍정적인 모습을 먼저 취하려는 본능이 생겨난 것 같았다.

그러던 어느 해 빗줄기가 주야장천 거세게 일주일 이상 쏟아지던 어느 날이다. 건너 마을 양씨가 도박꾼이라는 사실을 온 동리 사람들이 다 알고 있었다. 그 도박꾼이 정부양곡 수매 매상을 마치고 돈을 찾아 나선 남편을 붙들고 딱 한 잔을 제안했다고 한다.

"에이 나락도 팔았는데 소주 한 잔만 허세!"

그런 제안을 했을 때 좀 약은 사람은 눈치를 채고 빠져 나와야 정상이다. 양씨란 사람은 허우대만 멀쩡했다. 키도 크고 힘이 장사여서 일을 해도 상일꾼의 일을 할 수 있는 사람이다. 그러나 그는 일년 365일 단 하루도 농사일에 손 한 번 까딱하는 일이 없다. 화투판에서 밤을 지새우고는 하기 때문에 항상 눈알에 핏발이 서 있곤 하였다. 근처 동네에서도 그에게 재산깨나 바친 사람이 부지기수이다. 뜻있는 어른들 그를 동네에서 쫓아내려 시도를 했지만 그의 커다란 덩치와 핏발선 눈동자를 대하고는 모두 포기하였다.

남편은 벼를 수매하러 면소재지로 나가서 벌써 3일째 집에 들어오지 않았다. 평소 술을 좀 과하게 먹었다 싶었지만 이렇게 며칠 밤을 새고 돌아오지 않던 남편은 아니다. 아들을 앞세워 수소문하고 다니던 끝에 읍내로 나가는 버스가 서던 정류장이 있는 장승백이 주막 한 쪽 방에서 화투를 손에 쥐고 있는 것을 본 것은 그로부터 이틀이 지나고 난 뒤였다.

남편은 제정신이 아니었다. 며칠 밤을 새워 그런가 보다 하고 겨우 진정시켜 잠을 재우고 나서 보니 남편의 얼굴이 벌써 세파에 많이 찌든 자국이 선명했다. 잠을 깨고 방바닥이 꺼질 것 같던 한숨을 내쉬고 나서 그녀의 채근이 있은 뒤 남편이 털어놓은 이야기는 청천벽력이었다. 남편이 군대 가 있을 때 못 입고, 못 먹고 늘려놓은 저수지 아래 오려논 네 마지기가 며칠 밤 사이에 도박꾼 양씨의 수중에 떨어져 있었다. 그녀는 눈앞이 깜깜했다. 죽고 싶었다. 아니 누구인지 모를 대상에게 살의가 일어남을 느꼈다. 그러나 영암댁은 단념하기로 마음먹었다. 이제 자신이 아무리 발버둥쳐 보아도 별 도리가 없다는 것을 알고 있었다.

남편은 긴 잠에서 깨어나자 마치 정신이 빠진 사람처럼 넋을 잃고 창문 밖을 바라보다 그녀에게 이야기했다. 다시 논을 찾아오겠다며 집문서를 내놓으라고 했다. 한바탕의 회오리가 온 집안을 쑥대밭으로 만든 후 남편은 제 정신이 돌아온 것 같았다.

남편의 이야기는 딱 술 한 잔을 제안하는 양씨의 제안에 술을 좋아하는 그는 술집으로 향했고, 술 한 잔 하다가 장난삼아 화투를 만지게 되었고, 다시 담뱃값 내기, 밥값 내기가 결국은 도박으로 이어졌다. 처음에는 동리 친구니까 하고 시작했다. 그러나 조금 있다가 곁에서 구경하던 얼굴을 잘 모르는 사람들이 끼며 판은 달라졌다. 초저녁에는 좀 땄었다. 자정이 넘어서자 집에 가려고 일어서니 주위 눈치가 험악해지기 시작했다. 그래서 다시 주저앉아 계속했고, 날이 샐 무렵은 다시 나가고, 아침 밥 먹고 잠시 눈 좀 붙이고 따다가 푸다가를 몇 차례 반복하고 나니 눈 네 마지기가 남에게 넘어가더란 이야기다.

영암댁은 이미 엎질러진 물이고 다시 주워 담을 수 없다고 포기했다. 남편에게 잔소리를 해대면 남편 성질에 다시 찾는다고 또 화투판에 다시 갈 것은 안 보고도 알 수 있었다.

남들 보기도 좋은 오려논을 두 눈 뻔하게 뜨고 빼앗겼으니 생각할수록 울화통이 터질 노릇이다. 그러나 남편은 얼마나 환장할 일이겠는가. 재산이야 다시 열심히 노력하여 불려 가면 그만이지만 한 번 정신을 놔버린 남편은 여전히 크고 작은 화투판에 끼었다. 그럴 때마다 식구들 중 어느 누구를 보내도 남편은 말을 듣지 않았다. 한 번은 그녀가 남편들이 앉아 있는 화투판에 인분을 한 쪽박 떠다가 부어버린 일이 있었다. 그러나 남편은 요지부동이었다. 언제든지 자신이 일어나야만 끝나는 일종의 독기였다.

시아버지가 돌아가신 뒤로 따로 분가해서 살면서 생긴 고집이다. 그 전에는 언제든지 주변의 말을 잘 청취하곤 했지만 시아버지 돌아가시고 얼마 안 있어서 큰시아주머니마저 저 세상으로 가고 난 뒤 시어머니는 큰동서와 그렇지 않아도 사이가 좋지 않았는데 같이 살 수 없다 하여 나주 읍내에 사는 둘째아들네 집으로 가고 난 뒤로는 누구나 거리낄 것 없다고 생각한 때문인지 자신의 고집을 부렸다. 누구 하나 남편의 고집을 꺾을 사람이 없다. 딸들을 보내도 아내인 자신이 가도 남편은 자리를 털고 일어나지 않았다. 그러나 아들만은 예외였다. 하도 부려먹은 탓인지 가기 싫다고 떼쓰는 아들 아랫도리를 때려 아버지를 모셔 오라고 보내면 아들은 틀림없이 그 임무를 완수하고는 했다.

그렇게 하여 생각할수록 오지던 논 네 마지기가 넷째, 아들로서는 둘째를 낳고 나서 홀라당 다른 사람 손에 넘기고나니 일어설 힘이 없었다. 그리다 큰아이기 중학교에 들어갈 즈음 시작한 영산강 재첩잡이가 삶을 조금씩 나아지게는 하였지만 그녀 식구의 삶을 윤택하게 해 주기에는 너무도 많은 시간을 기다려야 했다. 영산강 지천에 재첩이다. 섬진강과 낙동강에서 재첩이 난다고는 하지만 그녀도 그쪽에서 가지고 온 재첩을 끓여 맛을 보고는 이게 아니다 싶었다. 섬진강과 낙동강 재첩은 민물이 많은 탓인지 모르지만 조금 비린내가 났다. 그러나 영산강 재첩은 아무런 양념을 하지 않아도 소금에 간을 해서 쪽파를 송송 썰어 넣고 한참을 끓이다 휘휘 저으면 속 알맹이와 껍질이 분리되었고 국물은 뽀얗게 우러나와 마치 소 뼈를 오랫동안 우려낸 빛을 내면서도 맑은 빛을 띠었다. 술을 먹지 않은 식구들도 국거리가 마땅치 않으면 개양조개라고 이름하였던 재첩 국물 한 그릇이면 게 눈 감추듯 밥을 후딱 먹어치울 줄 알았다. 또 알맹이만 따로 걸러서 봄이면 죽순과 함께 초무침을 해 놓으면 반찬은 물론이고 술안주로도 딱 알맞았다.

남편은 힘이 장사여서 다른 사람과 똑 같이 배를 가지고 출발하여도 먼저 목을 받치고 있다가 물때에 맞추어 삼태기를 너덧 개 뱃전에 내려

달고 헝겊을 기워 만든 물빵이란 도구를 물속에다 넣으면 자동으로 밀물과 썰물의 힘에 의하여 삼태기를 끌고 내려갔다. 그러면 완전 모래밭이나 자갈이 깔린 모래밭을 잘 골라 긁어야 재첩이 많이 나오지 순 자갈밭에 들어가면 재첩도 별로 나오지 않을 뿐더러 자갈만 긁어 올리는 결과를 낳고야 말았다.

남편은 그런 자리를 귀신같이 잘 알았다. 흘러가는 물속을 어떻게 알랴마는 육지 쪽의 지형지물로 물속의 지리를 알 수 있다는 것이었다. 그래서 동료들의 시샘을 받곤 했었다.

그러던 어느 날이었다. 아이들을 앞세우고 그녀는 남편이 잡아온 재첩을 선별해서 포장할 요량으로 선창에 나갔다. 평소 남편은 겨우 돈을 얻어 장만한 뱃전에 물이 넘실거릴 정도로 재첩을 가득 잡아오곤 했었다. 그러나 그날은 다른 동료들은 모두 배를 끌고 왔는데 남편만 오지를 않았다. 밤이 한참 깊어지고 힘들게 노를 저어 나타난 남편의 온몸은 땀투성이었다. 나중에 들은 그녀의 남편 이야기는 그날도 평소와 다름없이 광주양반, 연하양반 등 동네 친구들과 같이 출발하여 재첩을 잡는데 그녀의 남편은 계속 잘 나오는데 다른 친구는 계속 자갈만 긁고 있었다. 그래서 친구 사이인 그들은 농지거리를 하다가 왜 나는 자갈만 나오는데 바로 곁에서 하는 자네는 조개만 나오느냐고 하니까 그녀의 남편 영암양반은 경운기 엔진을 개조해서 달아 동력선을 가지고 있는 광주양반에게 '자네는 알려줘도 몰라. 난 물속이 훤하게 보이네!' 하고 객쩍은 농담 한 마디 하다가 광주양반 비위짱을 긁어놓았는지 평소에는 철수할 때 동력선에 연결해서 같이 끌어주어 쉽게 왔는데 그녀의 남편만 놔두고 가버려서 그냥 직접 노를 저어 오느라 늦었다는 것이다. 속으로 화가 났지만 어쩔 수 없는 노릇이었다.

- 계속 -

기획

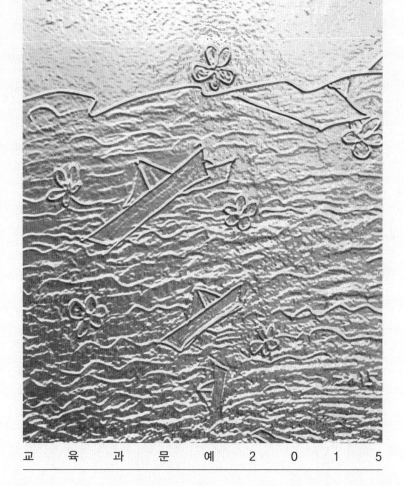

교 육 과 문 예 2 0 1 5

■ 기획

나와 『민중교육』지 사건

— '착한 선생님'이 '교육운동가'로

송대헌

교육전문잡지 「민중교육」 발간

'교육운동'이라거나 '교사운동'이라는 말이 없던 시절, 1980년으로부터 5년이 지난 그때, 학교 현장은 정말 팍팍했다.

초임발령 받은 후 첫 교무회의에서 교무선생이 처음 발표한 내용은 '대통령각하 지시사항'이었다. 당시 전두환이 이곳저곳을 다니면서 한두 마디 던지면 부하들은 그걸 적어서 전국의 학교로 보냈다. 그리고 교사들에게 그걸 받아 적어서 학급 조회시간에 훈화를 하라고 지시하고, 그 발언록을 '대통령각하 지시사항철'로 묶어 보관했다. 전두환이 '선진 조국 창조'라는 말을 만들어내자, 학교마다 '선진교육'이라는 현판이 붙었다. 교육은 정권의 선전수단이었다.

한편, 1980년을 겪은 교사들의 작은 움직임이 이곳저곳에서 움트기 시작했다. 몇몇 교사들이 YMCA에 작은 모임으로 모였다. 'YMCA 중등

교육자협의회'라는 모임이 있고, 문학하는 교사들은 동인으로 모였다. 대전과 충남지역에는 「삶의 문학」이라는 문학동인 모임이 있었다.

당시에 각 지역의 문학동인 중에는 교사가 참 많았는데, 「삶의 문학」에도 사립학교 국어선생들이 많았다. 이은식, 김영호, 류도혁, 김홍수 선생 등 한남대학교 국문과를 중심으로 충남대학과 공주사대 출신들이 몇몇 참여해서 「삶의 문학」이라는 무크지를 출간했다.

무크지란 잡지(Magazine) + 책(Book)를 묶어서 만든 비정기 간행물을 뜻했다. 전두환 정권 아래에서는 정기간행물 등록이 아예 되지 않거나 된다고 하더라도 창간호만 내도 바로 그 내용을 트집 잡아서 정기간행물 등록을 취소하기 때문에 정기간행물로 등록해서 잡지를 낸다는 것은 불가능한 상황이었다. 그래서 단행본을 발간하면서 형태는 잡지 형태를 띠는 편법을 사용했다. 그냥 책 제목이 『민중교육1』, 『민중교육2』로 단행본을 발간하는 것이다. 『삶의 문학』이라는 동인지 역시 무크지 형태로 출간되었다.

한편 서울지역에서는 「5월시」라는 문학동인이 김진경, 윤재철, 고광헌 선생 등 교사들이 주축이 되어 활동하고 있었다. 이 교사들이 주축이 된 문학동인들이 1985년 초에 동학사에 모여서 교육에 관한 책을 내기로 합의하면서 『민중교육』이 만들어졌다.

대전충남지역에서는 그 동안 써놓았던 원고들을 모았다. 쌘뿔여고 강병철 선생은 「비늘눈」이라는 소설을 내고, 안면중학교 조재도 선생은 「무엇을 가르칠 것인가」 등 시 4편을 실었다. 그리고 경북에서 교사생활을 했던 나는 대전 성남동 민중교회에서 했던 '민중야학'에 관한 「야학일지」라는 글을 실었다. 그리고 논산 기민중학교의 황재학 선생과 서산 팔봉중학교의 전인순 선생은 학생들이 쓴 글을 기고하였다.

눈에 띄는 글로는 충북 영동중학교 민병순 교장선생님의 교단일기다. 「침해당하는 교권」과 「여교사의 야간동원」, 「인심 없는 학무과장」
이라는 글이 실렸다. 부여 외산중학교에 근무하던 전무용 선생의 부친
이 교장선생님이었고, 민교장선생님과는 잘 아는 사이였다. 이 민교장
선생님이 오랫동안 교단일기를 써왔다는 것을 소개받은 전무용 선생
이 민교장신생님을 찾아가 부탁을 해서 받아온 원고가 바로 그 교단일
기다.

민교장선생님은 박정희 독재정권 아래서도 교육자로서의 양심을 버
리지 않은 선비 같은 분이셨다. 대통령 경호실에서 강당을 사용하겠다
고 해도, 학생들의 교육을 위한 시설이라고 하면서 내어주지 않았던 분
이다.

이렇게 충청지역의 원고가 모아져서 책으로 나온 것이 그해 6월경이
었다. 당시 교육문제에 대한 번역서는 있었으나 우리나라 문제를 분석
하고 토론한 책이 없던 시절에 교사들의 생생한 글이 실리면서 꽤 잘나
갔던 것으로 알고 있다.

엄청난 탄압 – 구속 파면 사태로

책이 나온 지 얼마 지나지 않은 1985년 6월 25일. 여의도고등학교 김
재규 교장이 『민중교육』이 불온하다며 서울시교육위원회(당시는 교육
청을 교육위원회로 불렀음) 학무국장에게 책을 전달하고, 학무국장 이
해준은 집필자와 좌담 참석교사의 인적사항을 파악하도록 하면서, 시
교육위원회 안기부 출입조정관에게 내용 검토를 의뢰하였다. 이렇게 『
민중교육』사건이 시작되었다.

7월초부터 서울지역 교사들이 교육위원회(지금은 교육청)로 불려가
기 시작하고, 경찰서에 연행되어 조사를 받기도 했다. 7월 19일 열리기

로 했던 출판기념회를 경찰이 봉쇄하였다. 뒤에 들은 바로는 출판기념
회가 '민중교육연구회' 발족식을 위장한 것이라는 정보에 의해서 그렇
게 극렬하게 반응했다고 한다.

7월 24일 당시 문교부(지금의 교육부)의 요청으로 KBS와 MBC 9시 뉴
스에 『민중교육』의 내용이 삼민투(민족 통일, 민주 쟁취, 민중해방을 위
한 투쟁 위원회, 전국학생총연합 ― 전학련의 산하조직)의 주장과 유사
하다는 내용의 보도가 있었다. 당시 방송은 정권의 나팔수 역할을 충실
해 해내던 시절이었다. 문교부가 교사들에 대한 징계를 시작하기 전에
여론을 만들어내기 위한 선전전의 하나였다.

7월 26일 저녁 학교에서 빨리 들어오라는 급한 연락이 왔다. 방학을
하고 쉬고 있던 나는 급하게 학교로 갔다. 학교에는 교장과 교감이 긴장
된 표정으로 나와 있고, 어두운 운동장으로 검은색 자동차 2대가 전조
등을 켜고 들어왔다.(당시에는 자가용이 무척 드물었다. 한 학교에 한
대도 없는 경우가 많았다).

경상북도 교육청(이하 교육청으로 통일)에서 온 장학관 등 간부들이
헐레벌떡 뛰어 들어왔다. 교장실에서 교육청에 있는 교육감과 직접 시
외전화를 연결해 놓고 이곳 상황을 전달하고 있었다.(당시 경북 부석면
에는 다이얼식 전화기가 없었다. 수화기를 들고 손잡이를 돌리면 면단
위 교환원이 전화를 대주는 방식이었다). 그날 밤 영주시내 여관으로 가
서 밤새 조사를 받았다.

다음날 오전에도 자신을 영주경찰서 경찰관이라고 밝힌 사람에게 조
사를 받았다. 그런데 그 사람을 영주경찰서에서 본 적이 없다. 후에 생
각해보니 안기부 담당자로 생각된다.

7월 31일 서울시교육청이 해당교사 파면 등 중징계 방침을 시달하고,
각 지역별로 징계절차에 들어갔다. 일단 권고사직 형태로 사표를 받고,

거부하면 파면 등 중징계를 내리는 것으로 지침이 만들어졌다.

8월 1일부터 각 지역별로 사직강요가 있었다. 민교장선생님은 충북교육청으로부터 사직을 강요받고 사표를 내셨다. 하지만 나머지 교사들은 차라리 징계를 하라고 버티고 있었다. 그런데 공교롭게 충청지역의 관련자 중에서 아버지가 학교장인 교사들이 많았다. 이런 경우는 당사자에게 사표를 강요하는 것이 아니라 아버지인 교장을 불러다가 사표를 강요했다.

8월 4일에는 KBS와 MBC에서 또 『민중교육』지에 대한 왜곡된 보도가 있었다. 8월 6일에는 KBS와 MBC에서 「민중교육, 당신의 자녀를 노린다」라는 제목의 특집방송이 있었다. 당시에는 시국사건이 있으면 꼭 그런 식의 특집방송을 했다. 검은 바탕에 음산한 음악을 틀어놓고 책을 탁던져 넣은 그림. 이른바 '문제되는 내용'이라는 것에 빛을 비추고 붉은색 펜으로 밑줄을 그어나가는 식의 편집. 사람의 그림자만 보이게 해서 인터뷰를 하는 등, 한편의 괴기 공포물을 만들어 냈다.

같은 날 여의도고등학교 학생들이 항의벽보를 붙이고 집회를 시도하는 등 심상치 않은 움직임을 보였다. 이 사건을 계기로 관련 교사들이 재직하는 학교에는 학생들의 동향에 대한 점검이 있었다.

한편 『민중교육』지 관련자로서 징계 대상자의 수가 점점 늘었다. 처음에는 필자로 참석한 15명이던 것이, 학생작품을 실었던 교사들이 포함되고, 대학생 신분으로 좌담에 참석했다가 바로 교사발령을 받은 교사가 포함되고, 나중에는 민병순 교장선생님 원고를 편집담당자에게 전달하는 심부름을 했던 전무용 선생까지 『민중교육』지 관련자로 포함되어 모두 20명이 파면 대상자가 되었다.

각 학교별로 사직강요가 먹히지 않자, 이번에는 국가보안법 사건으로 엮기 위해서 교사들을 연행하기 시작했다. 8월 9일 새벽 6시경 각 교사들의 자택이나 하숙집으로 형사들이 들이닥쳤다. 나는 미리 예상을 하고 있었기 때문에 놀라지는 않았다. 차분하게 영주경찰서로 연행되어 조사를 받았다.

이 조사를 통해서 김진경 선생과 윤재철 선생(두 교사 모두 대전고등학교 출신)이 국가보안법으로 구속되고, 실천문학사의 송기원 씨가 역시 국가보안법으로 구속되었다. 나머지 교사들은 대부분 구류를 살았다. 나 역시 구류 10일을 살았다.

대부분 경찰서 유치장에서 구류되어 있는 동안 징계위원회에서 파면을 당하였다. 아버지가 교장인 교사들은 버티다 못해 사표를 내기도 했다. 이렇게 20명의 교사가 모두 학교에서 쫓겨났고, 2명의 교사는 국가보안법 위반혐의로 구속수감되었다.

해직 이후의 활동

분단시대의 한국교육에 대해서 논한 글이 없던 시절에 현직 교사들에 의해서 그런 책이 만들어진다는 것은 매우 뜻 깊은 것이었다. 교육문제를 교사들이 공개적으로 논의하는 출발이 될 수 있기 때문이다. 하지만 책을 출간하면서 그 파장이 그렇게 엄청날 것이라고는 생각하지 않았다. 어느 정도의 마찰은 예상했지만, 해직을 각오하고 글을 쓰고 책을 편집하지는 않았다는 말이다. 그래서 사건 초기 글을 실었던 교사들은 매우 당황할 수밖에 없었다. 이런 일을 처음 당하는 교사들이 어떻게 대응하여야 하는지를 제대로 알지 못했다. 사건에 대한 정보 역시 언론보도를 통해서 자신의 징계를 알게 되는 경우도 허다했다.

안면중학교의 조재도 교사는 방학이 되어 시외버스 터미널에서 버스를 기다리다가 텔레비전에 눈에 익은 시에 붉은색 밑줄이 그어지는 것

을 보고서야 자신의 상황을 처음 알게 되었다. 8월 4일이 되어서야 모임
을 갖고 8월 6일 첫 번째 관련교사들의 입장발표가 있었다.

민중교육지 관련자들은 '투사'라고 이름 붙이기에 적당한 사람들이
아니었다. 그저 '양심적인 교사'라는 것이 정확한 표현이다. 그냥 잘못
한 것이 없으니 사표를 거부하고, 차라리 징계를 하라고 버틴 것이다.
학교 현실을 그대로 적은 것뿐인데 그것이 어찌 좌경용공이냐고 항변
했을 뿐이다. 다만 예기치 못한 탄압에 직면해서 온 힘을 다해서 버틴 것
이고, 그 힘은 '나 잘못한 것 없다'에서 나왔다.

나는 그때 내가 원하지는 않았지만 역사의 한 전선에 우연히 서게 되
었음을 직감했다. 그리고 내가 한 발 후퇴하는 것이 내가 담당한 전선의
한 발 후퇴라고 생각했다. 앞으로 전진할 수 없으면 그냥 버티기라도 하
자고 자신에게 다짐했다. '투사'는 태어나는 것이 아니라 되어 가는 것이
다. 자신이 직면한 상황에서 여러 선택을 하게 될 때, 이익보다 올바름
을 선택하는 것이 '투사'가 아닐까 하는 생각을 해본다.

그렇게 해직된 20명의 교사들은 '할 일'이 없었다. 사무실이 없어서 다
방에서 만났다. 앞으로 뭘 할 것인가에 대해서 답은 없었다. 조직도 없
고, 대중도 없는 상태. 조직을 만들어가야 하고, 대중을 만들어가야 하
는 상황. 새로운 일을 찾아 떠난 사람도 있고, 여전히 학교 주변을 맴돌
면서 교사들을 만난 사람도 있었다. 해직된 다음해인 1986년. 몇 명은
학원강사로 취직을 했다. 당시 학원강사는 학교 교사보다 월급이 높았
다. 나는 대전의 종로학원에 수학강사로 취직을 하고, 미리 1년 전에 '의
식화교육'이라는 이유로 해직되었던 최교진 선생은 대성학원에 취직을
했다. 학원에서 받은 돈으로 성남동 산비탈에 조그만 사무실을 열었다.
당시 유영소 목사님의 민중교회가 성남동에 있었는데 그 위쪽 골목길
가 1층에 모임터를 만들었다. 이것이 최초의 교육운동 관련 사무실이(

서울에는 그로부터 몇 개월 뒤에 사무실을 열었다).

그로부터 최교진 선생, 조재도 선생 등 공주사대 인맥을 타고 충청지역의 교사들을 만나기 시작하고, 현장교사들의 뒤치다꺼리를 시작했다. 5·10 교육민주화선언에 이어 충청지역 교육민주화선언을 조직한 것도 그 사무실이다.

이후 대흥동에 위치한 빈들감리교회(정지강 목사)의 지하로 이사를 갔다. 그 사무실은 1층 예배당을 가끔 사용할 수 있어서 좋았다. 충청 교육민주화 선언 이후 벌어진 여러 교사탄압에 대응하는 활동, 신풍중고 등 사립학교 민주화투쟁, 대전충남지역에서의 연대활동을 했다. 1986년 9월에는 '충청민주교육실천협의회'라는 조직을 발족시키고 공식적인 활동에 들어갔다.(우리는 '충청민교협'이라고 불렀다)

제자와 함께 참여한 6월항쟁

다음해인 87년에는 박종철 군의 사망사건 이후 벌어진 민주화운동에 한 축을 담당했다.(우리끼리 농담으로 당시 YMCA 건물 높은 층에 있었던 국민운동본부는 올라가면서 운동해야 한다고 '운동단체'라고 했고, 우리는 빈들교회 지하에 있다 하여 '지하단체'라고 불렀다).

1987년 6월 투쟁에서 우리들은 선전활동을 담당했다. 몰려드는 군중들에게 나누어줄 유인물이 없었다. 그래서 '선동은 있으나 선전이 없다'는 판단 하에 해직교사들이 선전을 담당했다.

1986년 종로학원 우리 반 제자들이 대학 1학년이 되어 시위현장에서 만났다. 그 학생들을 통해서 학원 제자들을 모아보니 10여 명이 모였다. 이 제자들이 아침 일찍 사무실에 모이면 내가 선전문을 작성해서 나누어주고, 이들은 그것을 전지에 옮겨 적었다. 대자보가 대략 30~40장은 만들어졌다. 오후 5시까지 작업을 하면 각자 종이가방에 대자보와 테이프, 칼을 넣고 시위대열을 따라다니면서 곳곳에 대자보를 붙였다. 이 대자보는 당시 투쟁의 방향과 정보를 제공하는 데 커다란 역할을 했다.(이 대자보를 나와 종로학원 제자들이 만들었다는 것을 아는 사람은 거의 없다. 사제동행이라는 것이 이걸 두고 하는 말인 듯하다. 그들 중에 이후 교사운동에서 중요한 역할을 하는 제자도 있다. 그 대자보 문구 중에 '우리는 전두환 씨를 대통령으로 뽑은 적이 없습니다'라는 구절이 있었다. 사람들은 '씨'자를 북북 지우고, 대신 '놈'자를 적어놓았다.).

한편 해직교사들이 학원에서 받은 보수가 운동판으로 흘러들어간다는 정보가 있었는지, 1987년에는 대부분 해직교사들이 학원에서 해고되었다. 내가 있던 종로학원에도 안기부 담당자가 뻔질나게 드나들면서 결국 나도 해고되었다. 학원 원장이 내 손을 잡고 무척 미안해했던 기억이 난다.

사실 당시 돈 버는 사람이 거의 없던 운동판에서 후배들이 찾아와 유인물 인쇄비가 없어서 인쇄물을 찾지 못하고 있다고 하소연하면 가불해서 그 돈을 줄 수밖에 없었다. 현직 교사의 두 배쯤 받았지만 집으로 가져가는 돈은 거의 없었다.

교사 대중운동 지원 활동

87년이 되면서 현장교사들의 움직임은 더욱 활발해졌다. 이를 지원하기 위해 충청민교협에서 소식지를 만들어냈다. 이것은 남녘출판사에 근무를 했던 전인순 선생이 있었기 때문에 가능했다. 충청지역 교육운동 안에서 처음으로 소식지를 나누어줄 수 있게 되었다. 지금과는 달리 그때에는 소식과 정보를 전달한다는 것이 쉽지 않았다. 그래서 소식

지의 역할은 매우 중요했다. 이런 노력으로 그해 가을에 '교사협의회'라
는 교사조직이 출범했다. 4·19 교원노조 이후 최초의 교사대중조직이
건설된 것이다.

1987년 시민항쟁 이후 해직교사의 복직문제가 거론되기 시작했다.
하지만 6·29가 갖는 한계처럼 해직교사의 복직문제는 잘 풀리지 않았
다. 문교부는 시도교육청에 임용권이 있다고 하고, 시도교육청은 문교
부의 지침이 없다고 떠넘겼다. 사실 문교부가 복직을 거론하였지만 해
직교사들의 복권이 이루어지지 않았기 때문에 복직 자체가 불가능한
상황이었다. 복직을 요구하는 시위와 농성으로 연행되고 구속되는 상
황이 반복되었다.

정권은 『민중교육』 사건을 통해서 학교현장에 대한 이념통제를 더욱
강화하려 하였다. 그리고 당시 대학의 저항적 분위기를 완전히 진압할
수 있는 '학원안정법'을 제정하는 계기로 삼으려 했다. 초중고등학교에
는 거의 매일처럼 이념교육에 대한 강화, 학생동향 파악, 문제교사 동향
파악 등의 지침이 시달되었다. 뜻있는 교사들은 몇 번씩 교장실로 불려
들어가야 했다. 이처럼 교사들에 대한 대대적 탄압을 통해서 교사들의
움직임이 잠시 주춤하는 듯하기도 했다.

『민중교육』 사건 이후, YMCA중등교육자협의회나 글쓰기연구회 등
에 대한 탄압으로 탈퇴하는 회원이 생기기도 했다. 하지만 전국 구석구
석에 흩어져 있던 뜻있는 교사들이 제 발로 걸어 교사모임에 참여하기
시작하고, 각 지역별로 모임을 결성하는 계기가 되었다.

그래서 『민중교육』 사건 이듬해에 교사들에 의한 '교육민주화선언'이
전국적으로 발표되었다. 이에 대한 탄압으로 윤영규 선생님을 비롯한
해직교사가 또 발생했다. 이런 해직교사들이 상근간사 역할을 하여 다
음해인 1987년에는 교사협의회가 발족되었고, 결국 2년 뒤에 '전국교직

원노동조합'이 창립되었다. 탄압이 가해질수록 교사들은 더욱 강고하게 모였다.

나는 1987년 12월 대통령선거를 앞두고 대구고등법원에서 『민중교육』 관련 파면처분취소소송에서 승소하였다. 그리고 다음해 1988년 9월에 대법원에서 다시 승소확정판결을 받고 복직하였다. 전두환과의 싸움에서 난 이겼다.

복직 그리고 또 해직, 교육운동과 함께

대부분의 해직교사가 다시 교단으로 돌아간 것은 1988년 여름이다. 그러나 1988년에 복직한 많은 복직교사들이 바로 다음해 1989년 전교조 가입을 이유로 다시 해직되었다. 1년 남짓한 복직생활을 접고 다시 기나긴 해직교사로서의 삶을 살았다. 그리고 다시 복직되었다가 이후 교육민주화, 사회민주화 운동과 관련하여 다시 해직된 교사도 몇 명 있다.

『민중교육』 사건이 일어난 지 30년이 지났다. 당시 엄청난 상황에 직면해서 어찌할 바를 몰라서 허둥댔던 교사들은 이후 자신이 서 있는 자리에서 한발 한발 앞으로 나갔다. 그러면서 '착한 선생님'에서 '교육운동가'로 변해갔다. 그리고 그들이 앞서 걸었던 발자국을 따라 교육민주화 운동은 전진했다.

■ 기획

『민중교육』30년, 그 이후

박일환

1.

책꽂이를 뒤져 낡은 책 한 권을 꺼내듭니다. 책 뒤에 1985년 5월 1일 초판 인쇄, 1985년 5월 20일 초판 발행이라고 표시되어 있으니, 올해로 꼭 30년이 된 책이로군요. 바로 『민중교육』이라는 제호를 달고 있는 교육 무크지입니다. 책 한 권이 역사적 의미를 띠는 경우가 종종 있는데, 『민중교육』 역시 그런 책 중의 한 권입니다. 『민중교육』을 기점으로 교육운동이 하나의 변곡점을 그리게 되었다는 평가를 받고 있으니까요.

4·19혁명 직후에 교원노조 운동이 급물살을 타며 대중운동으로 타오르다 5·16 쿠데타에 의해 날개가 꺾인 후 교사들을 주체로 한 운동은 오랜 잠복기를 거치게 됩니다. 진보적인 시각을 가진 교사들을 중심으로 이런저런 소모임들이 존재하긴 했으나 본격 운동체라고 하기에는 한계가 있었지요. 그러다가 유신 체제가 끝나고 1980년대로 접어들면서 운동 세력들의 확장이 일어나고, 다양한 운동론이 펼쳐지기도 합니

다. 한편 한국 사회의 모순을 타파하기 위한 대중운동이 분출하면서 교육 부문에도 알게 모르게 그런 움직임들이 일어나기 시작합니다. 그런 모습이 구체화된 계기가 바로 『민중교육』사건이었던 셈입니다.

사실 지금의 시점에서 살펴보면 책의 내용 자체는 그다지 불온(?)하지도 않았습니다. 아래 〈책머리에〉에 나와 있는 저 정도의 수준을 가지고도 학교에서 파면을 당하고 감옥에 가야 하는 시절을 우리는 거쳐 왔던 거지요.

"우리는 교육을 보는 관점이 근본적으로 바뀌어져야 한다고 본다. 하나의 인간, 하나의 시민이기 이전에 교사이며 학생이어야 한다고, 그래서 교육자이기 때문에, 피교육자이기 때문에 시민으로서의, 인간으로서의 권리가 유보되어도 좋다는 논리를 우리는 단연코 거부한다. 이러한 논리는 대한민국의 국민이기 때문에 시민으로서의, 인간으로서의 권리가 유보되어야 한다는 독재의 논법, 개발도상국의 일하는 사람이기 때문에 인간으로서의 권리가 유보되어도 좋다는 독점의 논법에 다름아니다. 우리는 이렇게 인간을 어떤 목적에 따라 희생되어도 좋다고 보는 도구적 인간관을 깨뜨리고 교사와 학생들이 인간의 질적인 측면, 주체적 측면을 회복하는 데서부터 우리의 교육이 다시 출발해야 한다고 생각한다."

책을 낸 교사들도 처음에는 그렇게 큰 문제로 비화하리라고는 생각지 못했을 겁니다. 하지만 문교부의 조사가 시작되고 사건이 검찰로 넘어가면서 연일 신문에 대서특필되자 상황은 급변했습니다. 80년대의 대표적인 공안사건의 하나가 되어버린 거지요. 당시의 신문기사는 다음과 같이 문교부의 발표 내용을 전하고 있습니다.

문교부는 이 날 「민중교육의 내용 분석 및 평가」를 통해 이 책의 내용을 구체적으로 ▲용공계급투쟁 시각에 의한 교육분석, 서술 ▲반공교육에 대한 공격과 왜곡, 북괴와의 대적상황을 비방 ▲반미(反美)감정 선동 ▲올림픽 개최의 비방 ▲계급의식 고취와 자본주의 체제 부정 등 5개 항목으로 분류했다.

  －경향신문, 1985.8.5.

  요즘 말로 하면 '종북몰이'가 시작된 셈입니다. 교육계에도 드디어 좌경용공 세력이 침투했다는 식의 발표는 대중들의 눈길을 끌기에 충분했지요. 결국 필자로 참여한 교사들이 모두 학교에서 쫓겨나고 책을 낸 〈실천문학〉은 강제폐간을 당합니다. 출판사 주간인 송기원 시인과 김진경, 윤재철 두 명의 교사는 감옥으로 향해야 했고요.

  하지만 애초에 교육운동의 싹을 잘라버리고자 했던 정권의 의도는 크게 빗나가고 맙니다. 교단에서 쫓겨난 교사들이 〈교육출판기획실〉을 만들어 교육출판 운동을 펼치고 〈민주교육실천협의회〉를 만들어 본격적인 교육운동에 나서게 되었으니까요. 그리고 다음 해에 역사적인 교육민주화선언이 이루어지게 됩니다. 이어서 전국교사협의회 건설과 전교조 결성으로 이어진 역사적 흐름은 우리가 익히 아는 사실입니다. 결국 정권의 탄압이 대중적인 교육운동의 발판을 만들어준 셈이라고 해도 크게 틀린 말은 아닐 겁니다. 물론 교육모순이 심화된 상황과 각 부문별로 터져 나오기 시작한 대중운동의 흐름이 밑바탕에 깔려 있었음은 분명하지요.

  2.

  그로부터 30년, 무엇이 얼마나 달라졌을까요? 1989년에 참교육을 앞세우며 출범한 전교조는 한동안 국민들의 지지 속에 세를 넓히며 교육 민주화 운동에 많은 기여를 했습니다. 눈에 띌 만큼 학교 현장이 변화했고, 1999년의 합법화 이후에는 10만에 가까운 조합원을 거느리기도 했지요. 하지만 그 이후 서서히 하향곡선을 그리면서 지금은 정권과 법외 노조 여부를 둘러싼 힘겨루기를 하고 있는 상황입니다. 국민들의 지지도 예전 같지 않은 상황이라 고립된 섬과 같은 처지에 놓여 있기도 합니다.

그렇게 된 데는 교육 부문까지 불어 닥친 신자유주의의 바람이 워낙 거센 탓도 있지만, 그에 대한 대응책을 제대로 마련하지 못한 교육운동 세력의 책임도 가볍지는 않습니다. 초창기에 많은 이들의 마음을 사로잡았던 '참교육'의 이념은 여전히 추상을 벗어나지 못한 상태이고, 갈수록 이익집단의 성격만 두드러져 보이는 게 지금 전교조가 처해 있는 모습입니다. 어느 순간부터인가 교육운동이 대중의 바다로 나아가지 못하고 운동권만의 틀에 갇혀 버렸다는 비판에 제대로 된 대꾸를 내놓지 못하고 있는 형국입니다.

처음에 『민중교육』을 만든 사람들이 그런 제호를 사용했다고 해서 '민중교육'이라는 낱말에 특정한 이념을 담아낸 것은 아니었습니다. 부제가 '교육의 민주화를 위하여'였고, 좌담이나 여타의 글에서도 민주, 민중, 민족교육과 같은 개념들을 두루 쓰고 있는 것으로 보아도 그렇습니다. 『민중교육』을 만든 이들이 특정 이념으로 뭉친 그룹은 아니었다는 얘기지요. 다만 당시에 폭넓게 쓰이고 있던 '민중'이라는 낱말을 끌어다 썼을 뿐이라는 게 바른 해석일 겁니다. 그러다가 전교조를 결성하면서 '민족·민주·인간화교육'이라는 개념을 정립하고, 이를 뭉뚱그려 '참교육'이라는 말로 부르기 시작합니다. '참교육'이라는 낱말은 그 자체로 흡입력을 가지고 있었지만, 그 안에 구체성을 담아내지 못하면서 이제는 '

참교육 실현'이라는 구호조차 시들해져 버리고 말았습니다.

　　세월호 참사 1주년을 얼마 앞두고 세월호 유가족들이 '쓰레기 시행령'을
받을 수 없다며 삭발까지 하고 격렬하게 싸우던 지난 4월초, 전교조 지도부
가 '삭발'했다는 뉴스를 듣고 이계삼은 '아, 드디어 전교조가 세월호 시행령
반대 투쟁에 동참하는구나' 싶어 반가웠다가 삭발의 이유가 '공무원연금 개
악 저지'였다는 것을 알고 몹시 울적했다고 했다. "전교조 안에서 우리나라
교육을 변혁하는 에너지가 나오기는 힘들 것 같다는 생각을 했어요."

　　　　　　　　　　　　　　　　　　　　　　　　　－한겨레신문, 2015. 5. 22.

　전교조가 자신들이 하는 활동과 노력에 비해 과도하게 비판을 받는
측면이 있기는 합니다. 그럼에도 전교조의 행보에 대해 우려하는 시각
이 점차 늘어가고 있는 모습을 위 기사에 나온 이계삼 선생님의 말에서
도 그대로 느낄 수 있습니다. 정권과 우익진영에서는 여전히 전교조를
불온한 집단으로 보고 있지만, 시대가 요구하는 제대로 된 불온성을 과
연 전교조가 견지하고 있는지 의아스러운 형편입니다. 오히려 중산층
의 이해관계에만 기반을 둔 운동 쪽으로 기울고 있다는 비판이 제기되
기도 합니다. 방향도 모른 채 너무 오래도록 걸어온 탓에 지쳐 있는 말
과 같은 처지에 놓여 있다고 하면 지나친 말일까요?

　『민중교육』 발행 30년, 하지만 어느 곳에서도 이를 기념하는 모임이
나 행사를 가졌다는 말을 듣지 못했습니다. 30년이라는 사실을 기억하
는 이도 드물지요. 어디선가 기념행사를 가지려다 사정상 그만두었다
는 얘기를 얼핏 듣긴 했습니다. 그럼에도 그냥 지나쳐 간다는 건 그만큼
그때의 정신과 멀어졌거나 괴리되고 있다는 사실을 반증하는 게 아닌
가 싶습니다. 시대의 엄혹함을 뚫고 나가고자 했던 그때의 정신을 되살

리지 못하는 한, 『민중교육』의 흐름을 이어받아 교육운동의 주류를 이루고 있는 전교조가 제 자리를 찾기는 힘든 게 아닌가 하는 생각을 떨칠 수 없습니다.

'무엇을 잇고 무엇을 다시 세울 것인가' 하는 질문을 새롭게 해야 할 때입니다. 그렇시 못하면 『민중교육』 30년은 단순히 숫자로만 남거나 죽은 역사로 기록되고 말 것입니다. 지금의 학교 교육이 〈책머리에서〉에서 지적한 '도구적 인간관'에서 얼마나 벗어나 있는지를 생각하면 여전히 멀리 걸어오지 못했음을 고백할 수밖에 없습니다.

3.

이 지점에서 '참교육'이라는, 알맹이 없는 허울뿐인 개념보다는 차라리 제대로 된 시민을 길러내기 위한 '시민교육'과 같은 개념이 더 현실에 부합하는 게 아닌가 하는 생각을 합니다. '민중교육'이라는 저 80년대의 구호를 넘어 지금 이 시점에서 시급한 교육내용이나 교육과정이 무엇일까를 고민해보자는 거지요. 가령 경기도 교육청에서 개발한 '더불어 사는 민주시민' 교과서가 하나의 사례가 될 법합니다. 경기도에 이어 진보 교육감이 당선된 여러 교육청에서 이 교과서를 공동으로 사용하기로 했다는 소식은 민주시민을 길러내기 위한 교육의 확산 가능성을 엿보게 합니다.(이에 반해 전교조의 교과모임이 대안교과서 발행을 꿈꾸며 국어교과서를 만들기도 했으나 이후 그 성과를 이어받지 못하고 흐지부지되면서 지금은 대부분의 활동가들이 출판사로 들어가 그들의 교과서를 만들어주는 일을 하고 있습니다.).

1987년 이후 절차적 민주화가 상당 부분 진행되었다고는 하지만 아직 내용적 민주화까지는 갈 길이 멉니다. 오히려 후퇴하고 있는 것이 아닌가 하는 우려가 나올 정도입니다. 따라서 제대로 된 '민주시민 교육'

이야말로 절차적 민주화를 넘어 진정한 민주화를 이루기 위한 도정에서 꼭 필요한 교육과정이라고 할 수 있습니다. 나아가 올바른 노동교육 역시 교육과정에 포함될 수 있도록 하는 것도 중요합니다. 최소한 노동3권의 의미와 노동관련법의 기초적인 법조문이라도 교실 안에서 가르칠 수 있어야 합니다.

어떤 일이든 정해진 단계를 건너뛸 수는 없는 일입니다. 역사나 사회의 발전 과정을 돌이켜 보면 그런 경우를 어렵지 않게 찾아볼 수 있습니다. 1980년대의 민중 개념 역시 마찬가지입니다. 제대로 된 시민도 길러내지 못한 상황에서, 민중을 중심으로 한 교육이나 권력을 이야기하는 것이 운동의 선명성을 드러내는 데는 유효했을지 몰라도 현실 부합성이라는 측면에서는 조급했다는 판단을 내릴 수도 있을 겁니다.

'민중교육'은 역사의 산물입니다. 그 시대가 요구하는 측면이 분명히 있었다는 거지요. 다만 30년이 지난 지금 이 시점에서 당시의 개념과 인식을 그대로 되풀이할 수는 없다는 것도 자명한 사실입니다. 무엇을 어떻게 뛰어넘을 것인가에 대한 고민이 필요하고, 그러기 위해서라도 당시의 『민중교육』을 다시 읽어내야 합니다. 교육운동에 몸담고 있는 이들의 분발을 기대합니다.

함께 읽는 글

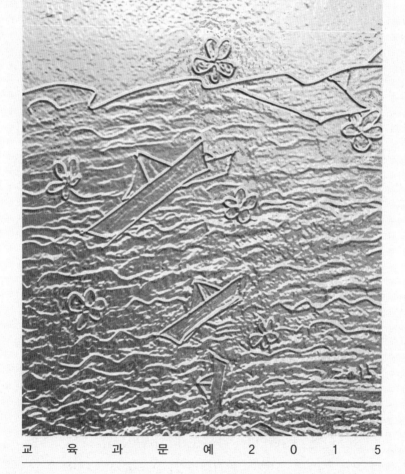

■ 함께 읽는 글

4월 16일의 아침이 다시 떠올랐다

조경선

팽목항 심해 속으로 침몰하던 세월호를 기억하는 일은 고통스럽다. 사건을 축소하고 왜곡하고 은폐하는 국가 권력자들을 바라보는 일도 마찬가지다. 유가족의 호소를 외면하고 조롱하는 세력들과 같은 땅에서 호흡하고 있다는 사실도 그렇다.

35년 전 학살도 그러했다. 정권 찬탈을 위한 신군부의 시나리오에 따라 광주에 투입한 계엄군은 무자비했다. 광주의 주검을 기억하는 일은 고통스럽다. 그러나 광주의 진실을 밝히고 책임자를 처벌하기 위해 살아남은 이들은 투쟁했고 기록했다.

우리가 본 것, 우리가 보지 못했던 것을 기억해서 끝까지 진실을 밝혀내는 일은 살아남은 이의 임무다. 35년 전 26일 밤, 광주를 빠져나와 서울로 향하던 '요섭과 신부님'은 '광주 사람들이 불순분자도 폭도로 아니라는 사실을 세상에 알려 달라'는 동지들의 부탁을 받고 '밤길'을 떠났다. 올해 오월에는 윤정모의 소설 「밤길」 을 국어 시간에 함께 읽으며

'요섭'을 통해 광주를 기억해 보았다. 오월 광주와 사월 세월호는 많은 유사성이 있다.

국어 수업 시간에 1학년 학생들과 박민규 외 작가들이 기록한 산문 『눈먼 자들의 국가』를 읽었다. 새롭게 알게 된 사실과 떠오르는 생각을 A4용지에 기록하고 노란 리본을 붙였다. 그리고 학교 홈베이스 공간 벽면에 '별이 되다, 세월호 참사 기억의 벽'을 만들어 모두 부착했다.

"구조는 국가의 업무죠." 정말 당연한 말이다. 그런데 대한민국에서는 아닌 것 같다. 스스로 탈출한 사람들만이 살았고, 구조는 진도 어민들의 손으로 이루어졌다. 1년 전, 같은 시간에 가라앉는 사람들을 구하려고 하지 않았고, 다른 이들이 보지 못하도록 숨겼다. 살인과 다를 바 없었다. 살려달라고

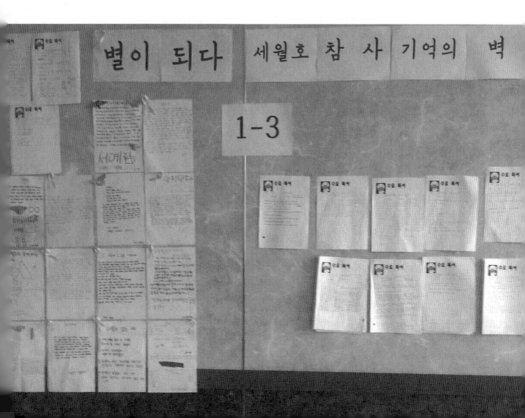

발버둥치는 사람들을 더 가라앉도록 눌렀다. 1년이 지났다. 누군가는 아직도 자식을 잃은 상처에 통곡하고 있고, 다른 누군는 사고였으니 잊으라고 말한다. 희생자 중 대부분이 아직 꽃도 피우지 못한 어린 아이들이었다. 그들이 죽은 이유는 너무 착해서, 움직이지 말라고 해서, 가만히 있으라고 해서 말을 잘 들은 섯뿐이다.

그리고 시간이 흘러 거짓말을 잊고 슬픔을 잊었다. 눈을 떠야 한다. 거짓말을 파헤치고 드러내고 평생 나을 수 없는 상처 받은 심장에 붕대라도 감아줘야 한다. 우리가 눈 뜨지 않으면 소설가 박민규의 말대로 끝내 눈 감지 못할 친구들이 있다.

– 녹동고등학교 1학년 명준영

역사동아리 학생들은 1주기를 기억하기 위해 교문 앞에서 노란 리본과 팔찌를 나누어 주었다. 사월이 되어 조그만 잎을 단 은행나무 사이로 노란 물결이 바람에 날렸다. 만화동아리 학생들은 추모 포스터와 노

란 나비를 붙였다.

교사들은 '미안합니다. 기억하겠습니다. 함께 하겠습니다.'라는 내용의 현수막을 걸었다. 녹동고등학교 교사 선언문을 만들어 학생들 앞에서 낭독하며 돈이 아닌 생명이 우선인 삶을 위한 교육을 실천하겠다고 약속했다. 강당에 모여 학생들과 세월호 다큐멘터리를 함께 보며 그 허망하고 참혹한 일을 공유했다.

4월11일에는 전교조 고흥지회에서 주관하여 '사제동행 팽목항 걷기'에 교사, 학생들이 참여했다. 조그맣고 노란 천을 잘라 매직으로 스스로의 다짐이나 세상에 대해 하고 싶은 말을 적어 몸자보를 만들어 몸에 붙였고, 노란 풍선을 들고 팽목항을 향해 걸었다. 그 길에는 사월의 노란 유채꽃이 환하게 만발했다. '온 몸에 풋내를 띠고, 푸른 웃음 푸른 설움이 어우러진 사이로 다리를 절며' 걸었다는 식민지 시대의 봄도 그러했을 것이다.

팽목항에 도착해 분향소에 헌화를 했고, 세월호가 침몰했던 푸른 바다를 더듬더듬 바라보았다. 아직 시신을 찾지 못한 딸아이의 어미는 몸서리치며 울고 있었다. 추모 문화제가 열리자 오월 광주의 어머니들이 입장해 세월호 어머니들을 껴안았다. 그분들이 걸어놓은 현수막에는 '5·18 엄마가 4·16 엄마에게. 당신 원통함을 내가 아오. 힘내소, 쓰러지지 마시오.'가 쓰여 있었다.

"팽목항에 다녀왔다. 4·16 분향소 벽 전체에 단원고 학생, 교사, 일반인들의 희생자 영정이 걸려 있었다. 우리는 묵념을 하고 국화를 올려놓았다.

그 앞에는 실종자 가족들이 사진을 들고 고개를 숙이고 있었다. 그 아홉 명 중 초등학생도 있다. 항구에는 수많은 노란 리본이 나부끼고 있었다. 나도 리본에 글을 써서 난간에 묶어 두었다. 세월호 사건을 추모하는 물건들과 글이 그리움으로 남아 잔뜩 놓여 있었다. 이곳에 온 사람들은 잠시라도 세월호에 대한 현실을 좀 더 가까이 느꼈을 것이나. 한시라도 빨리 세월호를 인양해야 한다. 특별법이 시행되어 진실이 밝혀지기를 바란다. 유가족에 대한 비난이 더 이상 없었으면 한다. 나는 2주년, 3주년에도 팽목항에 가게 될 것이다. 그러나 그때는 지금과 마냥 같아서는 안 될 것이다."

— 녹동고등학교 1학년 허소정

마침 팽목항에는 전남지역의 농민회 트럭이 도착했다. '세월호 인양'이라는 글자를 새겨 넣은 노란 깃발을 잔뜩 싣고 오자 진도 농민회 회장님이 안내해주는 모습도 보였다.

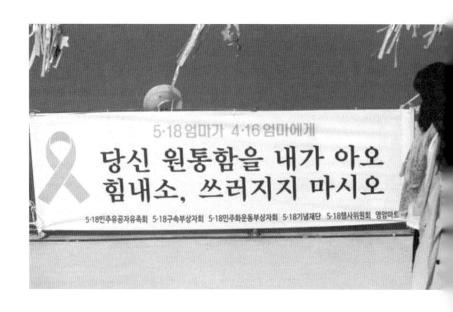

나는 백골단이 휘두른 쇠파이프에 맞아 죽은 '경대의 친구'다. 24년 전 세브란스 병원 앞을 지키며 신촌에서 노제를 지냈고 망월동으로 그의 주검을 보냈던 세대다. 그 1991년 당시 동료의 유서를 대필했다는 이십 대 청년의 누명은 24년에 벗겨졌지만 그이는 암 투병 중이고 많은 이의 뇌리 속에서 잊혀졌다. 기성세대가 된 '친구'들은 그이가 살지 못한 '삶'을 잘 살고 있는지 되돌아본다.

우리 아이들도 그럴 것이다. 억울한 죽음을 목격하고 살아남은 4 · 16 세대가 될 지금의 청소년들이 스무 살이 되고 서른 살이 되고 마흔이 되면서 지금의 절망과 슬픔이 저희들 삶 깊은 곳에서 깜빡거리고 있을 것이다.

■ 함께 읽는 글

성북동, 시간이 머무는 마을

최성수

성북동이라는 선입견

내가 교단에 섰던 초기, 아이들과의 이야기 끝에 사는 곳이 성북동이라고 하면 아이들은 대부분 이런 반응을 보였다.

"거기 아직도 비둘기 많아요?"

수업 시간에 김광섭의 「성북동 비둘기」라는 시를 배운 아이들에게 성북동은 문명에 의해 자연이 파괴되고 있는 곳이고, 그래도 여전히 비둘기가 살고 있는 마을이었다.

그런데 90년대를 넘어서면서 아이들의 답이 달라졌다.

"성북동 사세요? 그럼 선생님 부자네요."

어느 순간부터 성북동은 부촌이고, 먹고 살만한 사람들이 모여 사는 동네로 인식이 바뀌어버린 것이다.

그렇게 바뀌게 된 과정에는 텔레비전 드라마가 한몫했다. 정원이 아름답게 꾸며진 으리으리한 집에, 귀티가 흐르는 부인이 앉아 전화를 받는다.

"네, 성북동입니다."

드라마에서 자주 등장하는 장면이다. 드라마 속에서 성북동은 회장님 댁이거나, 돈 많은 사모님들이 사는 곳이다. 주위는 숲으로 둘러싸여 있고, 정원사와 가정부가 집안일을 돌보고 있으며, 비싼 자가용을 가족마다 한 대씩 가지고 있는 인물들이 성북동에 사는 사람들의 모습이다. 그런 장면을 자주 본 아이들에게 성북동은 부자들이 사는 곳으로 각인될 수밖에 없다.

아이들만이 아니라 대개의 어른들도 그런 선입견에서 벗어나 있지 않다. "좋은 동네 사시네요."라는 인사를 자주 듣는 것도 그래서일 것이다.

나는 1968년부터 성북동에서 살았다. 초등학교 다닐 때 시골에서 전학을 해 자리 잡은 곳이 성북동이고, 그 마을에서 중·고등학교와 대학 시절을 보냈고, 교사가 되었다가 퇴직을 한 지금도 성북동이 내 주소지다. 거의 반세기에 가까운 세월을 산 곳이니, 태어난 곳은 아니라도 고향이라고 할 수 있을 정도다.

그렇지만 곰곰 따져보니, 나는 주소지만 성북동이라는 행정 구역상의 동네에 두고 있었을 뿐, 성북동에 대해 크게 마음을 둔 적이 없었다. 초등학교만 성북동에 소재한 학교에 다녔을 뿐, 중학교부터 대학까지 다른 동네의 학교를 다녔고, 교사로 여러 학교를 옮겨 다니면서도 성북동에 있는 학교에는 근무해 본 적이 없다.

성북동은 일과를 마치고 돌아와 잠을 자는 곳이었고, 내 삶의 대부분의 시간은 성북동 밖에서 존재했던 것이다. 그러니 성북동은 내게 하숙집이거나 혹은 여행지의 여인숙 같은 곳이었을 뿐, 생활공간은 아니었다.

길다면 길고 짧다면 짧은 교직생활을 명퇴로 마무리하고 집에서 빈둥거릴 때였다. 휴일이나 방학 때도 집에 붙어 있기를 즐기지 않았던 나였기에, 온전히 수 주일을 성북동이라는 동네에 붙박혀 있게 된 것은 그때가 처음이었다. 그날도 느지막이 일어나 아침을 먹고 신문을 뒤적거리고 있었는데, 핸드폰이 울렸다.

"최성수 시인이시죠? 저는 희망제작소에서 일하는 사람인데요…."

그렇게 해서 성북동이라는 동네를 다시 만나게 되는 일이 시작되었다. 곱상하게 생긴 희망제작소 송지영 씨를 만난 것은 집 앞에서였다.

성북동이 조만간 역사문화지구로 지정될 것 같다, 그 준비로 서울시의 지원 아래 '성북동 마을 학교'를 여는데 참가해주시면 좋겠다, 평소 마을에 관심이 많은 선생님 같은 분이 오셔야 마을 학교가 의미 있을 것 같다, 그런 이야기였다.

딱히 할 일도 없고, 오래 살았으면서 특별히 마을에 한 일도 없었다는 생각도 들어 그러마고 고개를 끄덕였다. 그렇게 해서 성북동의 마을 만들기 일에 나는 첫 걸음을 내딛게 되었다.

성북동이라는 동네

성북동은 서울의 행정동(行政洞) 이름이다. 수많은 동 이름 중 하나이지만, 조금 특별하기는 하다. 서두에 말한 대로 부자들이 모여 살아서 특별한 것은 아니다. 다른 동네와 마찬가지로 성북동에는 부자도 있고 가난한 사람들도 있다. 고만고만한 살림살이로 하루하루를 살아가는 장삼이사들이 모여 살고 있다는 것도 다른 동네들과 별반 다르지 않다.

부자 성북동으로 대표되는 성북동은 실은 성북동의 일부일 뿐이다. 그들은 성북동에서도 성락원이나 대교단지라는 특별한 이름으로 된 섬에 따로 살고 있다. 성락원은 조선 철종 때 이조판서였던 심상응(沈相應)의 별장이었고, 의친왕(義親王) 이강(李堈)의 별궁이었던 사적이다. 그러나 성북동 사람들은 성락원을 부자들이 모여 살아가는 특별한 지역의 명칭으로 사용하고 있다. 사적 성락원 주변의 울창한 숲 속에, 마치 별장 같은 집들이 군데군데 들어서 있는 곳을 성락원이라고 부른다. 그곳에는 내로라하는 재벌집 회장들이나 유력 정치인, 외국 대사관저들이 자리 잡고 있다.

대교단지는 성북동 제일 위 북한산 자락 아래 새로 개발된 주택지역이다. 대한교육보험이 터를 닦고 집을 분양했다고 하는 곳인데, 성락원만은 못하지만 역시 전망 좋고 널찍한 집들이 즐비한 곳이다.

이 두 곳이 바로 부촌 성북동으로 드라마나 영화에 자주 소개되던 곳이고, 성북동에 선입견을 갖게 만든 지역이다. 그러나 성북동 사람들의 삶 속에서 이 두 곳은 삶의 공간 성북동으로 인식되지 않고 있다. 성북동에서도 다른 특별한 동네에 해당되는 셈이다.

성북동 사람들에게 삶의 공간인 성북동은 이들 두 지역을 제외한 곳들이다. 한성대 입구 전철역을 나오면 큰 길을 가운데 두고 양쪽으로 자리 잡은 주택가들에서 성북동은 시작된다. 동구마케팅여자고등학교를 지나고, 홍익대학교 사범대학 부속 중고등학교 지역의 재개발 반대 투쟁을 통해 마을 사람들이 직접 지은 이름인 '선잠마을'을 거쳐 쌍다리 주변 북정마을과 간송미술관 위쪽 마을들이 일반적인 성북동 사람들의 삶의 공간이다.

서울의 행정동 중에서도 가장 작은 축에 속하는 곳이 성북동이다. 행정동이 통합되기 전까지는 겨우 성북1동과 성북2동 두 동만이 있었을 뿐일 만큼 작은 동네다.

성북동은 지하철 한성대입구역을 나와서 골짜기로 이어지는 마을이다. 골짜기의 끝, 북한산 발치까지가 마을이니, 좁고 긴 골에 자리 잡고 있는 셈이다. 골짜기에 자리 잡은 마을의 특징은 마을이 산비탈로 올라가며 형성되어 있다는 데 있다. 지금은 복개되어 도로가 되어버린 성북동길은 실은 하천이었다. 이 하천의 이름이 성북동천이다. 골짜기 사이로 개울물이 흐르니, 사람들은 개울가에서 산비탈 쪽으로 올라가며 집을 지을 수밖에 없다. 그래서 성북동은 길 양쪽으로 비탈 위에 형성된 마을이다.

비탈 마을을 이루는 특징은 골목이다. 비탈에 집을 짓자니 차는 다닐 수 없고, 골목과 골목이 이어지는 구조를 택할 수밖에 없다. 아랫집의 지붕이 윗집의 마당과 같은 높이가 되고, 그런 집들이 자꾸 산 위로 올라간다. 그래서 성북동에서 골목은 헤아릴 수 없을 정도로 많고 복잡하다.

성북동이 특별한 것 중 하나는 이 골목이다. 오십 년 가까이 산 나조차도 아직 성북동의 골목을 다 다녀보지 못했다고 할 정도다. 막힌 골목도 있고, 다른 골목과 이어지기도 하고, 그러면서 성북동의 골목은 옆마을과 소통한다. 오르고 올라 마침내는 북한산 자락으로 이어지며 숲길이 되는 성북동의 골목이야말로 성북동의 자랑거리다.

성북동이 특별한 또 다른 하나는 이 골짜기 곳곳에 숨어 있는 유적지들이다. 아마도 단일 동(洞) 중에서는 가장 많은 문화재들과 유적들이 밀집해 있는 곳이 성북동일 것이다.

성북동과 종로구를 가르는 것은 한양도성이다. 유네스코 세계문화유산으로 등재를 추진 중이기도 한 한양도성은 성북동의 가장 대표적인 문화재다. 또 성북동에는 식민지 치하에서 민족 문화재를 보존하는 혁혁한 역할을 담당한 간송 전형필이 세운 간송 미술관이 있다. 훈민정음 해례본과 단원, 혜원의 풍속화를 비롯한 수많은 국보급 문화재를 간직한 곳이니, 성북동만이 아니라 우리나라의 자랑이라고 할 만하다.

이 밖에도 만해 한용운의 심우장, 누에치기를 권했던 선잠단지, 백석과 자야의 이야기가 깃든 길상사, 이태준이 살았던 고택 등 문화적 가치가 높은 유적들이 즐비하다. 또한 수많은 예술가들이 이곳 성북동에서 살았고, 그 흔적들이 남아 있다. 김광섭, 조지훈, 박태원, 김광섭, 염상섭 같은 문학가를 비롯하여 간송 미술관을 세운 전형필, 역사학자 최순우, 화가 김환기, 김기창, 음악가 윤이상 등이 살았던 곳이 성북동이다.

현진건의「운수좋은 날」의 무대도 성북동으로 짐작된다. 이렇게 많은 예술가들이 살았고, 그들 작품에 성북동이 등장하는 것은, 성북동의 지리적 위치와 밀접한 관련이 있다.

성북동이라는 이름은 한양도성의 북쪽에 있는 마을이라는 뜻이다. 성 안과 성 밖이 분명하게 나뉘었던 시절의 성북동의 삶은 성 안에 기대 있을 수밖에 없었다. 중심과 가까운 바깥이 성북동의 위상이다.

실제 성북동 사람들은 성 안 사람들의 옷을 빨아 물을 들이는 일에 종사했고, 성 안 사람들에게 메주를 쑤어 공급하기도 했다. 옷감을 빨아 물감을 들여 말리는 곳이었기에 마전터라는 이름이 성북동의 다른 명칭인 적도 있었고, 메주 쑤느라 사람들이 북적거렸다는 데서 지금의 북정마을 이름이 유래되기도 했으니, 성북동은 성 안에 기대어 사는 마을임이 분명했다.

숱한 문화유산과 근대의 삶의 특징을 보여주는 골목과 집들이 지나온 시간의 흔적을 고스란히 담고 있는 곳이 성북동이라고 할 수 있다.

자본의 광풍에 맞선 성북동

오랜 세월, 시간의 흔적만 간직한 채 느긋하게 살아가던 성북동을 그대로 두고 보지 않는 것이 자본이다. 자본은 끝없이 자기 확대를 통해 자신의 존재를 각인시키려는 특징을 지니고 있다. 그리고 그 특징에 빌붙어 이익을 챙기려는 집단이 존재하는 법이다.

성북동의 흔적을 지우고 파괴하려는 시도는 2000년대에 시작되었다. 재개발이라는 이름으로 서울의 곳곳을 먹어치우던 자본이 마침내 전혀 재개빌이 가능할 것 같지 않던 성북동까지 몰려들어오기 시작했다. 작은 마을인 성북동은 네 개의 구역으로 찢어발겨졌고, 그 각각의 구역마다 재개발 조합이니 추진위원회니 하는 것들이 들어섰다. 어떤 지역은 문화재 바로 곁인데도 허가가 났고, 어떤 곳은 구청과 대기업을 등에 업고 조합 추진까지 거세고 급하게 진행이 되었다. 사람들은 재개발만 되면 아파트를 한 채씩 거저 얻을 것이라는 꿈에 부풀었다.

재개발의 허상을 깨달은 사람들이 나서서 그 폭압에 맞서 싸우기 시작했고, 동네는 갈등과 분열로 휩싸여갔다. 전에는 서로 김장을 나누어 하고, 전을 부쳐도 나누어 먹던 살가운 이웃들이 찬성파와 반대파가 되어 눈을 부라리며 팔을 걷어붙였다. 자본 앞에는 이웃도 없고 친척도 없었다.

그 사이 삼청동의 자본화에 질린 작은 카페들과 음식점들이 고즈넉한 마을을 찾아 성북동으로 넘어오며, 성북동에 새로운 문화를 만들어내기 시작했다. 세상의 변화와 무관하게 느긋하던 성북동은 개발이라는 거대한 자본과, 문화라는 가치가 맞서 팽팽한 긴장을 유발하는 긴장의 땅이 되고 말았다.

지금도 여전히 성북동은 싸우고 있다. 싸우면서 사람들은 성북동만의 문화를 일구어 내고 있다. 성북동 마을 만들기에 나서고 있는 사람들은 이런 현실 속에서 문화의 가치, 인간다운 삶의 가치가 자본보다 더 중요하다고 믿고 있다.

성북동천, 좋아서 사는 마을을 만드는 사람들

앞에서 말한 '성북동 마을 학교'의 교육이 끝나고, 여전히 성북동에서 해야 할 중요한 일들이 존재한다는 것을 믿는 사람들이 몇몇 모여 작은 단체를 하나 만들었다. 그 단체 이름이 '성북동천'이다. '성북동천'은 성북동 골짜기 가운데를 흐르고 있는 냇물의 이름이다. 이 모임이 성북동의 냇물처럼 쉼 없이 흘러가기를 바라며 지은 이름이다.

2013년 창립된 '성북동천'은 그해 성북구 마을 만들기 공모 사업에 지원하여 선정되면서 첫 사업을 시작했다. 그 해 우리가 한 사업의 주제는 '좋아서 사는 마을 만들기'였다.

'성북동천'의 구성원은 연령대나 직업이 다양하다. 화가도 있고, 나처럼 퇴직교사에 글쟁이도 있고, 카페 주인, 인형 제작자, 내셔널 트러스트 문화유산 기금에서 일하는 사람도 있다. 회사원, 학원 운영자, 식당 주인, 문화재단에서 근무하는 분도 있으니, 참으로 다양한 직업을 지닌 사람들이 모여 있다. 그러나 그들 모두가 바라는 성북동은, '지금 이대로 주민이 함께 좋아서 사는 마을'이다. 자본이 성북동을 침탈하는 것을 바라지 않고, 다 부숴버리고 새로 짓는 마을도 반대한다. 그들은 성북동이 오랜 세월 그래왔듯이, 시간의 흐름 속에서 자기의 정체성을 잃지 않으면서, 그곳에서 살아가는 사람들과 함께 호흡하기를 바란다. 그래서 모두가 좋아서 성북동에 살기를 바란다는 생각에서 사업의 주제를 '좋아서 사는 마을 만들기'로 정한 것이다.

그 주제에 맞춰 진행한 2013년의 사업은 1)성북동 마을 학교 2)성북동 옛날 사진전 3)성북동 마을 잡지 만들기 등 세 가지였다.

사업의 내용은 다음과 같았다.

세부 사업명	일정	구체적인 내용 및 추진 방법	주관
성북동 마을학교	8-12월 (총10회) 월2회	**쉽고 재미난 미술이야기** 미술에 전문성을 지닌 주민이 성북동 주민 들과 함께 미술작품 보는 법을 배우고, 성 북동 등에 위치한 갤러리를 함께 방문하여 소감을 나누며 소통함	주민협의체(강의주관, 홍보), 협력단체(장소협 조, 홍보), **(주관: 김철우)**
		지역청소년을 위한 창의사진수업 사진에 전문성을 지닌 주민이 지역청소년 및 주민들과 함께 성북동을 답사하며 사진 촬영, 이후 전시	주민협의체(강의주관, 홍보), 협력단체(장소협 조, 홍보), **(주관: 김선문)**
		성북동 시 창작 교실 시 창작에 전문성을 지닌 주민이 성북동 주민들과 함께 성북동을 주제로 한 시 창 작, 시낭송회 개최, 작성한 글을 모아 소 책자 출간	주민협의체(강의주관, 홍 보), 협력단체(장소협조, 홍보), **(주관: 최성수)**
		성북동 어린이 스토리텔링 공부방 스토리텔링 등에 전문성을 지닌 주민이 성 북동 어린이들과 함께 성북동을 답사한 후 느껴지는 생각들을 글로 작성, 작성한 글을 모아 소책자 출간	주민협의체(강의주관, 홍보), 협력단체(장소협 조, 홍보), **(주관: 김정희)**
		이물(異物) 제작 프로젝트 : 잡상(雜像) 만 들기 마을 주민들이 직접 조형물(도예)을 만들 어 각자의 집에 있는 지붕, 처마 등에 설치 참여대상: 주민, 단, 단절된 가족의 회복을 위한 가족그룹 우대(아빠와 자녀 등)	주민협의체(강의주관, 홍보), 협력단체(장소협 조, 홍보), **(주관: 이민우)**
	7-12월 /총6회 (공부방 5회, 현장탐방 1회)	**주민모임 공부방(초청특강)** 구성원들이 필요로 하는 주제에 대하여 논 의 후 강사를 초청하여 실시하거나 오픈형 으로 강사 없이 논의하는 형태로 진행하며 공부방과 함께 선진지 견학(당일 가능한 현 장답사지로 수원 화성 행궁동 마을, 서울 삼각산 재미난 마을 등 답사)	주민협의체(강의주관, 홍보), 협력단체(장소협 조, 홍보), 희망제작소(견 학 및 강사섭외 지원), **(주관: 김기민)**
성북동 마을사진 전	7월 중 ~10월 중순 (약 3개 월)	**성북동 옛날 사진전** 성북동에서 30년 이상 살아온 이들을 만나 그들이 간직한 사진 이미지 취합 및 이야 기 수집, 취합된 사진 이미지 분류 및 재인 화하여 작품화, 홍보 및 전시 구성 방안 논 의, 전시 구성에 대한 논의는 사진 이미지 를 제출한 주민들과 함께 진행, 사진 주인 이 자신의 사진에 담긴 이야기를 직접 작성 하여 함께 전시	주민협의체(기획, 장소 섭외, 동네축제개최), 주민자치위원회(사진수 집), 오뉴월(전시기획), 최 순우 옛집(전시기획), 희 망제작소(기획 및 행사 지원) **(주관: 오뉴월)**

성북동 마을잡지	9, 12월 (총2회)	**성북동 마을 잡지 창간** 지역 주민 인터뷰, 주민들의 자유로운 생각 나눔, 마을학교 및 사진전 홍보, 지역 내 행사 소식, 갤러리, 극단 등 지역 내 예술 거점 소개 등	주민협의체(원고작성, 제작), 직능단체(원고작성) 등 **(주관: 최성수/초록옥상)**

마을 학교는 적게는 수 명에서 수십 명에 이르기까지 성황리에 마무리되었으며, 마을 사진전은 여러 언론 매체에 소개될 만큼 관심을 끌었다. 오래 된 마을 성북동에서 살아온 사람들의 서랍 속에 숨어 있던 사진들을 꺼내 전시하는 것만으로도 성북동에 대한 관심과 생각을 새롭게 하는 계기가 되었다고 할 수 있을 것이다.

마을 잡지는 이 사업에 따라 창간호를 냈다. 잡지의 이름은 〈성북동 사람들의 마을 이야기〉로 정했다. 창간호에는 성북동의 온갖 이야기들을 담아냈다. 성북동의 숨은 보물부터 우리 가게를 소개합니다. 주민 인터뷰, 문화재 답사, 성북동에 대한 역사 이야기, 마을학교 성과물 수록 등 성북동을 재발견하는 역할을 담당해낸 사업이었다.

첫 해 사업치고는 다양한 성과를 거두었고, 무엇보다도 서로 데면데면하던 회원들이 이들 사업을 통해 서로를 이해하고 마음을 나누는 계기를 마련했다는 것이 가장 큰 보람이었다.

2014년은 첫 해 사업을 이어받아 진행하는 형식이었다. 다만 사업을 조금 축소하면서 외면을 넓히는 방향으로 진행했다. 사업은 두 가지로 나누어 진행했는데, 일반적인 사업은 성북구 마을 만들기 지원 사업으로, 마을 잡지 간행 사업은 서울시의 마을 미디어 활성화 지원 사업으로 진행하였다.

세부 사업명	사업목표 (사업실행 후 달라진 구체적인 변화내용)	일정	구체적인 내용 및 추진 방법
성북동 마을학교	동네 주민 간 교류 증대 및 지역활동 참여	2014. 4 ~ 6월	강사 섭외 및 사전 홍보
		2014. 7 ~ 8월	방학 특강 – 어린이 건축교실
		2014. 9 ~ 11월	성인 대상 주말 강좌 운영
		연중	성북동, 시인과 만나다 운영
		10월	이물제작 프로젝트
		7 ~ 11월	좋아서 하는 공부(청년네트워크)
성북동 마을탐방	지역 외부 방문객 및 이주자 증가	2014. 4 ~ 6월	소셜다이닝 집밥(zipbob.net) 플랫홈 활용한 투어 프로그램 조직 및 시범 실시 / 운영
		2014. 7 ~ 11월	프로그램 본격 가동 / 운영 혹서기(7–8월) 월1회, 가을(9–11월) 월2회 실시

이 밖에도 5월에는 최순우 옛집에서 시인과 주민이 함께 어우러지는 시낭송회를 개최했다. 행사의 이름은 '성북동, 시로 물들다'였으며, 초대 시인으로 박일환, 김형식, 조기영, 최성수가 참가했다.

성북동 마을학교의 프로그램 중 '성북동, 시인과 만나다'는 모두 세 번 열렸다. 초대시인으로 김진경, 신현수, 문동만이 함께했으며, 주민과 시인이 함께한 뒤풀이에서 주민들이 시를 낭송하는 등, 시로 행복한 자리를 만드는 경험을 나누었다.

성북동 마을 탐방 프로그램은 성북동에 관심 있는 외부 사람들의 신청을 받아 성북동의 골목과 문화재들을 안내하고, 점심 혹은 저녁을 성북동에 사는 주민 집에서 먹는 형식이었다. 이 프로그램은 기행뿐만 아니라 함께 식사를 하며 주민의 삶과 살아온 이야기, 희망 등을 함께 나누는 자리였다. 이를 통해 성북동에 대한 관심도 깊어지고, 지역 주민의 삶이 어떻게 문화와 연결되는가를 엿볼 수 있는 계기를 마련하기도 했다.

2014년 마을 잡지 〈성북동 사람들의 마을 이야기〉는 모두 세 권을 간행했다. 2, 3호는 서울시 마을 미디어 활성화 사업의 지원으로, 특별호 형식의 4호는 한양도성 인근 마을 가꾸기 사업의 일환으로 간행했다. 특히 2014년에는 성북동의 특징인 골목을 특집으로 다루어, 골목 기행을 지속적으로 실시하고 그 성과를 담아냈다. 지도와 가게를 그려 넣는 골목 기행이 아니라, 골목을 직접 답사하고 기행문을 적고, 사진과 함께 그 골목의 주민 인터뷰도 수록하는 등, 문화를 담아내는 골목 기행이 우리가 추진하는 방향이었다.

성북동, 삶은 계속된다

2015년, 우리 '성북동천'은 가능하면 드러나는 사업을 줄이고 현재 성북동에 있는 여러 주민 단체(북정마을, 선잠마을 사람들, 성북동 아름다운 사람들, 갤러리 오뉴월, 갤러리 17717) 들과 손잡고 통합적인 사업을 해보려고 계획 중이다. 꽃과 나무가 있는 마을 가꾸기는 실행이 되고 있으며, 마을 장터도 기획하고 있다. 각각의 단체들이 개별적으로 존재하는 것이 아니라 서로 마음을 모으고 뜻을 합쳐 함께 하는 사업을 진행하도록 중심적인 역할을 해 보자는 것이 우리의 목표다.

아울러 자체적으로는 서울시 마을 미디어 센터의 지원을 받아 마을 잡지 5, 6호를 상반기와 하반기로 나누어 두 권 낼 계획이다. '성북동, 시인과 만나다'는 출판 기념회와 맞춰 진행할 예정이다.

마을의 일이란 남이 시켜서 억지로 이루어질 수 있는 것이 아니다. 구성원들이 자신이 사는 마을을 아끼고 사랑하는 마음을 지니고 있을 때 가능한 일이다. 또한 일에 치여서, 꼭 어떤 일을 해야 하는 의무감 때문에 진행한다면, 결국은 지쳐 모두들 모임에 등한하게 되고, 모임 해체의 길을 걷게 되는 경우가 많다. 그래서 우리가 택한 방법은 '천천히, 그리고 즐겁게'다. 급하게 서두르지 않고 함께 가는 것, 서로 즐거워서 자발적으로 나서서 마을 일을 하는 것, 이 두 가지야말로 마을 사업에서 핵심이라고 할 수 있다.

우리는 때때로 막걸리를 나누어 마시고, 집에 먹을거리가 생기면 갑자기 서로를 불러 모아 잔치를 열기도 한다. 두릅 철이면 시골에서 따온 두릅 파티를 하고, 회의 때는 형식적인 회의 절차보다는 그저 수다를 떨며 온갖 이야기를 나눈다. 그 잡다한 이야기 속에서 번뜩이는 아이디어도 나오고, 꼭 해야 할 일을 찾아내기도 한다.

성북동은 지금 변화의 기로에 서 있다. 주민들의 반대와 서울시의 정책에 따라 재개발을 추진하던 세력들은 잠잠하다. 그러나 그들은 여전히 물밑에서 재개발의 기회를 엿보고 일을 추진하고 있다. 재개발 때문에 건물의 증개축도 불가능하다. 이런 조건은 마을을 정체되게 만들었지만, 다른 한편으로는 급격한 상업화를 늦추게도 만들었다.

하지만 최근 성북동에는 다양한 음식점과 동네 빵집, 카페들이 들어서고 있다. 이런 변화들이 성북동이라는 역사문화지구가 가지는 정체성을 훼손하지 않고 진행되도록 하는 것이 우리 성북동을 사랑하는 사람들의 역할일 것이다. 그 역할의 일부를 문화를 사랑하고 마을을 아끼는 우리 '성북동천' 사람들이 담당하고 있다는 자부심을 갖고, 우리는 오늘도 즐겁게 '성북동에서 놀고' 있다.

고 정세기 시인 시비 건립기

장주식

1. 시작

2014년 1월 중순으로 기억한다. 〈숲속나라〉 사람들이 오랜만에 1박 2일 엠티를 했다. 교육문예창작회 소속 회원들 중 아동청소년문학을 주로 하는 사람들이 만나는 모임이 〈숲속나라〉다.

경기도 여주의 도리라는 강마을에는 홍일선 시인이 산다. 홍시인의 말씀대로 하면 '닭님들' 칠백 마리와 함께 사는 그 집에 우리는 묵었다. 막걸리와 맥주와 시골 겨울의 정취를 흠뻑 들이 마시고 취흥이 도도할 때, 송언 형이 말했다.

"정세기 시비를 세우면 좋겠다. 아마 십주기가 다 되어 갈 걸?"

송언 형은 교문창 모임에서 김진경 선생님이 제안을 했다고 덧붙였다. 아버지가 시인이었음을 아이들이 기억이라도 할 수 있게, 묘지 옆에 조그마한 시비라도 하나 세워주면 좋지 않겠느냐고 말씀하셨다는 것. 나는 순간 약간의 부끄러움을 느꼈다. 내가 참 무심했구나, 하는 자책도 함께.

세기 형은 나와 대학동문이면서 한 살 차이 나는 동년배이다. 처음 모임을 시작할 때부터 세기 형은 나에 대한 애정이 좀 각별하다는 느낌을 받았다. 왜 그랬는지는 모르겠으나 어쨌든 좋았다. 형의 문학에 대한 열정은 많은 가르침이 되기도 했다.

내가 여주로 이사를 오고 나서 그런 느낌은 더 강해졌다. 세기 형이 먼저 여주와 가까운 용인으로 와 있었던 것이다. 이때 형은 이미 많이 아팠는데, 그 아픈 몸을 이끌고도 우리 집에 몇 번 다녀갈 정도였다.

그런데도 나는 그냥 잊어버렸다. 형이 세상을 떠나고도 세월은 벌써 8년이나 흘러가고 있었다. 시비를 세우자는 제안을 듣고 나서 나는 술을 더 많이 먹었던 것 같다. 그리고 술이 깨서야 알았다. '정세기시비건립추진위원회 위원장'이라는 거창한 이름을 내가 맡겠다고 자청했다는 사실을. 그렇게 정세기 시비를 세우기 위한 일은 시작되었다.

2. 시비 세울 장소를 찾아서

애초에 얘기가 나온 대로 세기 형의 무덤을 맨 먼저 찾았다. 묘지 옆에 조그마한 시비를 세울 생각이었으니까. 팔년만의 전화였지만 형수의 목소리를 듣는 순간 모든 일이 엊그제 일처럼 다가왔다. 형수는 몹시 반가워했고, 만나기로 한 날 아들 한결이와 같이 나왔다.

한결이를 보자마자 송언 형은 "젊은 정세기네. 하지만 세기보다 더 잘생겼다."라고 말해서 사람들을 웃겼다. 용인의 한 공원묘지에 있는 세기 형의 묘역은 생각보다 좁았다. 이리저리 둘러봤지만 시비를 세우기가 마땅치 않았다. 술 한 잔 올리고 우리는 세기 형과 헤어졌다.

한결이와 형수와도 헤어져 우리끼리 모여서 의논을 했다. 모금을 어떻게 하느냐, 시 선정은 어떻게 하느냐, 시비는 어떤 돌에 새기면 좋을까 등등 중구난방으로 떠들면서도 가장 시급한 일은 장소 선정이라는 데는 다들 합의했다. 자연스레 나온 이야기가 세기 형의 출신학교였다. 결국 서울교대와 광양의 옥곡초등학교가 후보지로 정해졌다. 서울교대를 먼저 타진해 보기로 했다.

다음 날, 나는 서울교대 총장실로 전화를 했다. 비서가 받아서 내용을 듣더니 총무과로 넘겨줬다. 총무과 담당자와 얘기를 나눴는데 그는 "내가 결정할 수 없는 일이다. 회의를 하고 결과를 알려드리겠다." 하고 답변했다. 하루 뒤에 담당자가 전화를 걸어와서 결과를 알려줬다.

"총동문회랑 상의를 하셔서 일을 처리하시면 좋겠다."

친절하게 총동문회 사무실의 전화번호를 알려줬다. 나는 탁구대 위의 탁구공이 된 느낌이었다. 총동문회 사무실로 전화를 걸었다. 사무총장이 받아서 상당히 곤혹스러워 하더니 일단 만나보자고 했다. 만날 날짜를 잡고 통화가 끝났다.

만나기로 한 날, 나는 세기 형의 시집과 동시집을 모두 챙겼다. 송언 형을 교대역에서 만나 함께 갔다. 다행히 총동문회장, 부회장, 사무총장이 모두 있었다. 그들은 세기 형의 시집을 이리저리 넘겨보더니 누군가 문득 물었다.

"이 민중이란 낱말이 이데올로기적인 겁니까?"

세기 형의 첫 시집인 『어린 민중』의 '민중'이란 낱말을 보고 하는 말이었다. 그때 나는 직감했다. 어렵겠구나! 총동문회가 온 힘을 다해서 밀어줘도 쉽지 않을 판에, 저런 인식으로 나온다면 총동문회의 도움은 물 건너 간 거나 마찬가지였다. 아니나 다를까 이런 말까지 나왔다.

"이름만 들어도 다 아는 시인도 아니고, 이게 참 쉽지 않아요. 국립대학교 교정에 시비를 세운다는 게 말이죠."

더 이상 이야기를 할 필요가 없었다. 송언 형과 나는 자리에서 일어섰다. 술이 마시고 싶어졌다. 물론 비도 추적추적 내리고 있어서 더 그랬는지 몰랐다. 교대 뒷문으로 나와 송언 형과 나는 감자탕 집으로 들어갔다. 얼큰하게 낮술로 소주 세 병을 들이켰다.

"깔끔하게 교대는 포기하고 옥곡초등학교를 알아보도록 하자."

송언 형이 말했고 나는 고개를 끄덕였다.

이때 귀인이 나타났다. 마침 순천에 계신 한상준 형이 광양 시민사회에 신망이 두터운 박두규 선생님을 소개해 준 것이다. 우리 교문창 회원인 순천의 박두규 형과 이름이 같은 분이다. 박두규 선생님의 주선으로 옥곡초 총동문회장님과 만나게 되었다.

옥곡면에 있는 넝쿨식당에서 만났는데, 식당주인이 세기 형과 초등학교 동창이었다. 그 자리에서 놀라운 경험이 있었다. 송언 형과 좀 늦게 도착해서 식당의 방에 들어서다가 나는 약 3초간 놀란 입을 다물지 못했다. 눈이 휘둥그레진다는 게 바로 이런 걸 두고 하는 말임을 실감했다. 자리에서 엉거주춤 일어서는 세기 형을 본 것이었다. 뒷날 송언 형이 "늙은 정세기"라고 부른 세기 형의 큰형님인 정영기 선생님이었다. 한 쪽 볼에만 있는 외보조개는 물론 웃는 모습이 마치 세기 형이 살아서 그 자리에 있는 것 같았다.

옥곡초등학교 교장은 만나지 못했다. 교감선생님도 출장을 가고 없어서 교무부장선생님에게 우리가 방문한 까닭을 밝히고 전달을 부탁했다. 이운재 총동문회장님이 다음 날 학교에 다시 와서 학교장을 만나겠다고 했다. 이운재 회장님은 옥곡면장 출신이었다.

세기 형 큰형님이 저녁을 정말 후하고 따뜻하게 대접해 주셨다. 박두규 선생님과 정영기 선생님은 같은 학교에 근무한 적이 있는 동료였고,

총동창회장은 정영기 선생님의 학교 후배였다. 저녁 내내 분위기는 화기애애했다. 학교장은 만나지 못했으나 옥곡초로 장소가 별 탈 없이 선정될 것 같은 예감이 들었다.

나는 총동창회장의 요청대로 곧 '정세기시비건립취지문'을 써서 보냈다. 이운재회장님은 동창회 이사회를 열어서 사업안을 내고 통과시켰다. 학교장도 교육청에 문의해서 승인을 받고 적극적으로 도와주실 것을 약속했다. 예감대로 장소 선정이 이뤄진 것이었다. 이때부터 정세기 시비 건립은 교육문예창작회와 옥곡초총동창회가 공동으로 추진하는 것으로 하게 되었다.

3. 시비 만들기

장소가 선정되었으니 이제는 본격적으로 시비를 만들어야 했다. 시비에 들어갈 시를 선정하고, 시를 새길 돌을 마련해야 했다. 돌을 마련하고 시비 제막 행사에 들어갈 비용을 마련하기 위해 모금을 하기로 했다. 1구좌 십만원으로 하고 유영진 선생이 책임을 맡기로 했다.

시비에 들어갈 시는 초등학교 교정에 서는 시비인 만큼 '동시'가 좋겠다는 얘기가 많았다. 그래서 세기 형의 동시집인 『해님이 누고 간 똥』에서 시를 뽑기로 했다. 1차 선정위원으로 이재복, 김제곤, 유영진 세 분에다 유족까지 총 네 팀이 참여했다. 1차 선정위원들이 2편씩 골랐는데, 한 편만 겹쳐서 총 7편을 두고 전 교문창 회원들의 카페 투표가 실시되었다. 김제곤 선생이 뽑은 「앉은뱅이 꽃」은 시집 『어린 민중』에 수록되어 있는 시이다. 투표에 참여한 회원은 모두 21명이었다.

투표결과는 「모락모락」 14표, 「앉은뱅이 꽃」 10표, 「할머니 가게」 7표, 「풀잎미끄럼틀」 6표, 「망초꽃」 4표, 「아이들아, 우리아이들아」와 「아기햇살」이 각각 3표씩이었다. 이로써 시비에 새길 시는 「모락모락」으로 결정되었다.

모락모락

정세기

아파트 뒷마당에 갔더니
어떤 개가 방금 누고 갔는지
누런 똥에 김이 난다.

개나리 가지에도
덕지덕지 붙어 있는
해님이 누고 간 똥.

긴 겨울 웅크리고 있던
땅이 더운 입김을 내쉰다.
　─『해님이 누고 간 똥』(창비, 2006)

　시를 새길 돌은 이운재 회장님이 광양에 있는 동광석재에서 준비했
다. 돌은 자연석으로 준비했는데, 묘하게도 옥곡초등학교 앞산의 모양
을 닮았다. 돌이 꽤 커서 값이 많이 나갔다. 그동안 모금한 돈이 부족하

여 2차 모금에 들어갔다. 2차 모금을 시작하고 곧바로 계획한 액수를 넘어섰다. 여러 회원님들의 따뜻한 마음이 새삼 고마웠다.

시비의 각자를 위한 디자인은 〈문학동네〉 어린이팀 편집부 이복희 부장님이 흔쾌히 맡아 주셨다. 돌을 직접 보지도 못한 상태에서 사진으로만 보고 수치를 확인하여 디자인을 해주신 고마움은 뭐라 감사드릴 길이 없다.

시비는 디자인한 대로 각자하여 2015년 4월 4일 옥곡초등학교 교정에 세워졌다. 학교 건물 바로 앞 넓은 화단에 자리를 잡았다. 교장선생님과 학교운영위원, 총동창회 임원 분들이 다함께 고른 좋은 자리였다. 시비가 자리를 잡기 전까지만 해도 시비돌이 앞산을 닮은 모양이라는 걸 누구도 몰랐다. 제막식 날, 시비와 앞산을 번갈아 보면서 다들 즐거워했다. 모든 사람을 유쾌하게 하는 멋진 우연이었다.

4. 제막식

2015년 4월 18일 시비 제막식이 있었다. 얘기가 처음 나오고 꼬박 일 년 세월이 지난 뒤에야 이루어진 일이었다. 광양은 남쪽 바닷가에 있다. 수도권에서 가려면 승용차로도 최소 4시간 이상 걸리는 먼 길이다. 대중교통을 이용하면 더 시간이 많이 걸리게 된다. 길이 멀어 참석하는 사람이 적을 것으로 예상했으나 뜻밖이었다.

참석한 교문창과 숲속나라 회원만 무려 스물셋이었다. 옥곡초 동창회에서도 스무 명 남짓, 유가족이 열 명 남짓. 거기에 옥곡초 교장선생님과 학생대표까지 모두 60여 명의 인원이 모여 성대한 제막식을 갖게 되었다.

하늘은 잔뜩 흐렸으나 비는 내리지 않았다. 3시에 시작한 제막식이 4

시 조금 넘어서 끝났을 때 빗방울이 하나 둘 떨어지기 시작했다. 마치 식이 끝나기를 기다려주기라도 한 것처럼.

시비의 천을 걷고 유가족을 대표해서 한결이가 인사를 했다. 이제는 헌헌장부로 자란 아들 한결이와 아리따운 처녀가 된 딸 채린이의 모습을 보면서 세기 형은 아마 흐뭇했을 것이다. 시비 해설은 김은영 시인이 했다. 김진경 선생님이 할 예정이었으나 차 시간이 잘 맞지 않아서 김은영 시인이 대신하게 되었다.

이것 또한 멋진 우연이었다. 제막식에 참여한 사람들 가운데 홀로 동시집 『해님이 누고 간 똥』을 들고 온 사람이 김은영 시인이었다.

"동시 쓴다고, 혹시라도 한 마디 하라고 할까봐서요."

이게 김시인의 말이었다. 나는 한마디 시킬 계획이 없었다고 말하지 않았다. 대신 훌륭한 준비 자세라고 추켜 줬다. 그리고 시비 해설을 맡겼다.

미리 시키지도 않았는데, 정말 훌륭한 준비였다. 세기 형과 주고받은 메일까지 갖고 온 것이다. 김시인이 세기 형이 보냈던 메일을 읽을 때는 마치 세기 형이 옆에서 조곤조곤 말을 해 주는 듯한 착각이 들었다.

나종입, 박일환, 김영언 세 시인의 추모시 낭독이 있었다. 특히 김영언 시인이 낭독을 할 때 유족들이 많이 울었다. 정세기 시인의 약전(略傳)이라고 해도 좋을 장시(長詩)였다. 추모사의 마지막은 큰형인 정영기 선생님이었다. 제막식 이틀 전인가. 큰형님이 나에게 전화를 하셨다.

"내가 추모사를 해도 되겠소?"

"되고 말고요. 순서를 어떻게 할까요?"

"다른 분 다 하시고 마지막에 넣어주시오."

이렇게 통화를 했었다. 큰형님은 하늘을 바라보면서 추모사를 했다. 준비한 종이는 없었다. 서정주 시인의 「푸르른 날」 시의 구절구절을 읊으면서 중간 중간에 당신의 소회를 얘기했다. 일찍 아버지를 잃고 아홉 남매의 맏이로서, 또 동생을 먼저 저 세상으로 보낸 형의 심정이 절절하게 담겼다. 큰형님의 그리운 마음 가득한 추모사에 세기 형의 누님들이 눈물을 많이들 찍어냈다.

시비돌이를 하고 기념사진을 찍은 뒤 제막식 행사는 모두 끝났다. 동창회에서 준비한 다과회를 마치고 유족이 준비한 식당으로 이동해서 저녁식사를 했다. 저녁식사 뒤 일부는 남아서 숲속의 펜션으로 들어갔다. 여기서 한상준 형의 음식상 차리는 솜씨를 놀라운 눈으로 지켜봤다.

술자리가 무르익을 즈음에 이런 말이 있었다. 다들 정년까지 못가고 학교를 그만두는데, 처음으로 정년을 하는 조영옥 선생님의 정년을 기념하는 잔치가 있어야 하지 않겠는가, 하는 이야기. '조영옥정년기념잔치추진위원회' 일명, '조정추'의 발족이 아마 있었던 것으로 기억한다. 잔치 시기는 2016년 2월 이후가 될 듯하다.

우리들의 책꽂이

교 육 과 문 예 2 0 1 5

시인의 교실 조향미/교육공동체 벗

신경림 시인이 『신경림의 시인을 찾아서』에서 "작은 것에서 큰 아름다움을 보는" 시인이라고 한 교사 시인 조향미의 첫 에세이집이다.

교육 현장에서는 늘 분투하는 교육운동가이지만 또한 생래적 시인이기도 한 그의 섬세한 감성은 교실 안에서 아이들과 함께할 때 더욱 빛이 난다. 이 책에는 문학을 만나 한 세월을 살아온 그가 문학 교사로 다시 십 대들의 세계로 돌아와 감수성 충만한 십 대들과 시와 소설을 함께 읽으며 보낸 기쁨과 행복의 시간들이 오롯이 담겨 있다.

총 4부로 구성되어 있다. 1부 '시, 이 좋은 공부'는 시를 읽고 쓰고 가르치는 인생을 살아온 저자의 삶이 고스란히 담겨 있다. 2부 '문학이 우리를 풍요롭게 할지니'는 소설 작품을 중심으로 한 문학 수업 이야기다. 3부 '나는 우리가 될 수 있을까'에는 우리 시대에 대한 저자의 치열한 사유가 담겨 있고, 마지막 4부 '고향으로 가는 길'에는 저자의 오랜 고향—근원에 대한 탐색의 흔적이 녹아 있다.

남한강 편지

임덕연 시집

남한강 편지 임덕연/작은숲

남한강가에서 태어나 다시 남한강가로 돌아가 사는 임덕연 시인이 강을 소재로 한 첫 시집을 펴냈다. 「교사문학」 동인으로 시를 쓰기 시작하여 『산책』이란 2인 시집을 내기도 했던 임 시인은 초등학생들과 벗하며 살면서 『똥 먹은 사과』, 『우리 집 전기도둑』 등 환경과 관련한 몇 편의 동화를 쓰기도 했는데, 단독 시집으로는 첫 시집이다.

특히 이번 시집은 이명박 정부 들어서 추진되었다가 '예산 낭비'와 '환경 파괴'라는 오명의 대명사가 된 4대강의 하나인 남한강을 소재로 하고 있다는 점에서 세간의 주목을 받고 있다. 4대강 사업을 비판하는 시들이 여러 편 소개된 적이 있고, 그 역시 이 시집에서 이를 언급하고 있지만, 그가 바라보는 '강'은 '4대강'이라는 현상을 뛰어넘고 있다는 점에서 주목할 만하다.

유령에게 말 걸기 김진경 외/문학동네

2014년 6월 14일 치러진 교육감 선거로 13개 시도교육청에서 이른바 진보교육감이 당선되었다. 제2기 진보교육감 시대에 앞서, 김진경, 이중현, 김성근, 이광호, 한민호 다섯 교육운동가들이 현 교육계에 대한 날카로운 진단과 함께 교육생태계를 재건하기 위한 새로운 제안을 담은 책을 선보인다.

소용돌이치던 교육계 안과 밖에서, 아이들의 곁에서, 학부모의 곁에서, 교사들의 사이에서, 순간순간 치열하게 고민하고 온 힘을 다해 몸으로 부딪혀온 다섯 명의 교육운동가들은 새로운 교육생태계를 꿈꾸며, 현재의 헝클어진 현실을 짚어내고 분석한다. 혁신학교의 확대, 혁신고등학교의 성공적 모델 찾기, 고교교육의 수평적 다양화와 이를 대학입시에 반영하는 것, 교원임용방식의 다양화 등 제2기 진보교육감 시대의 과제들 또한 눈여겨볼 만하다.

오리와 참매의 평화여행 조재도/작은숲

『이빨자국』, 『싸움닭 샤모』 등 성장을 모티브로 한 청소년소설을 지속적으로 출간하여 주목을 받아 온 조재도 작가가 펴낸 첫 그림 동화이다. 서로 잘 어울릴 것 같지 않은 '오리'와 '참매'의 '평화' 여행이란 단어가 들어간 제목부터 호기심을 갖게 한다.

이 책은 참매가 오리 사냥에 실패하는 데서 시작한다. 둘은 뒤엉켜 싸우다 서로 지쳐 하룻밤을 지내게 된다. 그 후 부엉이가 채식을 하고, 고양이와 다람쥐가 한집에 같이 산다는 이야기를 듣고, 이제까지와는 다른 삶, 즉 먹고 먹히는 삶이 아닌 무엇인가 다른 삶을 찾아 길을 떠나기로 한다.

도중에 채식하는 부엉이를 만나고 이들은 어리 평화동산을 향해 다시 길을 떠난다. 이야기는 오리, 참매, 부엉이, 반딧불이 등의 평화동산을 향한 여정을 그리고 있는데, 그들이 과연 어리 평화동산에 도착하여 '다른 삶'을 찾을 수 있을까?

집 없는 시대의 자화상 김영언/작은숲

해독 불능의 암호로 전락해 버린 시들에 절망한 시인이 어둠 속 은
자의 삶을 접고, 두 번째 시집을 들고 나타났다. 김영언 시인이 첫 시
집『아무도 주워 가지 않는 세월』이후 13년의 침묵을 깨고『집 없는 시
대의 자화상』을 출간했다.

'자신만의 밀실 구석에서 자폐를 앓고 있던' 시의 현실이었지만 그가
시 쓰기를 그만둔 것은 아니었다. 어쩌면 십여 년 이상의 세월 동안 그의
시는 '황폐화질 대로 황폐'해 진 세계에서 '자기 전부로 세계를 느끼는 오
래된 미래를 향해' 나아가기 위해 더욱 몸부림쳤을지도 모르는 일이다.

이 시집의 추천사를 쓴 김진경 시인은 '자기 전부로 세계를 느끼는 게
아니라 시각으로 세계를 재단'하며, '시각의 원근법에 따라 사람과 사물
에 서열을 매기고 끝없는 욕망에 휘둘'리는 황폐화된 세계에 드리워진 '
남루한 그림자를 끌고 마침내 그 오래된 미래의 문턱'에 이르렀다고 시
인을 평가한다.

학교는 입이 크다 박일환/한티재

27년째 학교에서 학생들을 만나고 있는 교사 시인 박일환의 청소년 시집이다. 학교와 사회 현실에 대한 비판과 교사로서의 자기반성을 담은 시들을 수록했다. 연작 형태를 띠고 있는 「찔리십니까?」와 가나다 순으로 획일화된 학생들의 번호 매기기를 비꼰 「하파타 순」, 학교마다 내세우고 있는 교훈의 허위성을 꼬집은 「교훈 뒤집기」 같은 작품을 통해 박일환 시인은 학교가 결코 학생들에게 우호적인 공간만은 아니라는 사실을 일러준다.

한편 이 시집에는 학교뿐만 아니라 사회 현실에 대한 비판을 담은 시편들도 실려 있다. 특히 IMF 체제 이후 왜곡된 사회시스템과 붕괴된 가정, 그로 인해 고통 받는 청소년들의 모습을 형상화한 작품들이 눈에 띈다. 그 밖에도 청소년기에 가장 많은 고민을 안겨주는 이성교제와 성(性)에 대한 시편들은 너무 심각하거나 무겁지 않게 접근하면서도 청소년들의 심리를 잘 반영하고 있다.

우리 동네 만화방 송언/키다리

1970~1980년대의 생활모습을 배경으로, 나와 가족, 우리 이웃의 삶과 이야기를 담은 부모와 함께 읽고 소통하는 생활문화 그림책 시리즈이다.

작가의 어린 시절의 모습을 담은 『우리 동네 만화방』은 이야기를 좋아하게 된 소년이 꿈을 키우고 성장한 추억이 고스란히 담겨 있다. 정감 있는 그림과 그 시절의 모습들을 섬세하게 묘사하였기에 책장을 넘겨보며 그 시절을 추억하는 재미도 느낄 수 있다. 또, 책의 뒤편에는 만화에 대한 간략한 정보와 만화박물관에 대한 소개를 담았다.

늘 재미난 이야기를 들려주는 할머니를 대신한, 새로 생긴 만화방에서 소년은 할머니로부터도 들을 수 없었던 많은 이야기들을 보며 신이난다. 머리 깎으라고 엄마가 준 30원 중 20원을 만화책 보는 데 홀랑 쓰고, 이발소 의자에 앉아 울며 빡빡머리가 된 한 소년의 이야기는 그 시절 개구쟁이 누군가의 이야기이기도 하다.

지금은 0교시 배창환 엮음/한티재

경주여고 학생 시집. 시인이자 교사인 배창환이 경주여고에서 시 창작수업을 한 학생들과 함께 엮은 시집이다. 나 자신과 가족, 학교뿐 아니라 마을과 세상, 자연과 생명에 대한 관심을 가지고 쓴 77편의 시들이 주제별로 나뉘어 5부로 구성되어 있다.

교과서에 실린 시들은 훌륭하지만 청소년들의 실생활과 거리가 먼 주제들이 많아 청소년들이 가까이 하기 어려운 문학 장르였다. 시의 구조와 표현상의 특징을 배우고 문제를 풀며 시험에 출제될 만한 작품 위주로 공부하는 것이 보통의 시 접근법이다.

배창환 선생님과 경주여고 학생들은 다른 방식으로 시를 공부했다. 스스로 시인이 되어 시를 써보며 자기 발견과 자기 표현을 할 수 있도록 했다. "삶의 진실과 자아의 탐구"라는 주제로 "진솔한 표현을 구하되, 엉뚱한 말장난이나 관념적인 유희에" 빠지지 않는 시를 쓰기 위해 노력했다.

검은 머리 외국인 이시백/레디앙

이시백 장편소설. 까멜리아은행을 미국 사모펀드인 유니온 페어가 인수하는 과정에서 이에 저항하다 은행에서 해고당한 후 사채업을 하던 주인공 루반이 까멜리아은행 인수를 둘러싼 거대한 흑막을 벗겨 나가는 흥미진진한 과정을 그리고 있다. 이와 함께 모피아로 불리는 경제 관료 인맥 내부의 탐욕과 타락상, 매각 저지 투쟁을 둘러싼 노조 내부의 갈등, 초국적 자본의 행태 등을 실감나게 그리고 있다.

국가라는 공적 가치보다는 자신들의 인맥과 그것을 통한 사적 이익을 더 추구하는 국가 고위 관료들의 행태, 세계를 무대로 움직이는 초국적 자본 운영자들, 이들과 엮여 있는 고위 공직자와 대형 로펌 간의 물고 물리는 이해관계의 적나라한 실체가 거리낌 없이 폭로된다. 처한 위치와 계급은 다르지만, 자신을 태워 죽이는 불을 향해 날아가는 불나방처럼, 탐욕의 불꽃을 향해 목숨을 걸고 돌진하는 수많은 인간 군상들의 모습이 선명한 캐릭터와 함께 이야기를 끌어나가고 있다.

돌멩이 하나 한상준 외/작은숲

소설 동인 '23.5'의 세태 풍자 소설집. '세태 풍자 소설'이라는 타이틀이 말해 주듯 이번 소설집에는 "안녕하지 못한 미친 시대"를 향한 소설가들의 목소리가 풍자 소설이라는 형식에 잘 담겨 있다.

이번 소설집에 「정신 차려야지」라는 단편소설을 쓴 송언 작가는 "너 나없이 안녕하지 못한 세상에서 살고 있는 요즘이다. 미친 세상을 살면서 작가들이 어찌 침묵으로 세월을 보내겠는가."라며 "이 뒤틀린 세상을 멋지게 풍자해 보고 싶은 마음"에서 이번 소설집을 출간했다고 밝혔다.

소설가 구자명, 이시백과 동화작가 송언 등 10명이 활동하고 있는 '23.5'는 그동안 각자 작품 활동을 하는 한편으로 「롤러코스터」 등 틈나는 대로 동인 소설집을 꾸준히 출간해 왔다. 이번 소설집의 편집과 출판 업무를 총괄한 한상준 작가는 "'23.5 °'는 지구의 기울기입니다. 비틀어진 세상, 잘못된 세상을 바로 보기 위해서는 세상을 삐딱하게 보려는 노력이 필요"하다며 동인의 이름이 '23.5'인 이유를 밝혔다.

겨레의 운명이 바람 앞에 등불이라 장주식/나라말

국어시간에 고전읽기 시리즈 16권. 이번 이야기는 임진왜란 때 위기에 처한 나라를 구하기 위해 일어선 영웅들의 이야기를 담고 있는 조선 후기 대표 군담(軍談)소설 〈임진록〉이다. 주인공의 군사적 활약상을 주요 내용으로 하는 소설을 통틀어 군담소설이라 하는데, 〈임진록〉과 같이 실재했던 전쟁을 소재로 한 작품은 '역사 군담 소설', 〈유충렬전〉, 〈조웅전〉과 같이 허구적 전쟁을 소재로 한 작품을 '창작 군담 소설'이라 한다.

〈임진록〉은 실재했던 전쟁, 즉 임진왜란을 그 배경으로 하기 때문에 실존 인물들이 많이 등장한다. 권율, 이순신, 유성룡, 김덕령, 김응서, 논개, 곽재우 등등. 역사책에서 보던 인물들이 이 작품 속에서 생생하게 살아 숨 쉬며 풍전등화의 위기에 처한 조선을 구하기 위해 맹활약한다.

옆 임혜주/작은숲

처연한 내면과 고즈넉한 삶을 노래한 임혜주 시인의 첫 시집. "원고를 읽으며 몇 번의 전율과 함께 이처럼 시를 잘 쓰는 분을 내가 어떻게 알게 되었는지"를 생각하게 되었다는 오철수 시인이 발문을 썼고, "처연한 내면과 고즈넉한 삶의 옆"을 지키는 시인이 "처연하도록 아름답다"는 고재종 시인이 추천사를 붙였다.

2007년 무등일보 신춘문예에 당선되기 1년 전에 시인을 처음 만났다는 오철수 시인은 당시 유행하던 "감각적인 상상력의 시들을 조금은 낯설게 그리고 새로움으로 실험"하던 임혜주 시인에게 "표현방법이 아니라 삶의 내용으로 돌파하라!"는 훈수를 둔 적이 있다고 한다. 그로부터 시간이 흘러 2015년이 되어서야 세상에 처음 선보인 시에 대해 오철수 시인은 "생으로 돌파한 생을 위한 형상의 경전"이라는 이름을 붙여 주었다.

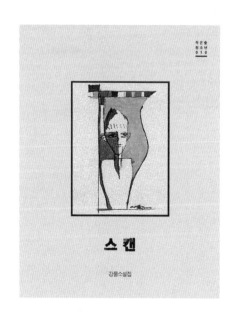

스캔 강물/작은숲

청소년 소설이란 용어가 낯설지 않은 시대에, 오늘날 청소년 소설이 청소년의 삶을 잘 반영하고 있는가, 라는 질문을 던지는 소설집이 작은숲에서 출간되었다. "소설을 쓰기 위해 잘 다니던 학교를 그만두"었다는 강물(정환) 선생님의 첫 번째 청소년 소설집이다. 교육문예창작회 회원으로 틈틈히 단편소설을 써오던 작가가 그동안 각종 문예지에 발표했던 작품과 새로운 단편소설을 스캔이라는 제목의 소설집에 묶어냈다.

김진경 시인은 오늘날 청소년 소설 대부분이 "학교라는 시스템 속에 놓인 청소년을 통해 주인공이 학교를 넘어 맺고 있는 관계의 총체를 그려" 내지 못하고 비판하면서, 강물의 소설은 "그런 한계를 넘어서고 있다"라고 극찬했다. 또 이시백 소설가도 "일그러진 욕망의 인큐베이터에서 양육되는 청소년이라는 괴물의 탄생"을 그려냈다며 "학교 안팎에서 서성이는 아이들의 목소리와 표정, 체취"를 고스란히 담아낸 작가에게 큰 기대와 관심을 드러냈다.

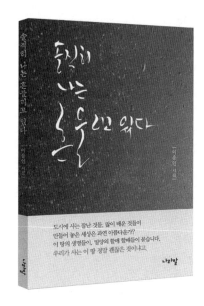

솔직히 나는 흔들리고 있다 이응인/나라말

밀양에 사는 이응인 시인이 펴낸 여섯 번째 시집. 책머리에 놓인 〈시인의 말〉에는 다음과 같이 적혀 있다.

"여기 실린 시들은 제가 쓴 것이 아닙니다. 이른 아침 경운기를 몰고 밭에 나가는 할아버지, 호박죽을 문 앞에 두고 간 이웃 아주머니, 송전탑 막으려고 산에서 떨고 있는 할머니들, 시도 때도 없이 길을 막아서는 개구리, 텃밭에서 만나는 뱁새, 딱새, 까치, 하루도 조용할 날이 없는 중학교 아이들…. 그들이 불러 주고 저는 받아 적었습니다. 그러니 그들이 이 시집의 주인공입니다."

귀를 열고 낮은 곳에서 속삭이는 밀들을 부지런히 따라다니는 이응인 시인은 변방의 삶에서 세상의 중심을 발견해내곤 한다.

강물

2004년 소설동인 〈뒷북〉(현재 〈23.5〉로 개칭) 창간호에 「다락방과 나비」, 「풀벌레의 집」을 실으며 작품 활동을 시작했다. 소설집으로 『스캔』이 있다.

김영언

1989년 『교사문학』 1집에 「불신시대」 외 15편의 시를 발표하며 작품 활동을 시작했으며, 계간문예 『다층』 신인상을 수상했다. 시집 『아무도 주워 가지 않는 세월』, 『집 없는 시대의 자화상』을 출간했으며, 현재 고등학교에서 문학을 가르치고 있다.

김종인

1983년 『세계의 문학』으로 등단했으며, 〈분단시대〉 동인으로 활동했다. 시집으로 『흉어기의 꿈』, 『별』, 『나무들의 사랑』, 『내 마음의 수평선』 등이 있다.

김태철

2003년 『문학마을』에 서사시 「치우의 노래」로 등단했으며, 경기국어교사모임 회장을 지냈다. 함께 지은 책으로 『문학교과서 작품 풀어 읽기 1~7』 시리즈와 『국어시간 시에 빠지다1, 2, 3』 등이 있다. 현재 중국의 연대한국학교에서 근무하고 있다.

나종입

중국 흑룡강대학 한국어과 교육부 파견교수를 지냈으며, 현재 〈교육문예창작회〉 회장, 〈백호문학회〉 회장, 〈백호학술문화재단〉 대표이사를 맡고 있다. 시집 『폭풍이 몰려오면 물고기는 어디로 숨나』, 『아내 엿보기』를 냈으며, 나주예술상 문학 부문 수상을 했다.

박두규

1985년 〈南民詩〉 창립 동인으로 문단에 나왔으며, 시집으로 『사과꽃 편지』, 『당몰샘』, 『숲에 들다』, 『두텁나루숲, 그대』를 펴냈다.

박일환

1997년 『내일을 여는 작가』로 등단했다. 시집 『푸른 삼각뿔』, 『끊어진 현』, 『지는 싸움』, 청소년시집 『학교는 입이 크다』 등을 냈으며, 그밖에 지은 책으로 『국어 선생님 잠든 우리말을 깨우다』, 『김소월, 저만치 혼자서 피어 있네』 등이 있다.

배창환

1981년 『세계의 문학』으로 등단했으며, 시집 『잠든 그대』, 『다시 사랑하는 제자에게』, 『흔들림에 대한 작은 생각』, 『겨울 가야산』 등이 있다. 이박에 지은 책으로 『국어 시간에 시 읽기』, 『이 좋은 시 공부』, 학생들의 글모음집 『어느 아마추어 천문가처럼』, 『지금은 0교시』 등이 있다. 현재 포항 장성고등학교에 근무하고 있다.

송대헌

교권 전문가로 전교조 교권국장 등을 지냈으며, 현재 세종시교육청 비서실장으로 일하고 있다.

송언

1982년 중앙일보 신춘문예에 소설 부문으로 등단했으며, 요즘은 주로 어린이를 위한 동화를 쓰고 있다. 동화책으로 『김 구천구백이』, 『축 졸업 송언초등학교』, 『마법사 똥맨』, 『멋지다 썩은 떡』 등이 있다.

송창섭

1990년 『마루문학』에 시를 발표했으며, 함께 지은 책으로 『대통령 얼굴이 또 바뀌면』, 『선생님 시 읽어 주세요』가 있다. 현재 삼천포여고 교감으로 있다.

신경섭

충남교사문학회, 한국작가회의 충남지회 회원이며, 현재 예산여고에 근무하고 있다.

신현수

1985년 『시와 의식』으로 등단했다. 시집으로 『서산 가는 길』, 『처음처럼』, 『이미혜』, 『군자산의 약속』, 『인천에 살기 위하여』 등이 있으며, 그밖에 『선생님과 함께 읽는 한용운』, 『시로 만나는 한국 현대사』, 『시로 만나는 한국 근대사 1, 2』 등을 펴냈다.

이봉환

1988년 『녹두꽃』에 『해창만 물바다』를 발표하며 작품 활동을 시작했다. 시집으로 『밀물결 오시듯』, 『내 안에 쓰러진 억새꽃 하나』, 『해창만 물바다』, 『조선의 아이들은 푸르다』가 있다. 지금은 서남해의 바닷가 학교에서 씩씩한 학생들과 함께 희로애락하고 있다.

이응인

1987년 무크지 『전망』 5집으로 등단했으며, 시집 『투명한 얼음장』, 『그냥 휘파람새』, 『어린 꽃다지를 위하여』, 『솔직히 나는 흔들리고 있다』 등을 펴냈다.

임혜주

2007년 무등일보 신춘문예로 등단했으며, 시집 『옆』이 있다.

조성순

2008년 〈문학나무〉 신인상을 수상했으며, 시집 『목침』을 냈다. 현재 단국대부속
고등학교에 근무하고 있다.

장주식

경북 문경에서 태어나 서울교육대학교와 민족문화추진회(지금의 한국고전번역원)
국역연수원을 졸업했다. 25년 동안 초등학교 교사로 일하면서 동화를 썼다. 동화
『그리운 매화향기』와 『소년소녀 무중력 비행 중』, 청소년소설 『순간들』이 있다. 요
즘은 고전 연구에 재미를 붙여 옛 작품 '다시쓰기'와 동양 고전 '깊이읽기'에 푹 빠져
있으며, 그 결과로 『논어의 발견』, 『삼현수간』, 『박씨전』을 출간했다.

조경선

영등포노동자문학회에서 활동했으며, 녹동고등학교에서 문학교사를 하고 있
다. 산문집 『서울 여자, 시골 선생님이 되다』를 냈으며, 『국어시간 시에 빠지다
1·2·3』를 함께 썼다.

조영옥

시집 『해직일기』, 『멀어지지 않으면 닿지도 않는다』, 『꽃의 황홀』, 『일만칠천 원』을
냈으며, 현재 경북 상주여중에 근무하고 있다.

조재도

1985년에 『민중교육』에 시를 발표하기 시작했으며, 시집 『백제 시편』, 『그 나라』, 『사십 세』, 『사랑한다면』 등과 장편소설 『지난날의 미래』, 청소년소설 『이빨자국』, 『불량아이들』, 『싸움닭 샤모』, 교육산문집 『일등은 오래가지 못한다』 등을 냈다.

조현설

북경외국어대와 고려대를 거쳐 현재 서울대 국문과 교수로 있다. 시집 『꽃씨 뿌리는 사람』을 냈으며, 지은 책으로 『우리 신화의 수수께끼』, 『문신의 역사』, 『마고할미 신화 연구』 등이 있다.

최교진

전교조 수석부위원장과 충남지부장을 여러 차례 역임했으며, 현재 세종특별자치시 교육감으로 일하고 있다. 지은 책으로 『사랑이 뛰노는 학교를 꿈꾸다』 등이 있다.

최성수

1987년 『민중시』 3집에 작품 발표를 시작했으며, 시집 『장다리꽃 같은 우리 아이들』, 『작은 바람 하나로 시작된 우리 사랑은』, 『천 년 전 같은 하루』, 『꽃, 꽃잎』과 소설 『비에 젖은 종이비행기』, 『꽃비』, 『무지개 너머 1,230마일』 등을 펴냈다.